24 WEIHNACHTS-GESCHICHTEN

ADVENTSKALENDER-BUCH MIT GESCHICHTEN FÜR DIE GANZE FAMILIE!

CHARLES DICKENS   HANS CHRISTIAN ANDERSEN
JOHANN WOLFGANG VON GOETHE
JACOB UND WILHELM GRIMM...

ALICIA ÉDITIONS

INHALT

1. DEZEMBER - Hans Christian Andersen : Der Tannenbaum — 1
2. DEZEMBER - Jacob und Wilhelm Grimm : Die Wichtelmänner — 10
3. DEZEMBER - Washington Irving : Weihnachten. — 13
4. DEZEMBER - Hermann Löns : Der allererste Weihnachtsbaum — 19
5. DEZEMBER - Peter Rosegger : Weihnacht in Winkelsteg — 24
6. DEZEMBER - Hans Christian Andersen : Das kleine Mädchen mit den Schwefelhölzern — 30
7. DEZEMBER - Franz Graf von Pocci : Der Pelzemärtel — 33
8. DEZEMBER - Heinrich Seidel : Eine Weihnachtsgeschichte — 35
9. DEZEMBER - Monika Hunnius : Kinderweihnacht — 47
10. DEZEMBER - Victor Blüthgen : Das vertauschte Weihnachtskind — 51
11. DEZEMBER - Sophie Reinheimer : Zwei Weihnachtsgeschichten — 57
12. DEZEMBER - Otto Julius Bierbaum : Christoph, Ruprecht, Nikolaus — 62
13. DEZEMBER - Sophie Reinheimer : Der Schnee — 64
14. DEZEMBER - Moritz Barach : Chamäleon - Ein Weihnachtsmärchen. — 71
15. DEZEMBER - Paula Dehmel : Die Christblume — 77
16. DEZEMBER - Monika Hunnius : Eine Weihnachtsfahrt — 80
17. DEZEMBER - Annette von Droste Hülshoff : Am Sonntage nach Weihnachten — 82
18. DEZEMBER - Hermine Villinger : Der Stern zu Bethlehem — 85
19. DEZEMBER - Wilhelm Curtman : Das Christbäumchen — 96
20. DEZEMBER - Paula Dehmel : Weihnachten in der Speisekammer — 98

21. DEZEMBER - Herman Bang : Einsam am 101
Heiligen Abend
22. DEZEMBER - Fritz Mauthner : Wie der 103
Franischko seine Weihnachten feierte
23. DEZEMBER - Johann Wolfgang von Goethe : 109
Bäume leuchtend, Bäume blendend

24. DEZEMBER - DER WEIHNACHTSABEND.
Eine Geistergeschichte von Charles Dickens

1. Marley's Geist. 113
2. Der erste der drei Geister. 131
3. Der zweite der drei Geister. 147
4. Der letzte der drei Geister. 168
5. Das Ende. 183

1. DEZEMBER - HANS CHRISTIAN ANDERSEN : DER TANNENBAUM

Draußen im Walde stand ein niedliches Tannenbäumchen; es hatte einen guten Platz, die Sonne konnte darauf scheinen, Luft war genug da, und rundherum wuchsen viele größere Kameraden, Tannen und Fichten. Aber der Tannenbaum wäre für sein Leben gern schon groß gewesen. Er dachte nicht an den warmen Sonnenschein und die frische Luft und machte sich nichts aus den Bauernkindern, die vorbeikamen und lustig plauderten, wenn sie im Walde Erdbeeren und Himbeeren sammelten. Oftmals kamen sie mit einem ganzen Topf voll oder hatten wohl auch Erdbeeren auf Strohhalme gezogen. Dann setzten sie sich neben das Bäumchen und sagten: »Nein, wie niedlich klein er ist!« Das hörte das Bäumchen aber gar nicht gern. Im nächsten Jahre war es schon um einen langen Schoß größer, und das Jahr darauf war es noch um einen größer; bei den Tannenbäumen berechnet man nämlich das Alter nach der Zahl ihrer Ansätze. »Ach, war' ich doch schon so groß wie die andern!« seufzte das Bäumchen, »dann könnte ich meine Zweige weit ausbreiten und mit meinem Wipfel in die weite Welt hinausschauen. Dann würden die Vögel ihre Nester auf meinen Zweigen bauen, und wenn es stürmte, könnte ich ebenso vornehm nicken, wie die andern dort drüben!«

Weder der Sonnenschein, noch die Vögel, noch die roten Wolken, die morgens und abends über ihm hinzogen, machten ihm Freude.

Im Winter, wenn der Schnee ringsumher glänzendweiß dalag, kam oft ein Hase gesprungen und setzte gerade über das Bäumchen hinweg.

Das war empörend! Aber im dritten Winter war der Tannenbaum schon so hoch, daß der Hase um ihn herumlaufen mußte. »Wachsen, wachsen, groß und alt werden, ja, das ist doch das einzige Schöne in der Welt!« dachte der Tannenbaum.

Im Herbst kamen immer die Holzhauer in den Wald und fällten einige der großen Bäume. Das geschah jedes Jahr, und dem jungen Tannenbaum, der nun schon eine ansehnliche Höhe erreicht hatte, wurde angst und bange dabei, denn mit lautem Krachen stürzten sie zur Erde; die Zweige wurden ihnen abgehauen, und sie sahen dann ganz nackt, lang und schmal aus, man konnte sie fast nicht wiedererkennen. Dann wurden sie auf den Wagen gelegt, und Pferde zogen sie zum Walde hinaus.

Wohin kamen sie denn? Was stand ihnen bevor?

Im Frühjahr, als die Schwalben und Störche kamen, fragte sie der Baum: »Wißt ihr nicht, wohin sie geführt wurden? Seid ihr ihnen nicht begegnet?«

Die Schwalbe wußte nichts davon; der Storch aber sah nachdenklich aus, nickte mit dem Kopfe und sagte: »Ja, ich glaube, ich weiß es. Auf meiner Rückreise von Ägypten begegneten mir viele neue Schiffe mit hohen Mastbäumen, und ich vermute, sie waren es, denn sie verbreiteten einen Tannengeruch. Ich kann vielmals von ihnen grüßen; sie ragten hoch über alles empor.«

»Ach, wäre ich doch auch groß genug, um über das Meer hinzufliegen! Was ist denn eigentlich das Meer, und wie sieht es aus?«

»Das kann ich dir nicht so kurz erzählen«, sagte der Storch und entfernte sich.

»Freue dich deiner Jugend!« sagten die Sonnenstrahlen, »freue dich deines Wachstums und deiner frischen Lebenskraft!« Und der Wind küßte den Baum, und der Tau weinte Tränen über ihn; aber das verstand der Tannenbaum nicht.

Wenn Weihnachten herannahte, wurden ganz junge Bäume gefällt, Bäume, die nicht einmal so groß waren und auch nicht in demselben Alter standen wie unser Tannenbäumchen, das weder Rast noch Ruhe hatte, sondern nur immer fort wollte. Diese jungen Bäume – es waren gerade die allerschönsten – behielten immer ihre Zweige, wurden dann auf Wagen gelegt, und Pferde zogen sie aus dem Walde hinaus.

»Wohin kommen sie?« fragte der Tannenbaum. »Sie sind nicht größer als ich, ja, es war einer darunter, der war sogar noch weit kleiner. Warum behielten sie alle ihre Zweige? Wohin werden sie geführt?«

»Wir wissen es! wir wissen es!« zwitscherten die Sperlinge. »In der

Stadt haben wir zu den Fenstern hineingeschaut; wir wissen, wohin sie fahren! O, sie gelangen zur schönsten Pracht und Herrlichkeit, die man sich nur denken kann! Als wir zu den Fenstern hineinblickten, sahen wir, daß sie mitten in der warmen Stube eingepflanzt und mit den prächtigsten Sachen, mit vergoldeten Äpfeln und Nüssen, Honigkuchen, allerlei Spielzeug und mehr als hundert Lichtern geschmückt wurden!«

»Und dann?« fragte der Tannenbaum, während er an allen Zweigen bebte, »und dann, was geschieht dann?«

»Ja, mehr haben wir nicht gesehen, aber es war unvergleichlich schön.«

»Ob wohl auch ich dazu bestimmt bin, diesen strahlenden Weg zu gehen?« dachte das Bäumchen. »Das ist noch weit besser, als übers Meer zu ziehen. O, wie mich die Sehnsucht verzehrt; wäre es doch schon Weihnachten! Jetzt bin ich ja ebenso groß und erwachsen als die andern, die voriges Jahr fortgeführt wurden. O, wäre ich doch schon auf dem Wagen! Wäre ich doch schon in der warmen Stube mit all ihrer Pracht und Herrlichkeit! und dann – ja, dann kommt natürlich noch etwas Besseres, etwas viel Schöneres. Warum würde man mich sonst so herrlich schmücken? Es muß noch etwas Größeres, noch etwas Herrlicheres kommen –! Aber was kann es denn sein? Ach, ich leide Qual! Ich vergehe vor Sehnsucht danach, ich weiß selber nicht, wie mir zu Mute ist!«

»Freue dich meiner!« sagte die Luft, und der Sonnenschein sagte: »Freu dich deiner frischen Jugend im Freien!«

Aber das Bäumchen freute sich gar nicht, es wuchs und wuchs, Sommer und Winter war es grün, ja, dunkelgrün stand es da. Die Leute, die es sahen, sagten alle: »Das ist einmal ein hübscher Baum!« und gegen Weihnachten wurde er von allen zuerst gefällt. Die Axt hieb tief durch das Mark und mit einem schweren Seufzer fiel der Baum zu Boden. Er fühlte einen durchdringenden Schmerz und war einer Ohnmacht nahe, so daß er an gar kein Glück mehr denken konnte. Er war betrübt, daß er von seiner Heimat scheiden mußte, dem Orte, wo er aufgewachsen war. Er wußte ja, daß er die lieben alten Kameraden, die kleinen Büsche und Blumen ringsumher nicht mehr sehen würde, ja, vielleicht nicht einmal mehr die kleinen Vögel; diese Abreise war durchaus kein Vergnügen.

Der Baum kam erst wieder zu sich, als er mit den andern Bäumen in einem Hofe abgeladen wurde und einen Mann sagen hörte: »Der ist schön, den wollen wir nehmen!« Dann kamen zwei Diener in Gala und trugen den Tannenbaum in einen großen, prächtigen Saal. An den Wänden hingen Bilder und neben dem großen Kachelofen standen chinesische Vasen mit Löwen auf den Deckeln. Da gab es Schaukelstühle, Ruhebänke mit seidenen Überzügen und große Tische, die mit Bilderbüchern und Spielzeug für hundert mal hundert Taler bedeckt waren – wenigstens behaupteten es die Kinder. Der Tannenbaum wurde in eine mit Sand gefüllte Tonne gestellt, aber man sah gar nicht, daß es eine Tanne war; denn sie wurde ringsherum mit grünem Stoff behängt und stand auf einem großen, bunten Teppiche. O, wie der Baum bebte; was sollte nun geschehen? Die Diener schmückten ihn, und auch die Fräulein legten Hand mit an. An die Zweige hängten sie kleine, aus buntem Papier ausgeschnittene Netze, und jedes Netz war mit Zuckerwerk gefüllt. Vergoldete Apfel und Nüsse hingen an den Zweigen, als ob sie angewachsen wären, und über hundert rote und blaue und weiße Lichtchen wurden an den Zweigen befestigt. Kleine Puppen, die wie leibhaftige Menschen aussahen – der Baum hatte solche noch nie gesehen – schwebten im Grünen, und ganz oben auf der Spitze strahlte ein goldener Stern. Es war außerordentlich prächtig!

»Heute abend«, sagten alle, »heute abend wird er strahlen!«

»Ach«, dachte der Baum, »wäre es doch schon Abend! Würden doch nun die Lichter bald angezündet, und was wird dann geschehen? Ob wohl die Bäume aus dem Walde kommen, um mich zu sehen? Ob die Sperlinge an die Fensterscheiben fliegen? Ob ich hier festwachse und Winter und Sommer geschmückt dastehen werde?«

Ja, ja, der Baum konnte gut raten! Aber er hatte förmlich Rindenweh vor lauter Sehnsucht, und Rindenweh ist für einen Baum ebenso schlimm als für die Menschen Kopfweh.

Nun wurden die Lichter angezündet! Welch ein Glanz! welche Pracht! Der Baum bebte an allen Zweigen, so daß einige Nadeln an einem der Lichter Feuer fingen; es qualmte entsetzlich.

»Lieber Gott!« schrien die Fräulein und löschten es hastig aus.

Jetzt wagte der Baum nicht einmal mehr zu beben. Das war schrecklich. Er war in beständiger Angst, er könnte etwas von seinem schönen Schmucke verlieren, und von all dem Glanze war er wie betäubt. – Nun öffneten sich die beiden Flügeltüren, und eine Schar Kinder stürzte herein, als ob sie den ganzen Baum umrennen wollten. Während die Erwachsenen langsam hinterherkamen, standen die Kleinen einen Augenblick stumm da; aber es dauerte nicht lange, so jubelten sie wieder so laut, daß es nur so schallte. Sie tanzten um den

Baum, und ein Geschenk nach dem andern wurde von den Zweigen gepflückt.

»Was machen sie denn nur?« dachte der Baum. »Was haben sie denn im Sinn?«

Man ließ die Lichter bis auf die Zweige herunterbrennen, dann löschte man sie aus, und nachdem auch das letzte Lichtlein erloschen war, bekamen die Kinder die Erlaubnis, den Baum zu plündern. Sie stürzten auf ihn los, daß es in allen Zweigen knackte. Wäre er mit der Spitze und dem goldenen Stern nicht an der Zimmerdecke befestigt gewesen, so hätten sie ihn sicher umgeworfen.

Die Kinder tanzten nun mit ihren prächtigen Spielsachen umher; niemand dachte mehr an den Baum, mit Ausnahme der alten Kinderfrau, die aufmerksam zwischen die Zweige blickte; aber sie wollte nur nachsehen, ob nicht vielleicht eine Feige oder ein Apfel vergessen worden sei.

»Eine Geschichte, eine Geschichte!« riefen die Kinder und zerrten einen kleinen, dicken Mann zum Baume hin. Er setzte sich gerade darunter. »Denn so sind wir im Grünen«, sagte er, »und dem Baum kann es auch nichts schaden, wenn er zuhört und sich eine Lehre daraus zieht. Aber ich erzähle nur eine einzige Geschichte. Wollt ihr die von Ivede-Avede hören, oder die von Klumpe-Dumpe, der die Treppe hinunterfiel und doch der Vornehmste wurde und die Prinzessin erhielt?«

»Ivede-Avede!« riefen einige, »Klumpe-Dumpe!« schrien die andern. Es war ein Rufen und Durcheinanderschreien, nur der Tannenbaum schwieg still und dachte: »Werde ich gar nicht gefragt? Habe ich denn nichts dabei zu tun?« Ja, er hatte ja das Seinige schon getan!

Nun erzählte der Mann von Klumpe-Dumpe, der die Treppe hinabfiel und doch der Vornehmste wurde und die Prinzessin erhielt. Und die Kinder klatschten in die Hände und riefen: »Noch mehr! noch mehr! Wir wollen auch noch die Geschichte von Ivede-Avede hören!« Aber da wurde nichts daraus, und sie mußten sich mit der von Klumpe-Dumpe begnügen. Der Tannenbaum stand ganz still und gedankenvoll da; nie hatten die Vögel im Walde draußen dergleichen erzählt.

»Klumpe-Dumpe fiel die Treppe hinab, und bekam doch die Prinzessin – ja, ja, so geht es in der Welt zu!« dachte der Tannenbaum und hielt alles für Wahrheit, weil der Herr, der die Geschichte erzählte, so freundlich war. »Ja, ja, wer weiß, vielleicht falle ich auch die Treppe hinab und bekomme eine Prinzessin!« Und er freute sich schon auf den nächsten Tag, wo er wieder mit Lichtern und Spielzeug und Gold und Früchten geschmückt würde.

»Morgen werde ich nicht beben«, dachte er, »morgen will ich mich all meiner Herrlichkeit von Herzen freuen. Dann werde ich wieder die Geschichte von Klumpe-Dumpe hören und vielleicht auch die von Ivede-Avede.« Die ganze Nacht hindurch stand der Baum still und nachdenklich da.

Am nächsten Morgen, schon in aller Frühe, kamen ein Diener und das Mädchen herein.

»Jetzt fängt die Herrlichkeit von neuem an!« dachte der Baum. Allein sie schleppten ihn zum Zimmer hinaus, die Treppen hinauf bis auf den Bodenraum, und dort stellten sie ihn in einen dunkeln Winkel, wo kein Tageslicht hinfiel. »Was soll denn das bedeuten?« dachte der Baum. »Was soll ich denn hier? Was will man mir denn hier sagen?« Er lehnte sich gegen die Wand und sann und sann. Und Zeit hatte er wahrhaftig genug dazu, denn es verstrichen viele Tage und Nächte, ohne daß ein Mensch heraufkam, und als endlich jemand kam, so geschah es nur, um einige große Kisten in den Winkel zu stellen. Nun stand der Baum so versteckt, daß man hätte meinen können, er sei vollständig vergessen worden. »Jetzt ist eben draußen Winter«, dachte er, »die Erde ist zugefroren und mit Schnee bedeckt, da können mich die Menschen nicht einpflanzen, deshalb soll ich wahrscheinlich bis zum Frühjahr hier wohlverwahrt stehen. Wie sorglich man doch ist; die Menschen sind doch recht gut. Wär' es hier nur nicht so dunkel und so schrecklich einsam. Nicht einmal ein Häschen springt hier vorbei. Da war es doch besser draußen im Walde, wenn der Schnee lag und der Hase vorübersprang, ja selbst wenn er über mich hinwegsetzte. Damals hatte ich allerdings keine Freude daran; aber hier oben ist es doch entsetzlich einsam.«

»Piep, piep!« sagte plötzlich eine kleine Maus und huschte hervor, und gleich darauf kam noch eine zweite. Sie schnüffelten an dem Tannenbaume herum und schlüpften durch seine Zweige.

»Hier ist es ja furchtbar kalt«, sagten die Mäuschen, »aber sonst ist es ganz behaglich hier, nicht wahr, du alter Tannenbaum?«

»Ich bin gar nicht alt«, erwiderte der Tannenbaum, »es gibt viel ältere als ich.«

»Wo kommst du her?« fragten die Mäuse. »Was hast du erlebt?« – Sie waren gewaltig neugierig. – »Erzähle uns doch von den schönsten Orten der Welt! Bist du schon dort gewesen, wo große Käse auf den

Brettern liegen und Schinken an der Decke hängen, wo man auf Talglichtern tanzt, wo man mager hineingeht und fett wieder herauskommt?«

»Nein, den Ort kenne ich nicht«, sagte der Baum, »aber den Wald kenne ich, wo die Sonne scheint und die Vögel singen.« Darauf erzählte er ihnen die Geschichte seiner Jugend. So etwas hatten die Mäuschen noch nie gehört; sie lauschten aufmerksam und sagten: »Was du alles gesehen hast; du bist recht glücklich gewesen!«

»Ich!« versetzte der Tannenbaum und dachte nun erst über seine eigene Erzählung nach. »Ja, es sind wirklich recht schöne Zeiten gewesen.« Und dann erzählte er ihnen vom Weihnachtsabend, wo er mit Kuchen und Lichtern geschmückt war.

»O!« riefen die Mäuschen, »du bist doch recht glücklich gewesen, du alter Tannenbaum.«

»Ich bin aber gar nicht alt«, erwiderte der Tannenbaum. »Ich bin ja erst in diesem Winter aus dem Walde gekommen und stehe in meinem allerbesten Alter. Ich bin nur so stark gewachsen.«

»Wie schön du erzählen kannst!« sagten die Mäuschen; und in der nächsten Nacht kamen sie mit vier anderen kleinen Mäusen wieder, die dem Baum auch zuhören wollten, und je mehr er erzählte, desto deutlicher erinnerte er sich an alles und dachte: »Ja, es sind damals doch wirklich recht schöne Zeiten gewesen! Aber sie können ja wiederkommen. Klumpe-Dumpe fiel die Treppe hinab und bekam doch die Prinzessin, vielleicht bekomme ich auch noch eine Prinzessin!« Und dabei mußte der Tannenbaum an eine niedliche, kleine Birke denken, die draußen im Walde wuchs und die ihm wie eine leibhaftige Prinzessin vorkam.

»Wer ist Klumpe-Dumpe?« fragten die Mäuschen. Da erzählte der Tannenbaum das ganze Märchen, dessen er sich Wort für Wort erinnern konnte, und die Mäuschen wären vor lauter Freude darüber fast bis an die Spitze des Baumes gesprungen. In der nächsten Nacht versammelten sich noch viel mehr Mäuse um den Baum, und am Sonntag kamen sogar zwei Ratten. Allein diese behaupteten, die Geschichte sei gar nicht hübsch, und das betrübte die Mäuschen, denn nun gefiel sie ihnen auch weniger als vorher.

»Wissen Sie denn nur diese eine Geschichte?« fragten die Ratten.

»Allerdings«, antwortete der Baum, »ich hörte sie an meinem glücklichsten Abend; aber damals wußte ich gar nicht, wie glücklich ich war.«

»Das ist eine ganz ärmliche Geschichte, wissen Sie denn keine von

Speck und Talglichtern? Keine sogenannten Speisekammergeschichten?«

»Nein«, sagte der Baum.

»Nun, dann danken wir bestens dafür«, erwiderten die Ratten und zogen sich wieder in ihre eigene Behausung zurück.

Mit der Zeit blieben die Mäuschen auch fort, und da seufzte der Baum und sagte: »Es war doch recht hübsch, als die munteren Mäuschen um mich herumsaßen und mir zuhörten. Nun ist das ebenfalls vorbei. Aber ich will gewiß an allem eine Freude haben, wenn ich wieder hervorgeholt werde!«

Allein wann kam wohl der ersehnte Tag? Da, eines Morgens kamen Leute herauf und machten sich auf dem Boden zu schaffen. Die Kisten wurden auf einen andern Platz gestellt, und der Baum hervorgezogen. Sie warfen ihn allerdings ein wenig unsanft auf den Boden, aber sogleich schleppte ihn ein Knecht nach der Treppe hin, wo das Tageslicht schimmerte.

»Nun beginnt das Leben von neuem!« dachte der Baum. Er fühlte die frische Luft, den ersten Sonnenstrahl! Nun war er auf dem Hofe. Alles ging so schnell, daß der Baum ganz vergaß, sich selbst zu betrachten; es war so vieles Neue ringsumher zu sehen. Der Hof stieß an einen Garten, und darin stand alles in voller Blüte; die Rosen hingen frisch und duftend über den Staketenzaun herüber; die Lindenbäume blühten; die Schwalben flogen umher und zwitscherten: »Quirre, virre, vit, mein Mann ist gekommen!« aber den Tannenbaum meinten sie nicht damit.

»Nun will ich leben!« jubelte dieser und breitete seine Zweige weit aus. Ach, sie waren alle gelb und vertrocknet, und er lag zwischen Unkraut und Nesseln im Winkel! Der Stern aus Goldpapier saß noch oben auf der Spitze und glänzte im hellen Sonnenschein.

Auf dem Hofe selbst spielten einige Kinder, die am Weihnachtsabend um den Baum getanzt hatten und so lustig gewesen waren. Eins davon, ein kleiner Junge, lief hin und riß den goldenen Stern ab.

»Sieh, was da noch an dem häßlichen alten Tannenbaum saß!« rief er und trat auf die Zweige, daß sie unter seinen Stiefeln knackten. Da betrachtete der Baum sich selbst und wünschte, daß er in seinem dunkeln Winkel auf dem Boden geblieben wäre. Er dachte an seine schöne Jugend im Walde, an den lustigen Weihnachtsabend und an die kleinen Mäuse, die die Geschichte von Klumpe-Dumpe so gerne gehört hatten. »Vorbei, vorbei!« seufzte der arme Baum, »ach, hätte ich mich doch gefreut, als ich es noch konnte! Vorbei, vorbei!«

Nun kam der Hausknecht und hieb den Baum in lauter kleine Stücke; es war ein ganzer Haufen, und hell loderte es auf unter dem großen Braukessel. Das Tannenholz seufzte tief, und jeder Seufzer erklang wie ein kleiner Schuß, deshalb liefen die Kinder, die draußen spielten, herbei, setzten sich vor das Feuer, schauten hinein und riefen: »Piff, paff!« Aber bei jedem Knall, der doch ein Seufzer war, gedachte der Baum eines Sommertags im Walde, einer Winternacht da draußen, als die Sterne glänzten. Er gedachte des Weihnachtsabends und Klumpe-Dumpes, des einzigen Märchens, das er gehört hatte und erzählen konnte. – Und dann war der Baum verbrannt.

Die Knaben spielten im Hofe, und der kleinste hatte den goldenen Stern, den der Baum an seinem glücklichsten Tage getragen hatte, an der Brust stecken. Jener Abend war nun lange vorüber und mit ihm auch der Baum nebst seiner Geschichte. Vorüber, vorüber! so geht es mit allen Geschichten.

2. DEZEMBER - JACOB UND WILHELM GRIMM : DIE WICHTELMÄNNER

Erstes Märchen

Es war ein Schuster ohne seine Schuld so arm geworden, daß ihm endlich nichts mehr übrig blieb als Leder zu einem einzigen Paar Schuhe. Nun schnitt er am Abend die Schuhe zu, die wollte er den nächsten Morgen in Arbeit nehmen; und weil er ein gutes Gewissen hatte, so legte er sich ruhig zu Bett, befahl sich dem lieben Gott und schlief ein. Morgens, nachdem er sein Gebet verrichtet hatte und sich zur Arbeit niedersetzen wollte, so standen die beiden Schuhe ganz fertig auf seinem Tisch. Er verwunderte sich und wußte nicht, was er dazu sagen sollte. Er nahm die Schuhe in die Hand, um sie näher zu betrachten: sie waren so sauber gearbeitet, daß kein Stich daran falsch war, gerade als wenn es ein Meisterstück sein sollte. Bald darauf trat auch schon ein Käufer ein, und weil ihm die Schuhe so gut gefielen, so bezahlte er mehr als gewöhnlich dafür, und der Schuster konnte von dem Geld Leder zu zwei Paar Schuhen erhandeln. Er schnitt sie abends zu und wollte den nächsten Morgen mit frischem Mut an die Arbeit gehen, aber er brauchte es nicht, denn als er aufstand, waren sie schon fertig, und es blieben auch nicht die Käufer aus, die ihm so viel Geld gaben, daß er Leder zu vier Paar Schuhen einkaufen konnte. Er fand frühmorgens auch die vier Paar fertig; und so gings immer fort, was er abends zuschnitt, das war am Morgen verarbeitet, also daß er bald wieder sein ehrliches Auskommen hatte und endlich ein wohlhabender Mann ward. Nun geschah es eines Abends nicht lange vor Weihnachten, als der Mann wieder zugeschnitten hatte, daß er vor Schlafengehen zu seiner Frau sprach ›wie wärs, wenn wir diese Nacht aufblieben, um zu sehen, wer uns solche hilfreiche Hand leistet?‹ Die Frau wars zufrieden und steckte ein Licht an; darauf verbargen sie sich in den Stubenecken, hinter den Kleidern, die da aufgehängt waren, und gaben acht. Als es Mitternacht war, da kamen zwei kleine niedliche nackte Männlein, setzten sich vor des Schusters Tisch, nahmen alle zugeschnittene Arbeit zu sich und fingen an, mit ihren Fingerlein so behend und schnell zu stechen, zu nähen, zu klopfen, daß der Schuster vor Verwunderung die Augen nicht abwenden konnte. Sie ließen nicht nach, bis alles zu Ende gebracht war und fertig auf dem Tische stand, dann sprangen sie schnell fort.

Am andern Morgen sprach die Frau ›die kleinen Männer haben uns reich gemacht, wir müßten uns doch dankbar dafür bezeigen. Sie laufen so herum, haben nichts am Leib und müssen frieren. Weißt du was? Ich will Hemdlein, Rock, Wams und Höslein für sie nähen, auch jedem ein Paar Strümpfe stricken; mach du jedem ein Paar Schühlein dazu.‹ Der Mann sprach ›das bin ich wohl zufrieden,‹ und abends, wie sie alles fertig hatten, legten sie die Geschenke statt der zugeschnittenen Arbeit zusammen auf den Tisch und versteckten sich dann, um mit anzusehen, wie sich die Männlein dazu anstellen würden. Um Mitternacht kamen sie herangesprungen und wollten sich gleich an die Arbeit machen, als sie aber kein zugeschnittenes Leder, sondern die niedlichen Kleidungsstücke fanden, verwunderten sie sich erst, dann aber bezeigten sie eine gewaltige Freude. Mit der größten Geschwindigkeit zogen sie sich an, strichen die schönen Kleider am Leib und sangen

›sind wir nicht Knaben glatt und fein?
was sollen wir länger Schuster sein!‹

Dann hüpften und tanzten sie, und sprangen über Stühle und Bänke. Endlich tanzten sie zur Tür hinaus. Von nun an kamen sie nicht wieder, dem Schuster aber ging es wohl, solang er lebte, und es glückte ihm alles, was er unternahm.

Zweites Märchen

Es war einmal ein armes Dienstmädchen, das war fleißig und reinlich, kehrte alle Tage das Haus und schüttete das Kehricht auf einen großen Haufen vor die Türe. Eines Morgens, als es eben wieder an die Arbeit gehen wollte, fand es einen Brief darauf, und weil es nicht lesen konnte, so stellte es den Besen in die Ecke und brachte den Brief seiner Herrschaft, und da war es eine Einladung von den Wichtelmännern, die baten das Mädchen, ihnen ein Kind aus der Taufe zu heben. Das Mädchen wußte nicht, was es tun sollte, endlich auf vieles Zureden, und weil sie ihm sagten, so etwas dürfte man nicht abschlagen, so willigte es ein. Da kamen drei Wichtelmänner und führten es in einen hohlen Berg, wo die Kleinen lebten. Es war da alles klein, aber so zierlich und prächtig, daß es nicht zu sagen ist. Die Kindbetterin lag in einem Bett von schwarzem Ebenholz mit Knöpfen von Perlen, die Decken waren mit Gold gestickt, die Wiege war von Elfenbein, die Badwanne von Gold. Das Mädchen stand nun Gevatter und wollte dann wieder nach Haus gehen, die Wichtelmännlein baten es aber inständig, drei Tage bei ihnen zu bleiben. Es blieb also und verlebte die Zeit in Lust und Freude, und die Kleinen taten ihm alles zuliebe. Endlich wollte es sich auf den Rückweg machen, da steckten sie ihm die Taschen erst ganz voll Gold und führten es hernach wieder zum Berge heraus. Als es nach Haus kam, wollte es seine Arbeit beginnen, nahm den Besen in die Hand, der noch in der Ecke stand, und fing an zu kehren. Da kamen fremde Leute aus dem Haus, die fragten, wer es wäre und was es da zu tun hätte. Da war es nicht drei Tage, wie es gemeint hatte, sondern sieben Jahre bei den kleinen Männern im Berge gewesen, und seine vorige Herrschaft war in der Zeit gestorben.

Drittes Märchen

Einer Mutter war ihr Kind von den Wichtelmännern aus der Wiege geholt, und ein Wechselbalg mit dickem Kopf und starren Augen hineingelegt, der nichts als essen und trinken wollte. In ihrer Not ging sie zu ihrer Nachbarin und fragte sie um Rat. Die Nachbarin sagte, sie sollte den Wechselbalg in die Küche tragen, auf den Herd setzen, Feuer anmachen und in zwei Eierschalen Wasser kochen: das bringe den Wechselbalg zum Lachen, und wenn er lache, dann sei es aus mit ihm. Die Frau tat alles, wie die Nachbarin gesagt hatte. Wie sie die Eierschalen mit Wasser über das Feuer setzte, sprach der Klotzkopf ›nun bin ich so alt wie der Westerwald, und hab nicht gesehen, daß jemand in Schalen kocht.‹

Und fing an darüber zu lachen. Indem er lachte, kam auf einmal eine Menge von Wichtelmännerchen, die brachten das rechte Kind, setzten es auf den Herd und nahmen den Wechselbalg wieder mit fort.

3. DEZEMBER - WASHINGTON IRVING : WEIHNACHTEN.

Aber ist die alte, alte, gute alte Weihnachtszeit dahin? Nichts als das Haar ihres guten, grauen, alten Kopfes und Bartes ist geblieben. Gut, so will ich das haben, da ich sehe, daß ich doch nicht mehr von ihr bekommen kann.

— LÄRM UND SCHREIEN NACH WEIHNACHTEN.

Es war zur Weihnachtszeit
Für Groß und Klein im Saal
Ein gutes Feu'r bereit,
Und jeder fand ein Mahl.
Die Nachbarn lud man ins Haus,
Bewillkommt jeden treu,
Und stieß den Armen nicht aus,
Als diese alte Mütze noch neu.

— ALTES LIED.

Nichts übt in England einen angenehmen Zauber über meine Einbildung aus, als die Ueberbleibsel der Festtagsgebräuche und der ländlichen Spiele früherer Zeiten. Sie rufen die Bilder zurück, welche sich meine Phantasie an dem Maimorgen des Lebens zu schaffen pflegte, als ich die Welt nur aus Büchern kannte und sie ganz für so hielt, wie die Dichter sie schilderten; und in ihrem Geleite ist all das Liebliche jener ehemaligen rechtlichen Zeit, wo ich mir, vielleicht eben so unrichtig, die Welt weit häuslicher, geselliger und vergnügter denke, als jetzt. Ich bedaure, sagen zu müssen, daß sie alle Tage schwächer und schwächer werden, indem die Zeit sie allmählig wegspült, noch mehr aber durch die neueren Moden verdrängt. Sie gleichen jenen malerischen Bruchstücken der gothischen Baukunst, welche wir an verschiedenen Orten im Lande, theils von der verzehrenden Zeit angegriffen, theils, in den Zusätzen und Veränderungen späterer Tage verloren, untergehen sehen. Die Dichtkunst hängt indessen mit liebevoller Zärtlichkeit an den ländlichen Spielen und den Festtags-Lustbarkeiten, von denen sie so manche ihrer Gegenstände entlehnt hat – wie der Epheu sein reiches Laub um den gothischen Bogen und den verfallenden Thurm windet, indem er ihre wankenden Ueberbleibsel zusammenhält und sie gleichsam in sein Grün einhüllt.

Unter allen alten Festen jedoch erweckt das Weihnachtsfest die eindringlichsten und innigsten Gedankenverbindungen. Es ist ein Anklang von feierlichem, heiligen Gefühle darin, welches sich in unsere gesellschaftliche Fröhlichkeit mischt, und den Geist in einen Zustand geheiligten erhöhten Genusses empor trägt. Die Kirchentexte sind um diese Zeit ungemein zart und begeisternd. Sie beziehen sich auf die schönen Erzählungen von der Entstehung unseres Glaubens und den Hirtenauftritten, welche die Ankündigung desselben begleiteten. Sie nehmen während des Adventsmonats allmählig an Gluth und Pathos zu, bis sie an dem Morgen, welcher den Menschen Friede und Freude brachte, in vollen Jubel ausbrechen. Ich kenne keine großartigere Wirkung der Musik auf das Gefühl, als wenn ich das volle Chor und die tönende Orgel einer Weihnachtsmusik in einer Cathedrale aufführen höre, welche jeden Winkel des gewaltigen Gebäudes mit siegender Harmonie erfüllt.

Es ist auch eine schöne aus jenen Zeiten herstammende Einrichtung, daß dieses Fest, welches die Verkündigung der Religion des Friedens und der Liebe feiert, Veranlassung geworden ist, die Familienkreise zu vereinigen und die Bande verwandter Herzen, welche die Angelegenheiten und Vergnügungen und Bekümmernisse der Welt beständig zu lösen streben, wieder enger aneinander zu knüpfen; die Kinder der Familie, welche in das Leben hinaus verschlagen worden und weit auseinander gewandert sind, zurückzurufen, sie wieder um den väterlichen Herd, wie an einen Sammelplatz süßer

Neigungen zu versammeln, um da, unter dem liebevollen Andenken der Kindheit, wieder jung zu werden und sich wieder zu lieben.

Es liegt in der Jahreszeit selbst etwas, das dem Weihnachtsfeste einen Reiz verleiht. Zu anderen Zeiten bereiten die bloßen Schönheiten der Natur uns schon einen großen Theil unserer Vergnügungen. Unsere Gefühle streifen hinaus und verbreiten sich auf der sonnigen Landschaft, und wir »leben draußen und überall.« Der Gesang des Vogels, das Murmeln des Baches, der wehende Duft des Frühlings, die sanfte Wollust des Sommers, der goldene Prunk des Herbstes; die Erde mit ihrem Gewande von erfrischendem Grün, der Himmel mit seinem dunkeln, herrlichen Blau und seiner Wolkenpracht; alles dieß erfüllt uns mit stummem und doch lebendigem Entzücken, und wir schwelgen in der Wollust der bloßen Sinnlichkeit. Aber in der Tiefe des Winters, wo die Natur aller ihrer Reize beraubt liegt und in ihr Leichentuch von gehäuftem Schnee gehüllt ist, wenden wir uns zu geistigen Quellen, um daraus Vergnügen zu schöpfen. Während das Wüste und Oede der Landschaft, die kurzen düstern Tage und die dunkeln Nächte unsere Wanderungen beschränken, halten sie unsern Geist auch ab, umherzustreifen, und machen, daß wir die Vergnügungen eines gesellschaftlichen Kreises desto mehr schätzen lernen. Unsere Gedanken drängen sich mehr zusammen; unser freundliches Mitgefühl wird um so stärker angeregt. Wir fühlen den Reiz unserer gegenseitigen Gesellschaft desto mehr, und werden dadurch, daß wir in unserm Genuß auf einander angewiesen sind, um so mehr zu einander hingezogen. Das Herz spricht zu dem Herzen; und wir schöpfen unser Vergnügen aus dem tiefen Borne des lebendigen Wohlwollens, welcher in den stillen Behältern unsers Herzens verborgen liegt; und der, wenn man aus ihm schöpft, den reinsten Stoff häuslicher Glückseligkeit gewährt.

Die tiefe Dunkelheit draußen macht, daß das Herz sich erweitert, wenn man das Zimmer betritt, das mit der Gluth und Wärme des abendlichen Feuers erfüllt ist. Der röthliche Feuerschein verbreitet einen künstlichen Sommer und Sonnenglanz in dem Zimmer, und erhellt jedes Gesicht zu einem freundlichen Willkommen. Wo gestaltet sich das biedere Antlitz der Gastfreundlichkeit zu einem gemüthlichern, herzlichern Lächeln? – wo ist der schüchterne Blick der Liebe lieblicher beredt als bei dem Winterkamin? und wenn das hohle Sausen des winterlichen Windes durch den Saal tönt, an der entfernten Thüre rasselt, um die Fenster pfeift, und den Schornstein herabbrauset, was kann angenehmer sein, als das Gefühl der ruhigen, unbesorgten

Sicherheit, womit wir in dem behaglichen Zimmer umher und auf die Scene häuslicher Fröhlichkeit hinblicken?

Die Engländer haben, vermöge der bei ihnen in allen Ständen vorherrschenden Anhänglichkeit an ländliche Sitte, jene Lustbarkeiten an festlichen Tagen, welche die Stille des Landlebens auf eine angenehme Art unterbrechen, stets geliebt; sie beobachteten, in früherer Zeit, mit besonderer Strenge alle religiösen und gesellschaftlichen Weihnachtsgebräuche. Es ist begeisternd, selbst die trockenen Einzelnheiten zu lesen, welche einige Alterthumsforscher von der sonderbaren Fröhlichkeit, den abentheuerlichen Aufzügen und der gänzlichen Hingebung zu Lust und ungebundener Geselligkeit gegeben haben, womit diese Feier begangen wurde. Es war, als ob jede Thüre dabei sich öffnete, jedes Herz sich aufschlösse. Es brachte den Bauern und den Pair einander näher und vermischte alle Stände in einen warmen, edeln Erguß der Freude und Gemüthlichkeit. Die alten Hallen der Burgen und Herrenhäuser ertönten von der Harfe und dem Weihnachtsliede, und ihre gewaltigen Tafeln erseufzten unter der Last der Gastfreiheit. Selbst die gemeinste Bauerhütte bewillkommte die festliche Jahreszeit mit grünem Schmuck von Lorbeern und Stechpalmen – der Schein des erfreulichen Feuers schimmerte durch die Fensterladen, und lud den Fremden ein, die Thürklinken aufzuheben, und sich dem schwatzenden Haufen anzuschließen, der um den Herd saß und den langen Abend durch sagenhafte Schwänke und oft erzählte Weihnachtsgeschichten verkürzte.

Eine der am wenigsten angenehmen Wirkungen der Verfeinerung der neuern Zeit ist die Zerstörung, welche sie unter den herzlichen alten Festtagsgebräuchen angerichtet hat. Sie hat die scharfen Umrisse und lebendigen Formen dieser Verschönerungen des Lebens gänzlich verwischt, und die Geselligkeit zu einem glatteren, glänzenderen, aber gewiß weniger charakteristischen Verkehr herabgebracht. Viele von den Weihnachtsspielen und Festlichkeiten sind gänzlich verschwunden, und, wie des alten Falstaff's Xeres-Sekt, zu Gegenständen des Nachdenkens und des Streits unter den Erläuterern geworden. Sie blühten in Zeiten voller Geist und Fröhlichkeit, als die Leute das Leben auf eine rohe, aber herzliche und kräftige Weise genossen; in wilden, malerischen Zeiten, welche der Dichtkunst ihren reichsten Stoff und dem Drama die anziehendste Mannichfaltigkeit von Charakteren und Sitten geliefert haben. Die Welt ist weltlicher geworden. Es gibt mehr Zerstreuung und weniger Vergnügen. Die Freude hat sich zu einem breitern, aber auch seichtern Strome ausgedehnt; es hat manche jener tiefen ruhigen Bette verlassen, worin es sonst durch den stillen Busen des häuslichen Lebens lieblich dahinfloß. Die Gesellschaft hat einen aufgeklärtern und gebildetern Ton angenommen, dagegen aber mehrere von ihren stark hervortretenden, örtlichen Eigenthümlichkeiten, ihren häuslichen Gesinnungen, ihren ehrlichen Vergnügungen am Herde eingebüßt. Die sagenhaften Gebräuche des goldherzigen Alterthums, seine lehnshafte Gastfreiheit und gutsherrlichen Schwelgereien sind mit den Ritterburgen und den stattlichen Herrenhäusern verschwunden, in denen sie gefeiert wurden. Sie paßten sich zu der düstern Halle, der großen eichengetäfelten Gallerie und dem mit Tapeten behängten Gastzimmer, schicken sich aber nicht mehr für die hellen, prachtvollen Säle und die bunten Putzgemächer der neueren Villa.

So sehr jedoch die Weihnachten um ihre alten und festlichen Ehren verkürzt sind, so bleibt diese Zeit in England doch noch immer voll der herrlichsten Aufregungen. Es ist erfreulich, zu sehen, wie das Gefühl der Häuslichkeit, welches in dem Herzen eines jeden Engländers einen so ausgezeichneten Platz behauptet, ganz in Bewegung geräth. Die Anstalten, welche überall getroffen werden, um die gesellige Tafel in Stand zu setzen, welche Freunde und Verwandte abermals vereinigen soll; die Geschenke von Leckerbissen, welche weggesandt werden und ankommen, diese Zeichen der Achtung, die alle wohlwollenden Gefühle neu beleben; die immergrünen Sträucher, welche in den Häusern und Kirchen befestigt werden, – Sinnbilder des Friedens und der Freude; alles dieses hat die wohlthuendste Einwirkung auf das Hervorrufen angenehmer Gedankenverbindungen, und auf die Erregung wohlwollender Gefühle. Selbst der Gesang der Weihnachtssänger nimmt sich, so roh auch diese Art Meistersängerei sein mag, im Ohre des Spätwachenden in einer Winternacht wie eine vollkommene Harmonie aus. Wenn ich durch sie in der stillen feierlichen Stunde geweckt worden bin, »wo der tiefe Schlaf den Menschen befällt,« habe ich mit stillem Vergnügen ihnen zugehört, und wenn ich zugleich an die heilige, fröhliche Veranlassung dachte, habe ich beinahe den himmlischen Chorgesang zu hören geglaubt, welcher der Menschheit Frieden und Freude verkündete.

Wie herrlich verwandelt doch die Einbildungskraft, wenn diese geistigen Einwirkungen sie beschäftigen, Alles in Melodie und Schönheit. Sogar das Krähen des Hahnes, wenn man diesen zuweilen in der tiefen Ruhe des Landes hört, »wie er seinen befiederten Gattinnen die

Stunde der Nacht verkündigt,« schien den gemeinen Leuten die Annäherung dieses heiligen Festes zu verkünden:

> *Man sagt, daß immer, wenn die Zeit sich naht,*
> *Wo die Geburt des Heilands wird gefeiert,*
> *Der Morgen-Vogel singt die ganze Nacht;*
> *Dann darf kein Geist umhergehn, sagen sie,*
> *Die Nächte sind gesund – kein Stern kann schaden,*
> *Kein Elfe faht, noch mögen Hexen zaubern,*
> *So heilig ist und gnadenvoll die Zeit.*
>
> — SHAKSPEARE.

Welches Herz könnte bei der allgemeinen, sich in dieser Zeit rührenden Aufforderung zur Fröhlichkeit, dem raschen Treiben aller Geister, der Regung aller wohlwollenden Triebe unempfindlich bleiben? Es ist in der That die Zeit aller erwachenden Gefühle – die Zeit, wo nicht allein das Feuer der Gastfreiheit in dem Saal, sondern auch die gemüthliche Flamme des Wohlwollens im Herzen auflodern soll.

Die Auftritte früher Liebe steigen lebendig empor über die unfruchtbare Oede der Jahre, und der Gedanke an die Heimath, mit dem Dufte häuslicher Freude vermischt, belebt den ermattenden Geist, wie der arabische Lufthauch zuweilen die Frische der entfernten Felder zu dem müden Pilger in der Wüste hinüberträgt.

Obgleich für mich, den Fremden und Gast in diesem Lande – kein geselliger Herd glüht, keine gastfreie Hütte mir ihre Thüre öffnet, noch der warme Druck der Freundschaft mich an der Schwelle bewillkommt – so fühle ich doch den Einfluß dieser Zeit aus den glücklichen Blicken Derer, die um mich sind, auch in meine Seele strahlen. Gewiß, die Glückseligkeit spiegelt sich zurück, wie das Licht des Himmels; und jedes vom Lächeln verklärte, von unschuldiger Fröhlichkeit glühende Antlitz ist ein Spiegel, welcher Anderen die Strahlen eines erhabenen, immer frischen Wohlwollens zusendet. Wer sich finster von dem Anblicke der Glückseligkeit seiner Mitmenschen abwenden, und düster und in sich gekehrt in seiner Einsamkeit dasitzen kann, wenn Alles um ihn her fröhlich ist, mag wohl Augenblicke großer Erregung und selbstischer Zufriedenheit haben; er entbehrt aber ganz der geistigen und geselligen Mitgefühle, welche den Reiz der fröhlichen Weihnachten ausmachen.

4. DEZEMBER - HERMANN LÖNS: DER ALLERERSTE WEIHNACHTSBAUM

Der Weihnachtsmann ging durch den Wald. Er war ärgerlich. Sein weißer Spitz, der sonst immer lustig bellend vor ihm herlief, merkte das und schlich hinter seinem Herrn mit eingezogener Rute her.

Er hatte nämlich nicht mehr die rechte Freude an seiner Tätigkeit. Es war alle Jahre dasselbe. Es war kein Schwung in der Sache. Spielzeug und Eßwaren, das war auf die Dauer nichts. Die Kinder freuten sich wohl darüber, aber quieken sollten sie und jubeln und singen, so wollte er es, das taten sie aber nur selten.

Den ganzen Dezembermonat hatte der Weihnachtsmann schon darüber nachgegrübelt, was er wohl Neues erfinden könne, um einmal wieder eine rechte Weihnachtsfreude in die Kinderwelt zu bringen, eine Weihnachtsfreude, an der auch die Großen teilnehmen würden. Kostbarkeiten durften es auch nicht sein, denn er hatte soundsoviel auszugeben und mehr nicht.

So stapfte er denn auch durch den verschneiten Wald, bis er auf dem Kreuzweg war. Dort wollte er das Christkindchen treffen. Mit dem beriet er sich nämlich immer über die Verteilung der Gaben.

Schon von weitem sah er, daß das Christkindchen da war, denn ein heller Schein war dort. Das Christkindchen hatte ein langes weißes Pelzkleidchen an und lachte über das ganze Gesicht. Denn um es herum lagen große Bündel Kleeheu und Bohnenstiegen und Espen- und Weidenzweige, und daran taten sich die hungrigen Hirsche und

Rehe und Hasen gütlich. Sogar für die Sauen gab es etwas: Kastanien, Eicheln und Rüben.

Der Weihnachtsmann nahm seinen Wolkenschieber ab und bot dem Christkindchen die Tageszeit. „Na, Alterchen, wie geht's?" fragte das Christkind. „Hast wohl schlechte Laune?" Damit hakte es den Alten unter und ging mit ihm. Hinter ihnen trabte der kleine Spitz, aber er sah gar nicht mehr betrübt aus und hielt seinen Schwanz kühn in die Luft.

„Ja", sagte der Weihnachtsmann, „die ganze Sache macht mir so recht keinen Spaß mehr. Liegt es am Alter oder an sonst was, ich weiß nicht. Das mit den Pfefferkuchen und den Äpfeln und Nüssen, das ist nichts mehr. Das essen sie auf, und dann ist das Fest vorbei. Man müßte etwas Neues erfinden, etwas, das nicht zum Essen und nicht zum Spielen ist, aber wobei alt und jung singt und lacht und fröhlich wird."

Das Christkindchen nickte und machte ein nachdenkliches Gesicht; dann sagte es: „Da hast du recht, Alter, mir ist das auch schon aufgefallen. Ich habe daran auch schon gedacht, aber das ist nicht so leicht."

„Das ist es ja gerade", knurrte der Weihnachtsmann, „ich bin zu alt und zu dumm dazu. Ich habe schon richtiges Kopfweh vom vielen Nachdenken, und es fällt mir doch nichts Vernünftiges ein. Wenn es so weitergeht, schläft allmählich die ganze Sache ein, und es wird ein Fest wie alle anderen, von dem die Menschen dann weiter nichts haben als Faulenzen, Essen und Trinken."

Nachdenklich gingen beide durch den weißen Winterwald, der Weihnachtsmann mit brummigem, das Christkindchen mit nachdenklichem Gesicht. Es war so still im Wald, kein Zweig rührte sich, nur wenn die Eule sich auf einen Ast setzte, fiel ein Stück Schneebehang mit halblautem Ton herab. So kamen die beiden, den Spitz hinter sich, aus dem hohen Holz auf einen alten Kahlschlag, auf dem große und kleine Tannen standen. Das sah wunderschön aus. Der Mond schien hell und klar, alle Sterne leuchteten, der Schnee sah aus wie Silber, und die Tannen standen darin, schwarz und weiß, daß es eine Pracht war. Eine fünf Fuß hohe Tanne, die allein im Vordergrund stand, sah besonders reizend aus. Sie war regelmäßig gewachsen, hatte auf jedem Zweig einen Schneestreifen, an den Zweigspitzen kleine Eiszapfen, und glitzerte und flimmerte nur so im Mondenschein.

Das Christkindchen ließ den Arm des Weihnachtsmannes los, stieß den Alten an, zeigte auf die Tanne und sagte: „Ist das nicht wunderhübsch?"

„Ja", sagte der Alte, „aber was hilft mir das ?"

„Gib ein paar Äpfel her", sagte das Christkindchen, „ich habe einen Gedanken."

Der Weihnachtsmann machte ein dummes Gesicht, denn er konnte es sich nicht recht vorstellen, daß das Christkind bei der Kälte Appetit auf die eiskalten Äpfel hatte. Er hatte zwar noch einen guten alten Schnaps, aber den mochte er dem Christkindchen nicht anbieten.

Er machte sein Tragband ab, stellte seine riesige Kiepe in den Schnee, kramte darin herum und langte ein paar recht schöne Äpfel heraus. Dann faßte er in die Tasche, holte sein Messer heraus, wetzte es an einem Buchenstamm und reichte es dem Christkindchen.

„Sieh, wie schlau du bist", sagte das Christkindchen. „Nun schneid mal etwas Bindfaden in zwei Finger lange Stücke, und mach mir kleine Pflöckchen."

Dem Alten kam das alles etwas ulkig vor, aber er sagte nichts und tat, was das Christkind ihm sagte. Als er die Bindfadenenden und die Pflöckchen fertig hatte, nahm das Christkind einen Apfel, steckte ein Pflöckchen hinein, band den Faden daran und hängte den an einen Ast.

„So", sagte es dann, „nun müssen auch an die anderen welche, und dabei kannst du helfen, aber vorsichtig, daß kein Schnee abfällt!"

Der Alte half, obgleich er nicht wußte, warum. Aber es machte ihm schließlich Spaß, und als die ganze kleine Tanne voll von rotbäckigen Äpfeln hing, da trat er fünf Schritte zurück, lachte und sagte; „Kiek, wie niedlich das aussieht! Aber was hat das alles für'n Zweck?"

„Braucht denn alles gleich einen Zweck zu haben?" lachte das Christkind. „Paß auf, das wird noch schöner. Nun gib mal Nüsse her!"

Der Alte krabbelte aus seiner Kiepe Walnüsse heraus und gab sie dem Christkindchen. Das steckte in jedes ein Hölzchen, machte einen Faden daran, rieb immer eine Nuß an der goldenen Oberseite seiner Flügel, dann war die Nuß golden, und die nächste an der silbernen Unterseite seiner Flügel, dann hatte es eine silberne Nuß und hängte sie zwischen die Äpfel.

„Was sagst nun, Alterchen?" fragte es dann. „Ist das nicht allerliebst?"

„Ja", sagte der, „aber ich weiß immer noch nicht..."

„Komm schon!" lachte das Christkindchen. „Hast du Lichter?"

„Lichter nicht", meinte der Weihnachtsmann, „aber 'nen Wachsstock!"

„Das ist fein", sagte das Christkind, nahm den Wachsstock,

zerschnitt ihn und drehte erst ein Stück um den Mitteltrieb des Bäumchens und die anderen Stücke um die Zweigenden, bog sie hübsch gerade und sagte dann; „Feuerzeug hast du doch?"

„Gewiß", sagte der Alte, holte Stein, Stahl und Schwammdose heraus, pinkte Feuer aus dem Stein, ließ den Zunder in der Schwammdose zum Glimmen kommen und steckte daran ein paar Schwefelspäne an. Die gab er dem Christkindchen. Das nahm einen hellbrennenden Schwefelspan und steckte damit erst das oberste Licht an, dann das nächste davon rechts, dann das gegenüberliegende. Und rund um das Bäumchen gehend, brachte es so ein Licht nach dem andern zum Brennen.

Da stand nun das Bäumchen im Schnee; aus seinem halbverschneiten, dunklen Gezweig sahen die roten Backen der Äpfel, die Gold- und Silbernüsse blitzten und funkelten, und die gelben Wachskerzen brannten feierlich. Das Christkindchen lachte über das ganze rosige Gesicht und patschte in die Hände, der alte Weihnachtsmann sah gar nicht mehr so brummig aus, und der kleine Spitz sprang hin und her und bellte.

Als die Lichter ein wenig heruntergebrannt waren, wehte das Christkindchen mit seinen goldsilbernen Flügeln, und da gingen die Lichter aus. Es sagte dem Weihnachtsmann, er solle das Bäumchen vorsichtig absägen. Das tat der, und dann gingen beide den Berg hinab und nahmen das bunte Bäumchen mit.

Als sie in den Ort kamen, schlief schon alles. Beim kleinsten Hause machten die beiden halt. Das Christkindchen machte leise die Tür auf und trat ein; der Weihnachtsmann ging hinterher. In der Stube stand ein dreibeiniger Schemel mit einer durchlochten Platte. Den stellten sie auf den Tisch und steckten den Baum hinein. Der Weihnachtsmann legte dann noch allerlei schöne Dinge, Spielzeug, Kuchen, Äpfel und Nüsse unter den Baum, und dann verließen beide das Haus so leise, wie sie es betreten hatten.

Als der Mann, dem das Häuschen gehörte, am andern Morgen erwachte und den bunten Baum sah, da staunte er und wußte nicht, was er dazu sagen sollte. Als er aber an dem Türpfosten, den des Christkinds Flügel gestreift hatte, Gold- und Silberflimmer hängen sah, da wußte er Bescheid. Er steckte die Lichter an dem Bäumchen an und weckte Frau und Kinder. Das war eine Freude in dem kleinen Haus wie an keinem Weihnachtstag. Keines von den Kindern sah nach dem Spielzeug, nach dem Kuchen und den Äpfeln, sie sahen nur alle nach dem Lichterbaum. Sie faßten sich an den Händen, tanzten um den

Baum und sangen alle Weihnachtslieder, die sie wußten, und selbst das Kleinste, das noch auf dem Arm getragen wurde, krähte, was es krähen konnte.

Als es hellichter Tag geworden war, da kamen die Freunde und Verwandten des Bergmanns, sahen sich das Bäumchen an, freuten sich darüber und gingen gleich in den Wald, um sich für ihre Kinder auch ein Weihnachtsbäumchen zu holen. Die anderen Leute, die das sahen, machten es nach, jeder holte sich einen Tannenbaum und putzte ihn an, der eine so, der andere so, aber Lichter, Äpfel und Nüsse hängten sie alle daran.

Als es dann Abend wurde, brannte im ganzen Dorf Haus bei Haus ein Weihnachtsbaum, überall hörte man Weihnachtslieder und das Jubeln und Lachen der Kinder.

Von da aus ist der Weihnachtsbaum über ganz Deutschland gewandert und von da über die ganze Erde. Weil aber der erste Weihnachtsbaum am Morgen brannte, so wird in manchen Gegenden den Kindern morgens beschert.

5. DEZEMBER - PETER ROSEGGER: WEIHNACHT IN WINKELSTEG

*I*n der heiligen Christnacht sind die Leute schon wieder von allen Seiten herbeigekommen. Die von den Spanlunten abgefallenen Glühkohlen sind lustig hingeglitten über die Schneekruste wie Sternschnuppen.

Viele Wäldler sind in ihrer Sehnsucht nach der mitternächtigen Feier ein gut Stück zu früh daran. Da die Kirche noch nicht aufgesperrt und es im Freien kalt ist, so kommen sie zu mir in das Schulhaus. Ich schlage Licht und da ist bald die ganz Schulstube voll Menschen. die Weiber haben weiße, bandartig zusammengelegte Tücher um das Kinn und über die Ohren hinaufgebunden. Sie huschen recht um den Ofen herum und blasen in die Finger, um das Frostwehen zu verblasen.

die Männer halten sich fest in ihren Lodengewändern verwahrt. Sie behalten die Hüte auf den Köpfen, sitzen auf den Tischbrettern der Schulbänke und besehen mit wichtigtuender Bedächtigkeit die Lehrgegenstände, welche die Jüngeren den Älteren erklären. Einige gehen auch über den Boden auf und ab und schlagen bei jedem Schritt die gefrorenen Schuhe aneinander, dass es klappert. Fast alle rauchen aus ihren Pfeifen. Der Urwald ist auszurotten, aber das Tabakrauchen nimmer.

Ich kleide mich rasch an, ich soll in der Kirche doch der erste sein.

Jählings klopft es sehr stark an meine Tür. Die Waldleute klopfen nicht; wer ist es also? Eine weiße Schafwollenhaube guckt herein und unter der Haube steckt ein alter Runzelkopf mit schneeweißen Lockensträhnen. Also gleich erkenne ich den Waldsänger. Heute trägt er einen gar langen Rock, der bis zu den Waden hinabgeht und mit Messinghäkchen zugeknöpft ist. Darüber hängt ein Schnappsack und eine Seitenpfeife; und auf einen Hirtenstab stützt sich der Alte und seinen braunen, weltumfassenden Hut hält er in den Händen. dieser Hut ist seine Hütte und sein Heim und seine ganze Welt. Ein guter Hut, denkt er, ist das beste im Weltgetümmel; und der Erde Hut nennen sie den Himmel. "Was hocket Ihr denn da, Ihr Bärenhäuter!" ruft der Rüpel laut und lustig, "draußen scheint schon lang die Sonnen! - Gelobt sei der Herr; und ich bring euch die wundersame Mär, die sich heut zugetragen hat drunten in der Bethlehemstadt. Hört ihr keine Schalmei und kein Freudengeschrei? So luget zum Fenster hinaus; taghell beleuchtet ist jedes Haus!"

Die Leute stecken richtig die Köpfe zu den Fenstern; aber da ist nichts als der finstere Wald und der Sternenhimmel. - Was sollten sie ansonsten denn noch sehen? Der Alte guckt schmunzelnd nach links und nach rechts, wie viel er wohl Zuhörer habe. So nach stellt er sich mitten in die Stube hin, pocht mit dem Stocke mehrmals auf den Fußboden und hebt so an zu reden:

"Da steh ich allein draußen auf der Heid und schau schläfrig herum weit und breit und treib mein Schäflein zusamm; hab dabei gehabt ein wutzerfeists Lamm. Und wie ich das anschau eine Weil, da hör ich ein Ghetz und ein Gschall, grad hoch in der Luft, es ist wahr; und sie musizieren sogar. Ich hab nit gewusst, was das bedeut't und wer denn da tobt voller Freud. Die Lämmlein sein gsprungen drauf, eins nach dem andern auf; das feiste hat so lieblich plärrt, wie es das Wunder hat gehört. Drauf seh ich - hab gmeint, `s ist ein' Mär - kleine Bubn fliegen in Lüften umher. - Ein Engel fliegt grad auf mich zua, den frag ich: Was gibt's denn heut, Bua? Da schreit es gleich lustig und froh:"Gloria in excelsis Deo!" - Das kunnt ich, mein Eid, nicht verstehn: Geh, Bübel, musst deutsch mit mir redn; ich bin ein armer Hirt in der Gmein und die Lämmlein können auch nit Latein. - "So mach sich der Hirt nur geschwind auf und geh er nach Bethlehem drauf, dort wird er finden ein neugebornes Kindelein; ja gar ein wunderschön Kind liegt zwischen Esel und Rind. Nicht in einem Königsaal, nur in einem Ochsenstall, nur in einem Ochsenstall liegt unser eingefatschter Gott, der uns hilft in aller Not."

Das ist des alten Sängers "Botschaft", die er während der Weihnachtszeit in allen Häusern verkündet.

Wir haben ihm einen kleinen Botenlohn gegeben, da sagt er noch ein paar heitere Sprüche und humpelt wieder zur Tür hinaus.

Die Leute sind ganz schweigsam und andächtig geworden; und erst, als die Kirchenglocken zu läuten anheben, werden sie wieder lebendiger und verlassen, unbeholfen in Worten und Geberden, die Stube.

Ich habe das Licht ausgelöscht, das Haus verschlossen und bin in die Kirche gegangen. Das ist die Nacht, in der vom Orient bis zum Okzident die Glocken läuten. Ein Freudenruf schallt durch die Welt und die Lichter strahlen wie ein Diamantgürtel um den Erdball. - Auch in unserer Kirche ist es licht wie am hellen Tage, nur zu den Fenstern schaut die helle Nacht herein. Jeder hat ein Stück Kerze oder gar einen ganzen Wachsstock mitgebracht; denn in der Christnacht muss jeder seinen Glauben und sein Licht haben. Die Leute drängen sich zum Kripplein, das heute an der Stelle des Beichtstuhles aufgerichtet worden ist. Ich habe vor mehreren Jahren aus Linden- und Eschenholz die vielen kleinen Figuren geschnitzt und sie zur Versinnlichung der Geburt Christi zusammengestellt. Es ist der Stall mit der Krippe, mit dem Kindlein, mit Maria und Josef, mit Ochs und Esel, es sind die Hirten mit den Lämmlein, die heiligen Könige mit den Kamelen; es sind andere spaßhafte Männchen mit Gruppen, wie sie Freude, Wohltun und Liebe zum Christkinde nach der Leute Auffassung ausdrücken sollen. In der Luft hängen die Engel und die Sterne und im Hintergrunde ist die Stadt Bethlehem. Was der Rüpel weiß zu sagen in Worten, das will ich durch diese Bilder erzählen. Und die Leute erbauen sich an dieser Darstellung. Aber sie halten sie, Gott sei Lob, eben nur wie ein Bild, von dem sie wissen, dass es nichts bedeuten und nichts wirken kann als die Erinnerung. Mit einem Heiligenbilde auf dem Hochaltar wäre das anders; das hätten sie Jahr um Jahr und in allen Lebenslagen vor Augen, das täten sie wohl zum Herrgott selber machen.

Auf dem Chore ist in dieser Nacht Unheil gewesen. Der Pfarrer stimmt schon das ambrosianische Loblied an, ich sitze an der Orgel und ziehe zur hohen Festfreude alle sechs Stimmzüge auf - da platzt jählings der Blasebalg und die Orgel stöhnt auf und faucht und gibt keinen einzigen klingenden Ton. Meiner Tage bin ich nicht in solcher Verlegenheit gewesen als in dieser Stunde. Ich bin der Schulmeister, der Choraufseher, ich muss Musik machen; und die Musik ist ja eigentlich das Fest und ohne Musik gibt es in der Kirche gar keine Christnacht.

Aller Leut' Herzen hüpfen, aller Leut' Ohren spitzen sich der Musik entgegen, da schürft mir der Teufel jetzt den Blasebalg auf. Ich habe meinen Kopf in die Hände genommen, hätte ihn am liebsten zum Fenster hinausgeworfen. Vergebens hüpfen meine Finger alle Zehn über die Tasten hin; taubstumm ist das ganze Zeug und wie maustot.

Der Paul Holzer, sein Weib und die Adelheid von der Schwarzhütte, die auf dem Chore neben mir sitzen, merken wohl meine Pein; aber sie rücken nur so her und hin und hüsteln und räuspern sich und heben an in hellen Stimmen zu singen: "Herrgott, dich loben wir all!"

Das ist mir Öl ins Herz gewesen.

Aber das Lied wird bald aus sein und danach kommt das Hochamt und da muss Musik, Chormusik sein um alle Welt. Holpert der alte Rüpel die Treppe herauf: "Schulmeister! Will schon heut die Orgel schweigen, so nimm die Geigen!" "O Gott, Rüpel, die ist zu Holdenschlag beim Leimen!" "Und kunnt ich auch die Geigen nicht zuwege bringen, o tät ich bei meiner Treu die Kirchenlieder frei auf der Zither singen!"

Für diese Wort habe ich den Alten so stürmisch umarmt, dass er bis ins Herz hinein erschrocken ist. Ich eile und hole die Zither; und bei dem Hochamte klingt auf dem Chor ein Saitenspiel, wie es in dieser und etwa auch in einer andern Kirche niemalen so gehört worden ist. Die Leute horchen, der Pfarrer selber wendet sich ein wenig und tut einen kurzen Blick gegen mich herauf.

Und so ist mitten in der langen Winternacht zu Winkelsteg das Christfest gefeiert worden. Leise zittern und wiegen die Saitentöne; sie singen dem Neugebornen Jesukindlein das Wiegenlied und dem Menschen den Frieden. Und sie schrillen und wecken das schlafende Kind, ehe der falsche Herodes kommt; und sie trillern ein Wanderliedchen für die Flucht nach Ägypten.

Ich spiele den Messgesang, spiele die Lieder, wie sie meine Mutter gesungen und mein Nährvater, der gute Schirmmacher, und im Hause des Freiherrn die Jungfrau . . . .

Und letztlich weiß ich selber nicht mehr, was ich kindischer Mann der Gemeinde und dem heiligen Kind hab vorgespielt in dieser Christnacht.

Ich werde den Winkelstegern noch so verrückt wie der Reim-Rüpel.

Nach dem Mitternachtsgottesdienst hat der Pfarrer durch mich die Ärmsten der Gemeinde, die Alten, die Bestraften, die Verlassenen zu sich in den Pfarrhof rufen lassen.

Je! Da ist es noch heller wie in der Kirche! Da ist mitten in der Stube ein Baum aufgewachsen und der blüht in Flammenknospen an allen Ästen und Zweigen.

Da gucken die alten Männlein und Weiblein gottswunderlich drein und kichern und reiben sich die Augen über den närrischen Traum. Dass auf einem Baum des Waldes eitel Kerzenlichter wachsen, das haben sie alle ihre Tage noch nicht gesehen.

Jenes Wundervöglein von den tausend Jahren, sagt der Pfarrer, sei wieder durch den Wald geflogen, habe ein Samenkorn in den Boden gelegt und dem sei dieses Bäumchen mit den Flammenblüten entsprossen. Und das sei der dritte Baum des Lebens. Der erst sei gewesen der Baum der Erkenntnis im Paradiese; der zweite sei gewesen der Baum der Aufopferung auf Golgatha; und dieser dritte Baum der Baum der Menschenliebe. Der uns das Golgatha der Erde wieder zum Paradiese gestalte. Im brennenden Dornbusch habe Gott vormal einst die Gebote verkündet und in diesem brennenden Busche wiederholte er es heute: Du sollst den Nächsten lieben wie dich selbst!

Hierauf hat der Pfarrer die Kleidung und Nahrung verteilt, wie die Gaben bestimmt gewesen, und die Worte gesagt: "Nicht mir danket, das Christkind hat's gebracht!" "Du mein, du mein!" rufen die Leutchen zu einander, "jetzt steigt uns das Christkind schon gar in den Wald herein! Ja, weil wir halt eine Kirche haben und so viel einen guten Herrn Pfarrer!"

Der Rüpel, auch einer der Beschenkten, ist allein kindischer wie die andern all mitsammen. Er eilt um den Baum herum, als täte er das Christkind suchen im Gezweige.

"Aber mein!" schreit er endlich, "die Sonn darf nicht bös auf mich werden, ich weiß kein Licht auf der Erden, weiß keins zu nennen, das so hell tät brennen wie dieser Wipfel mit seinem Gipfel! Seid fein still und lauscht! Hört ihr's, wie's in den Zweigen rauscht? Wie Spatzen fliegen die Englein und bauen ein Nest fürs Christkind zum heiligen Fest. Der weiße dort der kleine - Flügel hat er auch noch keine - der wär jetzt schier herabgefallen. Geh, lass dir ein paar Steigeisen teilen vom Schmied, ich will sie schon zahlen. Schau, ich hab heut ein warm Jöpplein kriegt und in jedem Säckel ein Taler liegt. Und kommet, ihr Engel, nur auch bald zu allen andern Bäumen in unserm Wald, auf dass ihr tätet anzünden die Lichterkronen zu tausend Millionen!"

Keinen Löffel voll hat der alte Rüpel gegessen, als die andern beim Grassteiger warme Suppe genießen. Und als Stroh in die Stube getragen und ein Lager bereitet ist worden, dass die Leutchen nicht in der Nacht zu ihren fernen Hütten wandern müssen, da ist der Rüpel hinausgegangen unter den freien Himmel und hat die Sterne gezählt und jedem einen Namen gegeben. Und der aufgehende Morgenstern hat den Namen "Vater Paul" erhalten.

6. DEZEMBER - HANS CHRISTIAN ANDERSEN: DAS KLEINE MÄDCHEN MIT DEN SCHWEFELHÖLZERN

Es war entsetzlich kalt; es schneite, und die Dämmerung brach schon herein; es war der letzte Abend im Jahre: Silvesterabend. In dieser Kälte und in dieser Dunkelheit wanderte ein kleines, armes Mädchen mit unbedecktem Kopfe und nackten Füßen durch die Straßen. Es hatte allerdings Pantoffeln angehabt, als es von zu Hause fortging, aber was hatten diese nützen können! Es waren sehr große Pantoffeln gewesen. Die Mutter hatte sie früher getragen, so groß waren sie, und die Kleine hatte sie verloren, als sie über die Straße eilte, während zwei Wagen in rasender Eile vorüberrollten. Der eine Pantoffel war dann nicht mehr zu finden gewesen, und mit dem andern lief ein Knabe davon. Er hatte ihr noch zugerufen, er wolle ihn als Wiege benutzen, wenn er einmal selbst Kinder bekomme.

Da ging nun das kleine Mädchen mit nackten Füßen, die vor Kälte ganz rot und blau angelaufen waren, weiter. In ihrer alten Schürze trug sie eine Menge Schwefelhölzer, und einen Bund davon hielt sie in der Hand. Während des ganzen Tages hatte ihr noch kein Mensch etwas abgekauft und auch niemand ein Almosen gegeben. Hungernd und frierend schleppte sie sich weiter, und sah so gar verzagt und schüchtern drein, die Ärmste! Die Schneeflocken fielen auf ihr langes blondes Haar, das lockig über den Rücken hinabfloß, aber an diese Zierde dachte sie wahrhaftig nicht. Aus allen Fenstern strahlte heller Lichterglanz, und in allen Straßen roch es herrlich nach Gänsebraten. Es war ja Silvesterabend; ja, daran dachte das kleine Mädchen.

In einem Winkel zwischen zwei Häusern, von denen das eine etwas weiter vorstand als das andere, kauerte es sich nieder. Sie hatte die Beine heraufgezogen; aber nun fror sie nur noch mehr. Trotzdem wagte sie nicht nach Hause zu gehen, da sie noch nicht *ein* Schächtelchen Streichhölzer verkauft und nicht *einen* Heller bekommen hatte. Der Vater würde sie gewiß schlagen, und kalt war es zu Hause ja auch. Sie wohnten ganz oben unter dem Dache, und der Wind pfiff schneidend herein, obgleich die größten Ritzen mit Stroh und Lumpen verstopft waren. Die Hände waren dem armen Kinde vor Kälte ganz erstarrt. Ach, wie gut mußte die Wärme eines Schwefelholzes tun! Wenn es nur wagen dürfte, eins herauszunehmen, es an der Wand anzustreichen und die Finger daran zu wärmen! Endlich zog es eins heraus. Ritsch! wie sprühte es, wie brannte es! Als das Kind die Händchen darum hielt, strahlte das Schwefelholz eine helle, warme Glut aus wie ein kleines Licht! O, das war ein merkwürdiges Licht! Es kam dem kleinen Mädchen vor, als sitze es vor einem großen eisernen Ofen mit blanken Messingbeschlägen; das Feuer brannte darin so lustig und wärmte so wohltuend. Ach, wie wohl das tat! Schon streckte die Kleine die Füßchen aus, um auch diese zu wärmen – da erlosch die Flamme, der Ofen verschwand – sie saß mit einem Stümpfchen des abgebrannten Schwefelholzes in der Hand da.

Ein zweites wurde angestrichen. Es brannte, es leuchtete, und wo immer der Schein auf die Mauer fiel, da wurde diese durchsichtig wie ein Flor. Das kleine Mädchen schaute in eine Stube hinein, wo der Tisch mit einem blendendweißen Tischtuch und feinem Porzellan gedeckt stand, und köstlich dampfte die mit Pflaumen und Äpfeln gefüllte gebratene Gans darauf. Und was noch herrlicher war: die Gans sprang von der Platte herab und watschelte mit Gabel und Messer im Rücken über den Boden hin und gerade auf das arme Mädchen zu. Da erlosch das Schwefelholz, und nur noch die dicke, kalte Mauer war zu sehen.

Das Kind zündete ein neues an. Da saß es unter dem herrlichsten Weihnachtsbaume; er war sogar noch größer und reicher geschmückt als der, den es am heiligen Abend bei dem reichen Kaufmann durch die Glastüre erblickt hatte. Tausende von Lichtern brannten auf den grünen Zweigen, und viele farbenreiche Bilder, wie diejenigen, welche in den Schaufenstern ausgestellt sind, schauten auf die Kleine herab. Sie streckte beide Hände nach ihnen aus – da erlosch das Schwefelholz. Die vielen Weihnachtslichter stiegen höher und höher, und nun sah sie, daß es die glänzenden Sterne am Himmel waren. Einer davon fiel gerade herab und zog einen langen goldenen Streifen am Himmel hin.

»Jetzt stirbt jemand!« sagte die Kleine, denn die alte Großmutter, die allein freundlich gegen sie gewesen, jetzt aber schon lange tot war, hatte gesagt: »Wenn ein Stern fällt, steigt eine Seele zu Gott empor!«

Wieder strich sie ein Schwefelholz gegen die Mauer. Es verbreitete einen hellen Lichtschein ringsumher, und mitten darin stand die alte Großmutter, so klar und deutlich, so mild und freundlich da!

»Großmutter!« rief die Kleine, »o nimm mich mit! Ich weiß, daß du verschwindest, sobald das Schwefelholz ausgeht, ja, verschwindest wie der warme Kachelofen, der herrliche Gänsebraten und der große glänzende Weihnachtsbaum!« – Schnell strich sie den ganzen Rest der Schwefelhölzer, die noch im Schächtelchen waren, an; sie wollte die Großmutter festhalten. Und die Schwefelhölzer verbreiteten einen solchen Glanz, daß es heller um sie war als am lichten Tage. Noch nie hatte die Großmutter so groß, so schön ausgesehen! Sie nahm das kleine Mädchen auf ihren Arm und hoch schwebten sie empor in Glanz und Freude, so hoch, so hoch! Kälte, Hunger und Angst waren vorüber – sie waren bei Gott.

Aber im Winkel am Hause saß in der kalten Morgenfrühe das kleine Mädchen mit roten Wangen und einem Lächeln um den Mund – tot, erfroren am letzten Abend des alten Jahres.

Der Neujahrsmorgen ging über der kleinen Leiche auf, die mit ihren Schwefelhölzern, von denen ein Schächtelchen fast verbrannt war, dasaß. »Sie hat sich wärmen wollen!« sagten die Umstehenden. Niemand wußte, was sie Schönes gesehen hatte, in welchem Glanze sie mit der alten Großmutter zur Neujahrsfreude eingegangen war.

7. DEZEMBER - FRANZ GRAF VON POCCI : DER PELZEMÄRTEL

Die Winde sausen um das Haus,
es stürmt daher der Winter.
Nun schaut Pelzmärtel Nikolaus
nach euch sich um, ihr Kinder.
Da will ich sehen, was er sagt,
wenn er nun Vater und Mutter fragt,
ob ihr auch brav gewesen.

Horch! Kommt er nicht die Trepp' herauf?
Hört ihr nicht poltern und schnaufen?
Jawohl, er ist's! - Die Tür geht auf. -
Ihr braucht nicht fortzulaufen
und dürft auch nicht erschrecken
vor Ruten und vor Stecken,
sieht er auch gleich zum Fürchten aus!

Nun schaut er rings die Kleinen an
und spricht: "Ihr frommen Kinder,
ihr sollt mir alles Gute han!
Ich bring euch für den Winter
hier Äpfel und Birnen und Mandelkern,
Lebkuchen und Nüsse und Zuckerstern;
da füllt euch Kappen und Taschen!

*Die Kinder klauben und freuen sich sehr;
doch finster brummt der Alte:
"Nun gebt mir die bösen Buben her,
die trag ich mit fort zum Walde!"
Der Vater spricht: "Sie sind alle brav
und brauch weder Zank noch Straf;
sie folgen und lernen mit Freuden!"*

*Da sagt der Märtel: "'s freut mich doch,
daß wir euch Freude machten.
Seid nur recht brav, dann gibt's auch noch
recht fröhliche Weihnachten!
Ade, ihr Kinder! Bleibt nur hier!" -
Nun schlürft er wieder hinaus zur Tür
und stolpert die Stiege hinunter.*

*Doch horch, wie schrei'n im Nachbarhaus
die bösen Knaben und Mädchen!
Ha, sieh! Der Nikolaus kommt heraus,
im Sack den Fritz und das Gretchen.
Nun hilft kein gutes, kein böses Wort;
der Pelzmärtel trägt sie fort
zu den Wölfen und Bären im Wald.*

8. DEZEMBER - HEINRICH SEIDEL: EINE WEIHNACHTSGESCHICHTE

Es hatte vierzehn Tage lang gefroren wie in Sibirien. Auf dem höchsten Berg im Lande saß der alte Wintergreis mit seinem bläulichen Gewande und seinem lang hinstarrenden Schneebart, und ihm war so recht behaglich zumute, wie einem Menschengreise, wenn er hinter dem Ofen sitzt und das Essen ihm geschmeckt hat und alles gutgeht. Zuweilen rieb der alte Winter sich vor Vergnügen die Hände – dann stäubte der feine, schimmernde Schnee wie Zuckerpulver über die Erde; bald lachte er wieder still vor sich hin und es gab Sonnenschein mit klingendem Frost. Der schneidende Hauch seines Mundes ging von ihm aus, und wo er über die Seen strich, zerspaltete das Eis mit langhindonnerndem Getöse, und wo er durch die Wälder wehte, zerkrachten uralte Bäume von oben bis unten.

»Habe Erbarmen, alter Wintergreis!« flehte ich, »und laß ab, denn es ist Weihnachten und ich muß pelzlos nach Hause reisen.« Der Alte fühlte ein menschliches Rühren, lehnte sich mit dem Rücken gegen die uralte Eiche, die auf dem hohen Berge steht, schloß die Augen und drusselte ein wenig. So gelangte ich denn ohne Gefährde in meine Vaterstadt zu meiner Mutter. – Wohl dem, der noch eine sichere Stätte hat in der weiten Welt, wo er sich geliebt weiß, wo die treuen Augen der Mutter auf ihn sehen, die schon voll Liebe auf ihm ruhten, als er noch klein und hilflos auf ihrem Schoße spielte. – Da bin ich wieder in den kleinen, wohlbekannten Zimmern, und die freundlichen Augen werden nicht müde, mich zu betrachten; ich muß erzählen, wie es mir ergangen ist, und auch das Kleinste ist dabei nicht zu unwichtig. Dann stürmt mein Bruder Hermann ins Zimmer, der Primaner und Naturforscher, und kaum hat er mich begrüßt, so erzählt er schon: »Du, Eduard, die Eislöcher auf dem großen See wimmeln von nordischen Enten, die hier überwintern, und am Schloßgartenbach habe ich wieder Eisvögel beobachtet.« – Polly, der braungefleckte Wachtelhund, ein außerordentlich gebildetes Tier und Zögling meines Bruders, springt in ausgelassener Wiedererkennungsfreude an mir empor und muß sofort seine neuerlernten Künste zeigen. Dann kommt auch Murr, der weiße, gelbgestreifte Kater, reserviert wie Katzen sind, leise gegangen und reibt sich schnurrend an meinem Knie, auch er hatte mich nicht vergessen. Er hat Menschenverstand, wie meine Mutter sagt, und wenn er zuweilen des Abends würdevoll mit dem um die Vorderfüße geringelten Schwanz auf der Sofalehne sitzt und einen der Sprechenden nach dem andern aufmerksam anblickt, so ruft meine Mutter oft plötzlich, wenn von Geheimnissen die Rede ist: »Sprecht doch leise, der Kater versteht ja alles!« – Und von Geheimnissen wimmelt das Haus jetzt förmlich; da erscheint Paul, der Jüngste, der Obertertianer, der noch gar nicht weiß, daß ich gekommen bin, plötzlich in der Tür, etwas leicht in Papier Geschlagenes in der Hand tragend. Aber kaum hat er mich erblickt, als er, statt mich zu begrüßen, voll Entsetzen wieder hinausspringt und erst nach einiger Zeit ohne das Paket mit vergnügtem Lächeln wieder zurückkehrt. »Feine Schlittschuhbahn«, lautet sein Bericht, »wir sind gestern schon nach Nußwerder gelaufen, der große See ist ganz zu.«

Dann wird alles revidiert im ganzen Hause, das Alte, ob es noch das Alte ist, und dann das Neue. Alle die bekannten Ecken und Eckchen, aus denen die Erinnerung lächelt, die alten Bücher, aus denen dem Kindersinn der Zauber der Dichtung emporblühte. Selbst der Garten wird aufgesucht, und dann geht es den Gang zwischen bereiften Hecken hinunter zum See, der weit in seiner glänzenden Eisdecke schimmernd daliegt, denn hier hat es gar nicht geschneit, und es ist eine Schlittschuhbahn wie selten. Ich probiere einmal vorläufig das Eis, und dann geht es wieder zurück zu den Stübchen meiner Brüder. Dort sind Hermanns selbst erzogene afrikanische Finken zu bewundern, ausländische Schildkröten und Molche und andere naturhistorische Errungenschaften. Paul hatte aus Holz gesägte Sachen vorzuzeigen, und eine heimliche Zigarrenspitze, deren vorzügliche Angerauchtheit, und eine unerlaubte Pfeife, deren echten Weichselholzgeruch ich bewundern muß.

Dann kommt nun der Weihnachtsabend selber, und mit ihm die gute Tante Amalie, die mich schon so oft auf die Strümpfe gebracht hat, denn sie strickt mir immer so schöne, warme, und ihr Dienstmädchen trägt einen höchst verdächtigen Korb, und mit Tante Amalie kommt Cousine Helene, meine kleine Feindin. Sie ist nun eigentlich kaum meine Cousine, denn die Verwandtschaft ist so künstlich, daß Tante Amalie fünf Minuten braucht, um sie auseinanderzusetzen, und ich sie noch nie begriffen habe. Aber wir nennen uns Cousine und Vetter und du, denn wir kennen uns schon von der Zeit an, als Tante Amalie die kleine zehnjährige Waise zu sich nahm, und das ist nun gerade acht Jahre her. »Kinder, vertragt euch!« ist das erste, was Tante Amalie zu uns sagt; sie weiß aus Erfahrung, daß es dieser Warnung bedarf, denn wir stehen im allgemeinen auf dem Kriegsfuß. »O, ich werde schon mit ihm fertig!« sagt Helene mit einem kleinen Trotzblick, der wenig Gutes verspricht.

Die Mutter und Tante Amalie verschwinden zu heimlichen Vorbereitungen in den Festgemächern, und ich petitioniere ebenfalls um Zulassung, da ich – mit einem Blick auf Helene – doch nicht mehr zu den Kindern zu rechnen sei. »Nehmt den alten Meergreis nur mit«, meint sie, aber es wird mir nicht gestattet. »Schenkst du mir denn auch etwas, Helenechen, mein Schwänechen?« frage ich mit einem alten Kinderreim. Sie ist immer schlagfertig: »Ich schenke dir kein Tränechen, doch Tante Malchen schenkt dir was für deine langen Benechen«, sagt sie schnippisch. – »Ich weiß auch gar nicht«, läßt sich der biedere Paul vernehmen, »ihr hackt euch doch immer, wo ihr euch seht.«

»Du ahnungsvoller Engel, du«, meint Helene und streichelt sein würdiges Haupt. – »Hast du schon mal einen Engel gesehen«, fragt Hermann nun ironisch, »der karierte Hosen anhat und heimlich Zigarren raucht?« – »Ihr seid schrecklich, alle miteinander«, sagt Helene, »ist das eine Weihnachtsstimmung und sind das Weihnachtsgespräche?« »Das ist nur äußerlich«, meine ich, »innerlich, da sind Lichter in unseren Herzen angezündet, und das Gemüt ist voll Weihnachtsduft.«

»Um Gottes willen!« seufzt Helene.

Das Klavier steht geöffnet. »Laßt uns singen«, bitte ich. – Helene sieht mich fast dankbar an: »Aber was denn?« – »Unser Weihnachtslied: ›Morgen, Kinder, wird's was geben, morgen werden wir uns freun‹.« Und nun wird es gesungen, das alte harmlose Lied, das eigentlich gar nicht mehr paßt, da dies »Morgen« schon heute ist. Dann singt

Helene mit ihrer klaren Stimme: »O du fröhliche, o du selige, gnadenbringende Weihnachtszeit . . .« und dann: »Es ist ein Ros' entsprungen . . .« und dann mit einmal tönt die Glocke, und der Moment, der so manches Mal mein Herz mit süßem Schauer erfüllt hat, ist da.

Der Weihnachtsbaum, mit Silber- und Goldketten, Fähnchen, Netzen und Sternen und mancher verlockenden Frucht behangen, strahlt mir entgegen, ach, nimmer so herrlich wie einst, da sein Glanz durch das ganze Jahr einen wärmenden Schein breitete und schon lange vorher beim Ausblasen einer Wachskerze das Herz in süßem, ahnungsvollem Schauer erbebte: »Es riecht nach Weihnachten.«

Wir suchen nun jeder den Ort, wo ihm die Liebe etwas aufgebaut hat. Selbst Polly und Murr sind nicht vergessen. Jenem ist unter dem Tisch auf einem Schemelchen die delikate Knackwurst in einem Kranz von Pfeffernüssen zugedacht und ein eigenes Lichtlein dabei angezündet. Der würdige Kater dagegen findet seine Bescherung auf seinem Lieblingsplatz, dem Fensterbrett. Sie besteht in einem Schälchen Milch und einem Halsband mit seinem Familiennamen, von Helenens kunstfertiger Hand gestickt. »Es ist eigentlich unchristlich für so unvernünftige Tiere«, sagt Tante Amalie, aber sie lächelt doch im stillen darüber. Das heimliche Paket, das Paul vorhin so schnell verbarg, gibt sich als ein aus Holz künstlich gesägter Gegenstand zu erkennen, der in Gestalt eines luftigen Schweizerhäuschens meiner Taschenuhr zum nächtlichen Wohnplatz dienen soll. Er hat überhaupt diesen Industriezweig auf alle Anwesenden ausgedehnt. Tante Amalie meint: »Du hast uns wohl alle besägt.«

Plötzlich wird die Tür aufgerissen, und die zu einer unnatürlichen Tiefe verstellte Stimme des Dienstmädchens läßt sich vernehmen: »Julklapp!« und ein in Papier gewickelter Gegenstand fällt ins Zimmer. »An Eduard« ist's adressiert. Viel Papier fliegt hastig abgerissen zu Boden, und Helene macht sich durch eine schlecht verhehlte Spannung verdächtig. Endlich kommt ein zierlich in Perlen gesticktes Hausschlüsselfutteral zum Vorschein. »Von dir, Helene?« »Nur aus Bosheit«, ist die Antwort, »weil ich weiß, daß du gestickte Sachen verabscheust.«

»Das mußt du anerkennen«, sagte Tante Amalie, »es ist eine sehr mühsame Arbeit, sie hat drei Wochen daran gearbeitet.« – »Ach, nicht doch«, meint abwehrend Helene. – »Ich will es dir zu Ehren alle Abende benutzen«, sage ich. – Dagegen protestiert nun aber die Mutter: »Was, ihr wollt meinen Ältesten auf Abwege bringen?!« – Wieder geht die Türe auf, wieder eine andere Nuance von Dorotheas wandelfähigem Organ: »Julklapp!« und eine große Kiste wird hereingeschoben mit der Adresse: »An Helene.« Diese sieht mich voller Verdacht von der Seite an. »Darin ist gewiß eine große Schändlichkeit von dir«, meint sie, »ich mache es gar nicht auf«, aber sie hat schon den Deckel der Kiste abgeschoben. Ein mächtiges Paket, in Papier gesiegelt, kommt zum Vorschein. Aus dem Papier entwickelt sich eine zweite Kiste. Helenchen wird ganz aufgeregt, denn in dieser Kiste steckt wieder eine und so fort, die Papiere fliegen umher, und das ganze Zimmer steht voll Kisten. »Es ist abscheulich«, sagt Helene, »gerade wie in dem Märchen von der alten Frau, die ein Haus hatte und in dem Hause eine Kammer und in der Kammer einen Schrank und in dem Schrank eine Kiste und in der Kiste wieder eine Kiste und so fort und in der letzten eine Schachtel und so weiter, und in der letzten kleinsten Schachtel war ein Papierchen, und in dem Papierchen wieder ein Papierchen und in dem allerletzten Papierchen ein Pfennig, der war ihr einziges Vermögen.« Endlich kommt ein runder, in Seidenpapier gewickelter Gegenstand zum Vorschein. »Nun geht's los!« rufen alle. Es ist aber nur eine runde, große Apothekerschachtel. Das Seidenpapier fliegt, eine Schachtel nach der andern kommt hervor, die Spannung wird fast unerträglich. Endlich in der zehnten Schachtel ein kleiner schwerer, in Papier gewickelter Gegenstand. »Das ist der Pfennig!« ruft Helene, »die gute, alte Frau schenkt mir ihr ganzes Vermögen zu Weihnachten!« Es ist aber kein Pfennig, sondern ein kleines, zierliches, goldenes Kreuz an einer feinen Kette. »Gerade wie ich es mir gewünscht habe!« ruft Helene verwundert, und ein fragender Blick trifft mich. Ich nicke und mit einem Male hat sie meine Hand mit ihren beiden erfaßt und schaut mir herzhaft in die Augen. »Ich danke dir, Eduard.« – »So freundlich hast du mich lange nicht angesehen, Helene.« – »Wenn du immer ein artiges Kind bist«, antwortete sie, »so wirst du noch öfter freundlich angesehen.«

»Julklapp!« tönt es wieder in Dorotheas höchsten Fisteltönen; sie sucht uns offenbar einzubilden, daß sich ein ganzes Heer von verschiedenen Geschenkspendern draußen ablöst. Da man jedesmal vor dem Julklappruf die Haustürklingel hört, so habe ich sie sogar im Verdacht, daß sie zur größeren Wahrscheinlichkeit ihrer oratorischen Darstellung jedesmal die Treppe hinabläuft, zuvor einen Eintretenden zu fingieren. – Die Julklappen nehmen endlich ein Ende, und Dorothea tritt nun selber ein, ganz rot im Gesicht von der Anstrengung, aber harmlos, als wisse sie von nichts, um auch ihr bescheidenes Weihnachtstischchen aufzusuchen.

Allmählich brennen die Wachskerzen nieder, und eine nach der andern erlischt knisternd in dem Nadelwerk des Baumes. Nach der festlichen Aufregung ist eine beschauliche Stille eingetreten. Die beiden Jungen haben sich über die bescherten Bücher hergemacht und blättern vorkostend darin umher. Im Nebenzimmer hört man die Stimmen der Mutter und der Tante Amalie, die im Hinblick auf das morgige Festgericht in einen interessanten Meinungsaustausch über die Anwendung von saurer Sahne verwickelt sind. Polly und Murr liegen wohlbehaglich an ihren Lieblingsplätzen, im innersten Gemüt befriedigt, ihre Weihnachtsbescherung verdauend, und ich habe mich in meine dunkle Weihnachtslieblingsecke auf den Lehnstuhl hinter dem Tannenbaum zurückgezogen. Dort schweifen meine Blicke bald in das grüne, nur noch stellenweise beleuchtete Geäst des Weihnachtsbaumes nach den niederbrennenden Lichtern, bald nach Helenen, die, noch immer vor ihrem Weihnachtstische stehend, nach Mädchenweise stets von neuem die Geschenke und Geschenkchen zierlich ordnet und eingehend betrachtet. Sie steht abgewendet von mir, und nur zuweilen bei einer Bewegung zeigt sich das zierliche Profil ihres Gesichtes. Die kleinen widerspenstigen Löckchen, die sich nicht dem allgemeinen Gesetz der Haartracht fügen wollen, umgeben wie ein goldener Schimmer das Köpfchen.

Da knistert wieder eines der Lichter am Baume in die Nadeln, ein kurzes Aufleuchten, und es ist erloschen; das ganze Zimmer ist schon von dem Weihnachtsduft der Nadeln und Lichter erfüllt. Meine Blicke wenden sich wieder zu Helene. Sie blättert gerade in einem kleinen Büchlein, das ich ihr für ihre Mädchenminiaturbibliothek geschenkt habe. Meine Gedanken fangen an, eigentümliche Wege zu gehen. Es ist wieder Weihnachten, und ein blitzender, strahlender Tannenbaum aufgebaut, und zwei Menschen stehen davor Hand in Hand und schauen sich in die Augen, aus denen es noch viel schöner leuchtet, denn das Glück schimmert daraus hervor. Und merkwürdig – diese zwei Menschen sind Helene und ich. Und meine Phantasie arbeitet weiter, denn die Phantasie tut nichts halb, und ich höre ganz deutlich das Blasen von Kindertrompeten und das Stampfen von kleinen Steckenpferdreiterbeinchen und glückseliges Kinderlachen ...

»Eduard, du schläfst wohl?« fragt Helene plötzlich. – »Ich träume nur«, antworte ich mit einem halben Seufzer. – »Kinder, kommt zum Essen!« ruft die Mutter aus dem Nebenzimmer.

Am zweiten Weihnachtstag war ich zu Mittag bei Tante Amalie eingeladen, und nachher wollten Helene und ich auf den großen See zur Einweihung der neuen Schlittschuhe, die sie zu Weihnachten bekommen hatte. Aus den kleinen, zierlichen Zimmerchen der Tante stiegen neue Kindererinnerungen hervor. Ich kannte dort alles, das feine, geblümte Porzellan, die alten Kupferstiche an den Wänden, die alte, schwarze Rokokouhr mit dem Sensenmann, die eine so sonderbare Gangart hatte, daß man alle Augenblicke meinte, sie müsse stillestehen, die alten verblichenen Stickereien und die hundert zierlichen Kleinigkeiten auf der Spiegelkommode. Am Fenster standen dieselben Lieblingsblumen, und derselbe feine Duft herrschte in dem Zimmer, der mich als Kind schon immer so feierlich stimmte und der mir in der Fremde, wenn ich ihm begegne, unwiderruflich meine gute Tante vor Augen zaubert.

Nach Tische zog ich Helene das enganschließende Pelzjäckchen an und hüllte den Kopf in eine blauseidene Kapuze, aus deren weißem Schwanbesatz das frische Gesicht mit dem blonden, widerspenstigen Löckchenkranz gar anmutig hervorschaute.

»Was siehst du mich denn so an?« fragte sie plötzlich. »Ich freue mich über meine hübsche Cousine«, antwortete ich. – Ihr stieg ein klein wenig Rot in die Stirne, und sie sprach rasch: »Du gewöhnst dir wohl auf deine alten Tage das Schmeicheln an.«

Wir gelangten nach kurzem Wege an den See. Der alte Wintergreis auf seinem hohen Berge schlief noch immer. Es war noch nicht Tauwetter, allein durch die Stille der Luft erschien es wärmer, als es war, und die Sonne hatte am Tage so viel Macht, daß sie die gefrorene Erde an der Oberfläche auftaute.

»Wir laufen doch zum Nußwerder?« fragte Helene, als wir die Schlittschuhe angeschnallt hatten.

»Wie du willst!« war meine Antwort, »die Bahn ist ja noch weiter abgesteckt.«

Unterdes hatten wir uns in Bewegung gesetzt und waren auf die breite, mit Büschen und Stangen angedeutete Bahn gelangt, die jedes Jahr abgesteckt wurde, um einen ungefährlichen Weg zu den beliebten Vergnügungsorten zu bezeichnen.

»Wir bleiben doch nicht auf der langweiligen Bahn?« fragte Helene, und ihre Blicke schweiften über die weite, schimmernde Eisfläche hinaus.

Plötzlich ward ein fröhliches Stimmengewirr hinter uns hörbar, und brausend kam ein Schwarm von Schülern herangefahren und zog, die Mützen schwenkend, an uns vorüber. Ein einzelner sonderte sich von ihnen, es war Hermann.

»Ich wollte dir nur sagen, Eduard, geht lieber nicht nach den

Entenlöchern und weicht überhaupt nicht weit von der Absteckung ab. Es sind viele von den Vögeln eben verlassene Stellen da, die nur ganz leicht überfroren sind und sich sehr wenig von dem übrigen Eis unterscheiden. Es tut mir nur leid, daß ich jetzt mit meinen Kameraden laufen muß, sonst würde ich euch gern dahin geleiten, ich weiß genau dort Bescheid, denn ich habe manche Stunde daselbst mit dem Fernrohr zugebracht und nach den Enten gesehen. Morgen können wir ja einmal zusammen dorthin laufen!« – Damit eilte er mit doppelter Geschwindigkeit den übrigen nach, und bald hatte ihn das schwarze Häuflein wieder eingeschlungen.

Wir glitten eine Weile schweigend dahin. Manchmal schaute ich seitwärts auf Helenens zierliche Gestalt, wie sie so ebenmäßig und anmutig dahinfuhr und wie der Luftzug die Kleider an die schönen Linien ihres Körpers schmiegte. Endlich standen wir eine Weile. Vor uns lag Nußwerder noch in ziemlicher Entfernung, von feinem, violettem Duft des Winters angehaucht; seitwärts über den See hinaus erblickte man in der Ferne eine dunkle Linie über dem Eise, und darüber schwärmte es ab und zu von unzähligen Möwen.

»Da sind die Enten«, sagte Helene, »ich möchte sie gar zu gerne einmal in der Nähe sehen.«

»Du hast ja gehört, was Hermann sagte«, antwortete ich. »Komm, in einer Viertelstunde können wir auf Nußwerder sein.«

»Ich fürchte mich gar nicht«, sagte Helene, indem sie einen kleinen, zierlichen Bogen schlug, und mir dann gerade ins Gesicht sah; »du bist doch ein rechter Sicherheitskomissarius.«

»Ich für meinen Teil würde mich nicht scheuen, das weißt du auch recht gut, Helene, ich bin noch im vorigen Jahre allein dort gewesen und kenne den See, allein ich darf es jetzt deinetwegen nicht, ich bin dafür verantwortlich, wenn ein Unglück geschieht.«

»Ich brauche deine Verantwortlichkeit gar nicht«, sagte sie, verächtlich das Köpfchen aufwerfend, »und es nützt dir auch gar nicht, deine Furchtsamkeit durch solche Gründe zu bemänteln. Wenn du nicht mitwillst, so laufe ich allein!« Und damit setzte sie sich langsam in Bewegung. – »Helene!« rief ich. – Sie wandte sich um und sah mich spöttisch an. »Willst du mitkommen? Ich ziehe dich heraus, wenn du ins Wasser fällst.«

»Du kränkst mich mit Absicht, Helene«, sagte ich ruhig, »und das ist nicht schön von dir. Ich gebe nach, aber nur unter einer Bedingung, die du mir nicht verweigern wirst. Ich bleibe stets zehn Schritte vor dir, damit ich dich in genügender Sicherheit weiß.«

Ihr Auge leuchtete plötzlich auf, jedoch antwortete sie nicht, sondern neigte nur bejahend das Haupt, und wir setzten uns in der verabredeten Weise in Bewegung.

Es war nun doch eine Verstimmung zwischen uns, und niemand wollte anfangen zu reden.

Das Eis war glatt und jungfräulich, wo wir liefen, und von jenem dunklen Glanz, der auf die Tiefe des Wassers deutet. Rings war es still bis auf das unablässige Geräusch der Schlittschuhe; nur zuweilen ging ein klingendes Hallen durch die Eisfläche, oder ein Eisstückchen, von leisem Luftzug getrieben, klirrte vorüber. »Sieh einmal«, sagte Helene plötzlich und hielt an, indem sie auf den Grund deutete. Es war eine flachere Stelle des Sees, und durch die klare Eisdecke konnte man bis auf den weißen Sandgrund sehen und die feinen, gefiederten Wassergewächse deutlich erkennen. Zuweilen sah man große Fische vorüberhuschen. Ich bemerkte eine heimliche Ängstlichkeit in Helenes Zügen, denn dieser Anblick des tiefen Grundes, von dem man nur durch eine durchsichtige Decke getrennt ist, hat für den Ungewöhnten etwas Schauerliches.

Wir waren den Enten schon ziemlich nahe gekommen und hörten nun deutlich ihr wirres Geschnatter und das Schreien der Möwen. Nicht weit von uns bemerkte ich den sogenannten »Großen Stein«, einen mächtigen Granitblock, der aus dem Wasser hervorragt und den Kahnschiffern als Wahrzeichen gilt, denn die Gegend um ihn herum ist voller Untiefen. Indem wir darauf zuhielten, trafen wir auf die erste offene, von den Enten bereits verlassene Stelle und umfuhren sie in weitem Bogen. Zugleich erhob sich in der Ferne mit Geschrei und gewaltigem Flügelschlagen eine Anzahl der Vögel und ging in brausendem Flug über den See zu anderen offenen Stellen, die etwa eine Meile weiterhin gelegen waren. Bei dem Großen Steine angelangt, standen wir und sahen dem Wirren und Schwirren zu. Die ziemlich große Wasserfläche war bedeckt mit Tausenden von nordischen Enten, vorwiegend Schnell- und Eisenten, die hier, unseren Norden als ihren Süden betrachtend, Winterquartiere bezogen hatten. Eine große Anzahl von Möwen tummelte sich zwischen ihnen, aus der Luft auf das Wasser niederstoßend, oder wie helle Punkte zwischen den dunklen Enten schwimmend. In der Nähe auf dem Eise saß ein großer Vogel, zwischen den Klauen mit dem Schnabel etwas zerpflückend, daß die Federn davonstoben. »Siehst du den Seeadler?« sagte ich zu Helene, »der hat jetzt leichtes Spiel, er braucht nur zuzustoßen, wenn er Hunger hat.« Unterdessen war ihm wohl unsere Nähe unheimlich geworden, denn plötzlich erhob er sich und flog mit gewaltigen Flügelschlägen über den See dem Lande zu.

Wir hatten eine ziemliche Zeit dort gestanden und, mit dem Betrachten der Enten beschäftigt, auf nichts weiter geachtet, und so fiel es mir jetzt auf, als ich dem Seeadler nachblickte, daß das gegenüberliegende Ufer, das wir vorhin deutlich gesehen hatten, ganz in bläulichem Dämmer verschwunden war. Ich schaute mich um nach Nußwerder – nur noch wie ein matter Schein zeichnete es sich in die dicke Luft, und mit einem Male fing es an, ganz leise und sanft zu schneien.

»Helene!« rief ich, »wir müssen schnell fort, denn wenn der Schnee stärker wird und unsere Spur verdeckt, so können wir uns leicht verirren.«

Wir machten uns nun schnell auf, die Spur der Schlittschuhe auf unserem Herwege verfolgend. Langsam und stetig mehrten sich die Flocken, und kaum waren wir eine kurze Strecke vorwärts gelangt, so war das Eis von dem Schnee leicht bedeckt und die Spur verloren. Wir hielten an und schauten nach der Bahn aus. Aber nichts war ringsum zu sehen, überall nur das leise, stetige Niedersinken der großen Flocken, das sich weiterhin in einen weißen, wimmelnden Dämmer verlor. Ich schlug auf Geratewohl die Richtung ein, in der ich die Bahn vermutete, und dann ging es wieder vorwärts. Nach einer Viertelstunde war nichts erreicht, wir mußten diese Richtung verfehlt haben. Wir standen nun und horchten, ob nicht ein Laut uns zu Hilfe komme. Aber es war ringsum so totenstill, daß man das leise Geräusch der fallenden Flocken vernehmen konnte. Nun mehrte sich auch schon der Schnee und fing an, beim Laufen hinderlich zu werden, und das Schlimmste war, daß die Gefahr der unsicheren Stellen durch die gleichmäßig alles verhüllende Schneedecke verdoppelt ward. Wir glitten nach einer anderen Richtung vorsichtig weiter. So irrten wir eine Weile umher, und ich bemerkte, daß Helene anfing, müde zu werden. Plötzlich sah ich etwas Dunkles vor mir aus dem Schnee ragen, und da waren wir wieder bei dem Großen Stein; wir waren richtig im Kreise gelaufen.

Während wir eine Weile ruhten, fiel mir plötzlich eine Bemerkung ein, die ich vorhin gemacht hatte. Es war mir aufgefallen, daß die Entenkolonie, der Große Stein und Nußwerder in einer geraden Linie lagen, danach konnte man die Richtung bestimmen. Gelang es uns, diese gerade Linie einzuhalten, so mußten wir unbedingt auf Nußwerder treffen, von wo aus die Bahn mit Leichtigkeit zu erreichen war.

Wieder glitten wir in den Schnee hinaus, Helene immer etwa zwanzig Schritt hinter mir. Als wir eine Weile gelaufen waren, glaubte ich vor mir in dem Schneegewimmel etwas Dunkles ragen zu sehen wie die Umrisse von Bäumen. Unwillkürlich vermehrte ich meine Schnelligkeit, da plötzlich ertönte hinter mir ein gellender Schrei, und als ich mit scharfem Ruck meinen Lauf anhielt, ward ein Knistern und Senken zu meinen Füßen bemerkbar, das mir kaum Zeit ließ, in schneller Wendung zurückzutaumeln. Wie erstarrt stand Helene hinter mir. Ich sah sie wanken und eilte, sie in meinen Armen aufzufangen. Dann blickte ich unwillkürlich zurück und sah jenen kleinen dunklen Wasserfleck, der in der fast zugefrorenen Öffnung noch frei geblieben war und Helenen zu dem Warnungsruf veranlaßt hatte. Sie lag an meiner Brust und schluchzte leise. »Helene«, tröstete ich, »es ist ja alles gut.« Sie schlang plötzlich den Arm um mich und rief leidenschaftlich: »Ich will dich nie wieder necken, Eduard, niemals wieder!«

Ich fühlte die schöne Gestalt in meinen Armen, ihr Busen wogte an meinem, und ich beugte mich zu ihr nieder und fragte sie leise: »Auch dann nicht, Helene, wenn wir immer beieinander sein werden, immer?« Sie hob fast verwundert den Kopf und schaute mir fragend in die Augen. Dort mochte sie wohl die richtige Deutung lesen, denn langsam stieg ein Rot in ihrem reinen Antlitz auf, und sie verbarg es wieder an meiner Brust. Es war eine kleine Pause, indes ich sie sanft an mich drückte. »Auch dann nicht«, flüsterte sie leise.

Wir hatten beide vergessen, daß wir verirrt in der großen Einsamkeit des Schneegestöbers standen; was kümmerte uns, daß wir den Weg verloren hatten, hatten wir doch den schöneren zu unseren Herzen und zu unseren Lippen gefunden!

»Eduard – Helene – Eduard!« rief es plötzlich aus der Ferne, und fast erschreckt fuhren wir auseinander. Und wieder rief es, ich erkannte die Stimme meines Bruders. Ich gab Antwort, und ein vielstimmiges Jubelgeschrei war die Folge. Dann nach einer Weile sah ich die dunkle Gestalt Hermanns aus dem Schnee hervortauchen, und weiterhin kam dann eine zweite Gestalt und eine dritte und so fort, alle, wie ich beim Näherkommen bemerkte, an ein langes Seil aufgereiht, an das sie sich in Zwischenräumen verteilt hatten, während der letzte Flügelmann die Bahn innehielt. Sie hatten uns von dem hochgelegenen Wirtshaus, das sie besucht hatten, zufällig mit dem Fernrohr beobachtet und wußten, daß wir vom Schnee überrascht, auf dem Eise sein mußten. So hatten sie denn die lange Wäscheleine des Wirtes requiriert, um uns mit Sicherheit aufsuchen zu können.

Als wir zu Hause bei der Mutter, die uns schon mit Sorgen erwartet hatte, anlangten, rief Hermann, der unterwegs eingeweiht war, durch die Tür übermütig hinein: »Julklapp!« und Helene und ich traten Hand in Hand ins Zimmer. Ein Blick der Mutteraugen genügte, und ihre Arme umschlossen uns beide. »Mein Lieblingswunsch«, sagte sie glücklich, »und ihr bösen Kinder habt euch so angestellt? Und was wird Tante Amalie sagen?«

9. DEZEMBER - MONIKA HUNNIUS: KINDERWEIHNACHT

Weihnachten! Welch ein Zauber liegt in diesem Wort! Mir ist es immer, als öffnete sich damit der Blick in den Sternenhimmel, und die Freude funkelte herab, auch in die Dunkelheit trüber Zeiten. Man stellte seine Sorgenlast für eine Weile beiseite und befreit seine Seele, damit sie hell dastehe, frei vom Alltagsstaub, und das Licht aufnimmt und widerstrahlt, Liebe empfängt und Liebe gibt. In wie vielen Herzen, die von der Not des Lebens dunkel geworden sind, strahlt das Licht der Weihnachtsfreude, lehrt sie aufschauen und wieder an das Licht glauben, wie viel Ohren, die sich verschlossen hatten, tun sich auf bei dem Klang der Weihnachtsglocken und horchen auf die frohe Botschaft, die uns allen verkündet wird. Kommt auch bald wieder der Alltag zu seinem Recht, kommen auch die dunklen Seiten wieder, erlischt die Freude in manchem Leben ganz, man hat doch immer wieder ins Licht schauen dürfen, man hat den Klang der Weihnachtglocken gehört, man war doch wieder einmal froh gewesen und hatte Liebe gegeben und empfangen. - Gesegnet sei darum unser liebes Weihnachtsfest! -

Wir lebten in einer kleinen Stadt Estlands, unser Haus lag dich an der Kirche, und das Glockengeläute an den Festtagen durchtönte es bis in den letzten Winkel; dadurch hatten die Festtage bei uns ganz besonderes Gepräge. Auch verstand meine Mutter so wunderbar, Feste zu feiern.

Es war so viel Freude in ihr, und die Freude ging wie ein großer

Strom voll Leben von ihr aus. Niemals aber empfanden wir das so stark wie in der Weihnachtszeit.

Wie herrlich waren schon die Vorbereitungen! Die ganze Adventszeit war so voller Erwartung; der bunte Adventsstern, der vom ersten Advent an in unserem Zimmer hing, die Advents - und Weihnachtslieder, die wir mit unserer Mutter sangen, und die Geheimnisse, die um uns entstanden! Es war gar kein Alltag mehr, denn jeder Tag war durchrauscht von froher Feststimmung und Erwartung.

Wie köstlich war es, wenn Mutter dazwischen in ihrem Zimmer verschwand, und wir nicht hineinkommen durften! Wenn sie auf Besorgungen ging, bei denen wir sie nicht begleiten durften, und von wo sie mit großen, geheimnisvollen Paketen wieder heimkam! Wie köstlich war es, auf dem Fußboden von Mutters Zimmer dazwischen ein Stückchen Schaumgold zu finden! Wir dachten ganz sicher, die Engel hätten es von ihren Flügeln verloren.

Und dann war plötzlich der Weihnachtsabend da! Geheimnisvoll rauschend wurde der Tannenbaum durch das Haus getragen, mit Herzklopfen lauschten wir, in unserem Kinderzimmer eingeschlossen, wie die Zweige unsere Tür streiften. Von diesem Augenblick an war das Wohnzimmer für uns den ganzen Tag verschlossen. Unsere Puppen saßen schon längst festlich gekleidet auf dem Fensterbrett und durften all die Herrlichkeiten früher als wir sehen. Wir lagen auf dem Fußboden und versuchten, durch die Ritze der Tür irgendeinen Schimmer der Herrlichkeit zu erspähen.

Ach, und wenn es dann Abend wurde, und die verschlossene Tür sich weit auftat, Geheimnisse sich enthüllten und alles voll Glanz und Freude war! Weihnachtsfreude, Kinderseligkeit, so oft geschildert, so oft besungen, wer fände aber doch die rechten Worte, alles das ganz auszusprechen!

Es gab aber einmal ein Weihnachten, wo ich bitterlich weinte. Von diesem Weihnachtsfest will ich erzählen.

Es war Adventszeit. - Ich hatte eine heißgeliebte Puppe, sie hieß Adelchen, sie war groß, hatte einen Porzellankopf, himmelblaue Augen und schwarze, angemalte Locken. Ich liebte sie über alles, und doch plagte mich einmal die Neugierde, zu erfahren, was "in ihr drin" sei. Ich teilte diese Sehnsucht meiner kleinen Schwester Elisabeth mit, und eines Tages fassten wir den ruchlosen Plan, der Sache auf den Grund zu kommen. Wir entkleideten Adelchen, bohrten und fühlten an ihrem Körper lange herum, konnten aber nicht ergründen, woraus sie "gemacht" war. Da ergriff ich eine Schere und schlitzte ihr den Leib

9. DEZEMBER - MONIKA HUNNIUS : KINDERWEIHNACHT | 49

auf. Ein Strom von Sägespänen ergoss sich aus der Wunde. Voller Staunen sahen wir dem Strom zu, vergrößerten grausam mit den Fingern den Riss und sahen kaltblütig ihr Leben entströmen. Plötzlich wurde und bange, sie wurde welk und dünn; wenn wir sie aufsetzen wollten, knickte sie zusammen, und ihr schwerer Porzellankopf sank ihr vornüber.

Ein großer Schmerz kam über ich, und mein kleines Schwesterchen fing an zu weinen. In unserer Angst brachten wir unser Opfer zu unserer alten Wärterin. "Mein Gott, welche Kinder", war ihr beängstigender Ausruf bei unseren Unarten. Sie führte uns Schuldbeladene mit dem Opfer, das welk über ihren Arm hing, zu unserer Mutter, die die Puppe fortnahm, und ich weinte mich abends in den Schlaf vor Sehnsucht nach der Heißgeliebten, so grausam Ermordeten.

Nach einigen Tagen dachte ich, meine Mutter würde sie uns geheilt wiedergeben. Als sie aber gar keine Anstalten dazu machte, trieb mich die heiße Sehnsucht zu der Bitte, Mutter möchte mir doch Adelchen wiedergeben. "Nein", war die Antwort, "das habt ihr nicht verdient, das Christkindchen hat die Puppe geholt, wird sie zu Weihnachten reparieren und sie wohl den armen Kindern bringen." Traurig hörte ich den Bescheid und dachte, ich hätte diese Strafe wohl verdient; nur dass Adelchen für armen Kinder da sein sollte, konnte ich nicht verwinden. Überhaupt, die "armen Kinder" waren vor Weihnachten ein Stein des Anstoßes für mich, über den ich oft stolperte. Immer musste man ihnen was weggeben von seinen Sachen! Meine Kleider schenkte ich gern fort, auch meine sonstigen Spielsachen; nur wenn es eine Puppe wegzugeben galt, zerriss es mit das Herz. Dazu sagte Mutter noch, wenn man den Armen nicht froh und gern gäbe, so trüge das Geben keinen Segen. - Und nun war Weihnachten da! Trotz Adelchens Verlust waren die Tage vorher wie sonst, voll herrlichster Erwartung, voll kühnster Träume, glühendster Wünsche, auf deren Erfüllung man mit Zittern wartete.

Ich hatte für meine Eltern ein Gedicht auswendig gelernt, dessen ersten Vers ich mit mühsam steifen Buchstaben auf ein "Wunschpapier" geschrieben hatte. Dieses Wunschpapier zu Weihnachten einzukaufen, war ein herrliches Erlebnis. Es war ein feierlicher Augenblick, wo wir unter den Flügeln unserer alten Wärterin in den Laden gingen, jedes sein Fünfzehnkopekenstück in der Hand. Wir wählten in der größten Aufregung und konnten uns immer nicht zum Einkauf entschließen, bis unsere Wärterin für uns endlich die Entscheidung traf. Mit unseren Wunschpapieren in den Händen, mit klopfendem Herzen standen wir dann hinter der Tür des Weihnachtszimmers. Nun öffnete sie sich weit; Mutter spielte den Choral, Vater stand neben ihr am Flügel mit dem Neuen Testament in der Hand, aus dem wunderbare Buchzeichen an bunten Bändern heraushingen. Wir sangen Weihnachtslieder, hörten das Weihnachtsevangelium und wagten gar nicht, nach dem Baum oder unseren Geschenken hinzuschauen. Das war uns nämlich von unserer alten Wärterin fest eingeprägt, "ehe ihr euer Gedicht aufgesagt habt, dürft ihr nichts sehen", und nun sollte ich mein Gedicht aufsagen. Ich überreichte Vater mein Wunschpapier und fing an "Ihr Kinderlein, kommet, o kommet", doch als ich so weit kam, da hatte ich meinen Blick erhoben und nach dem Gabentisch hingeschaut. Was sah ich? In der Mitte des Tisches saß mein Adelchen in einem neuen Kleide, mit wohlgefüllten Körper und steif abstehenden armen. Über diesen Anblick vergaß ich alles, ich stand mit weit geöffneten Augen da, und mein Herz stand vor Seligkeit einen Augenblick still.

Ich verstummte und konnte mein Gedicht nicht weiter sagen. Mein Vater war ernst und ein wenig streng. Pflichttreue und Selbstüberwindung mussten wir schon als kleine Kinder zu üben versuchen. Er blickte missbilligend nach mir hin, meine Mutter half mir, aber mein Gedächtnis ließ mich vollständig im Stich, und ich brach in Tränen aus.

Trotzdem wurde der Abend noch schön. Tränenüberströmt schloss ich mein Adelchen in meine Arme und beruhigte mich, als meine Eltern sagten, sie wären mir nicht mehr böse.

Als ich abends in einem Bett lag mit Adelchen im Arm und mein Abendgebet sprach, dankte ich zuerst dem lieben Gott für mein wiedergeschenktes Kind. Dann kam eine heiße Bitte um Vergebung, dass ich meine Eltern so schwer betrübt hätte, und dann ging alles unter in dem einen Glückgefühl, dass die armen Kinder mein Adelchen nicht bekommen hatten! Und den kalten Porzellankopf meiner Puppe fest an meine heißen Kinderwangen gedrückt, schlief ich selig und dankbar ein.

10. DEZEMBER - VICTOR BLÜTHGEN: DAS VERTAUSCHTE WEIHNACHTSKIND

Klein-Elsbeth war fünf Jahre alt und hatte es recht gut auf der Welt, denn erstens brauchte sie noch nicht in die Schule gehen, zweitens hatte sie in der schönen, großen Wohnung der Eltern ein eigenes Zimmerchen für sich, das voll niedlicher Möbel war, darunter ein Schrank ganz voll Spielsachen, und drittens hatte sie immer Unterhaltung, nämlich ein Fräulein, das immer bei ihr war und sich mit ihr beschäftigte, weil Papa meistens im Geschäft war und Mama viel schlafen und Besuche machen mußte. Wenn aber recht schönes Wetter war, durfte der Kutscher aufspannen, und dann fuhr sie mit Fräulein spazieren.

Na, der Kutscher! Den mochte sie zu gern. Der war immer so spaßig, und wenn er Besorgungen gemacht hatte, brachte er ihr immer was zu naschen mit.

Ihr einziger Kummer war, daß sie kein Brüderchen hatte, so eine richtige lebendige Puppe. Im ganzen Haus war sie das einzige Kind, auch Doktor Krauses im oberen Stock, die noch nicht lange eingezogen waren, hatten keine Kinder. Aber lieb war die Frau Doktor, Elsbethchen durfte manchmal zu ihr hinaufgehen mit Fräulein, und dann spielte die Frau Doktor ganz richtig mit ihr, als wenn sie auch ein kleines Mädchen wäre.

Weihnachten kam heran, und eines Abends erschien - rate mal wer? Der Knecht Ruprecht.

Fräulein hatte schon vorher gesagt: "Wo nur der Knecht

Ruprecht bleibt? Kommen wird er sicher. Wir müssen uns nur überlegen, was wir uns zu Weihnachten wünschen, damit wir ihm das sagen können." Das war nun eine wichtige Sache. Es war denn auch eine ganze Liste zusammengekommen, Fräulein hatte alles aufgeschrieben, und Elsbeth hatte ihren Namen und die Straße und Hausnummer drunter schreiben müssen, Fräulein hatte ihr die Hand geführt.

Und nun stapfte es vor der Tür, gerade, als Fräulein das Märchen vom ehrlichen Laubfrosch erzählte, und die Tür ging auf, und herein kamen Apfel, Nüsse und eingewickelte Bonbons, und hinterher der Ruprecht. Er brummte wie ein Bär durch seinen weißen Bart und sprach beinahe so wie Heinrich der Kutscher, Elsbeth mußte beten, und dann sollte sie sich etwas zu Weihnachten wünschen. Da holte Fräulein den Zettel für Elsbeth und auch ihren eigenen, und der Ruprecht ging damit ab.

Elsbeth war ja nun sehr befriedigt, und Fräulein half mit auflesen; auf einmal aber schrie Elsbeth: "Fräulein, Fräulein -!"

"Was denn?"

"Ich habe was vergessen."

"Was hast du denn vergessen?"

"Ich will ja ein kleines Brüderchen haben, das ist die allergrößte Hauptsache. Hole doch den Ruprecht noch einmal!"

"Schade, der ist aber schon weit fort. Weißt da was? Wir schreiben an ihn. Die Post weiß gewiß seine Adresse; er wird wohl mehr Briefe bekommen."

Das war ein Trost. Fräulein nahm Papier und Feder, und Elsbeth mußte diktieren.

"Lieber Knecht Ruprecht! Entschuldigen Sie, wenn ich störe" - so sagte nämlich Fräulein immer zur Mama - "ich wünsche mir am allermeisten ein kleines Brüderchen, bitte, bitte! Es grüßt Sie Ihre Elsbeth."

"Die Adresse schreibe ich dazu," sagte Fräulein, "und die auf das Kuvert auch."

"Die Marke darf ich lecken, nicht?"

"Für den Ruprecht braucht's keine."

Aber Elsbeth wollte lieber sicher gehen und ließ nicht nach, bis eine Marke aufgeklebt war; und nachher war sie sehr energisch dagegen, daß Minna, das Stubenmädchen, den Brief in den Briefkasten trug, Fräulein mußte mit ihr über die Straße gehen und sie heben, so daß sie den Brief selber einstecken konnte.

Fräulein lachte heimlich. Der Briefkasten gehörte nämlich nicht der

Post, sondern einem großen Kohlengeschäft. Die Leute würden sich dort schön wundern!

Darauf gingen die beiden wieder Äpfel, Nüsse und Bonbons zusammenlesen.

Der Tag zu Heiligabend war gekommen und Klein-Elsbeth in wahrem Fieber vor Erwartung. Das Brüderchen mußte doch sicher kommen; bis jetzt hatte der Weihnachtsmann immer alles gebracht, was sie sich gewünscht hatte. Wenn bloß der Brief richtig angekommen war!

Papa und Mama wußten natürlich von dem bevorstehenden Familienzuwachs. Elsbeth war anfangs dafür gewesen, sie zu überraschen, aber sie hatte doch auf die Dauer ihr Geheimnis nicht bei sich behalten können. Und Mama hatte gesagt: "Es ist nur gut, daß ich es weiß, da muß ich doch Steckkissen und Windeln instand setzen."

"Aber das sage ich dir, Mama, es ist meins!" hatte Elsbeth sehr entschieden gesagt. "Daß du mir's nicht etwa nachher fortnimmst und sprichst, es wäre deins!"

"Ei, wo werde ich denn," hatte Mama geantwortet.

Nun war's draußen dunkel, in der Gegend des Wohnzimmers allerlei Getrappel und Gemunkel. Elsbeth, die atemlos mit Fräulein in ihrem Zimmerchen wartete, hörte es und trippelte wie ein Irrlicht herum vor Ungeduld. Draußen läuteten die Glocken. Und endlich klingelte es.

"Fräulein, schnell -!"

Da war die Weihnachtsstube, mit Papa und Mama und dem Weihnachtsbaum und lauter Herrlichkeiten auf Tischen und Stühlen. Und die Eltern, beide lachten ganz glücklich: "Sieh doch dort, Elsbethchen, das ist deins, was der Weihnachtsmann dir gebracht hat."

Aber die großen Kinderaugen von Klein-Elsbeth suchten, suchten, und das Gesichtchen wurde immer kläglicher -

"Wo ist denn das Brüderchen?"

"Ja, denke dir," sagte Mama, "das ist nicht gekommen!"

Aus Elsbeths Augen kullerten Tränen.

"Der Ruprecht!" nickte sie. "Das ist schon so einer. Jetzt freue ich mich beinahe gar nicht."

"Ja," meinte Papa, "wir müssen ihn nächstes Jahr einmal fragen, ob er denn deinen Brief nicht bekommen hat."

Nun half da ja nichts; Elsbeth mußte sich mit den anderen Sachen zufrieden geben, und das ging ja auch, denn sie waren wirklich sehr schön.

Nachher wurden der Friedrich und das Stubenmädchen und die Köchin und die Jungfer von Mama gerufen, die bekamen auch ihren Teil. Die Köchin kam zuletzt und war ganz aufgeregt und sagte: "Gnädige Frau, bei Doktors oben ist ein kleiner Junge angekommen."

Klein-Elsbeth stieß einen Schrei aus. "Ein kleiner Junge? Mama, Mama, das ist meiner. Der ist falsch abgegeben!"

Und mit blitzenden Augen stand die vor der Mutter, ganz Aufregung.

"Ja, das kann man doch nicht wissen," sagte Mama bedenklich und blinzelte zu Papa hin.

"Doch." rief Elsbeth, "ich habe ihn doch bestellt, Doktors brauchen doch gar keinen. Bitte, bitte, schicke doch hinauf und laß ihn holen. Tante Doktor gibt ihn mit gewiß, das weiß ich. Ich habe ihr auch erzählt, daß ich ein Brüderchen bestellt habe."

Die Köchin und die Zofe und das Stubenmädchen lachten, aber Papa sagte ernsthaft: "Na, heute wollen wir's nur oben lassen, es wird natürlich sehr müde sein und erst mal ordentlich ausschlafen wollen."

"Aber ich will's doch sehen!" rief Elsbethchen. "Fräulein, komm doch nur mit, wir wollen hinaufgehen."

"Heute nicht, sei artig, Elsbeth," entschied Mama.

Elsbeth stieß ein Schluchzen aus und stampfte mit den Füßen auf. "Ihr seid schlecht - ganz schlecht seit ihr ..."

"Elsbeth -" sagte Papa mit strengem Ton, den kannte sie schon, da war nicht gut Kirschen essen mit ihm. "Unartigen Kindern nimmt der Weihnachtsmann alles wieder weg, das weißt du. Natürlich das Brüderchen auch." "Sie ging zu ihren Sachen, weinte noch eine Weile still vor sich hin ...

"Morgen ganz früh gleich gehen wir hinauf, nicht?" sagte sie zu Fräulein, als die sie zu Bett brachte.

"Ja freilich."

Sie lag noch lange mit offenen Augen, lächelte manchmal glückselig ...

In aller Frühe klingelte es bei Doktors. Als das Mädchen öffnete, stand Klein-Elsbeth da, hochrot im Gesichtchen, sagte gar nicht "Guten Morgen", sondern bloß sehr bestimmt: "ich will mein Brüderchen sehen. Es gehört nämlich mir."

Sie war dem Fräulein durchgegangen, das noch mit Haarmachen zu tun hatte.

"Das ist deins?" fragte das Mädchen erstaunt. "Ich denke doch, das ist der Frau Doktor ihres."

"Nein, das habe ich mir bestellt, es ist bloß falsch abgegeben. Und ich will mir's holen."

"Na, das glaube ich nicht, daß sie dir das herausgeben," meinte das Mädchen. "Ich will mal den Herrn fragen, ob du es sehen darfst, es wird gerade gebadet."

Sie ging fort, und statt ihrer kann der Doktor. "Morgen, Elsbethchen. Na, willst du's sehen? Dann komm mit. Aber es ist richtig unseres, verlaß dich drauf."

"Ja wohl, ihr wollt mir's jetzt bloß nicht geben. Ich hab mir's bestellt und ihr nicht!"

"Doch, wir haben auch eins bestellt."

"Aber Elsbethchen!" rief's unten, und Fräulein kam mit halbgemachten Haar die Treppe heraufgeflogen.

"Du lügst!" rief die Kleine in leidenschaftlicher Erbitterung. "Du sagst bloß so. Und jetzt will ich's gar nicht sehen ..."

"Entschuldigen Sie das Kind, Herr Doktor," sagte Fräulein. "Meinen herzlichen Glückwunsch! Es ist so ein merkwürdiger Zufall ..."

Elsbethchen war schon auf der Treppe, und jetzt war Fräulein bei ihr und meinte: "Wir schreiben noch einmal an den Ruprecht, da werden wir ja erfahren, wem es gehört."

"Ja, aber gleich," nickte Elsbeth entrüstet.

Nun saßen sie - sie hatten noch gar nicht gefrühstückt; die Eltern lagen noch zu Bett - und Elsbeth diktierte, und Fräulein schrieb:

"Lieber Knecht Ruprecht! Ich bin sehr traurig" ...

Auf dem Korridor ging die Klingel. "Das wird die Post sein," sagte Fräulein und legte die Feder nieder, "ich will erst einmal nachsehn."

Sie ging und kam wieder mit dem Postboten, der trug eine große Kiste, nickte Elsbethchen zu und meinte schmunzelnd: "Da kommt was für das Fräuleinchen." Und Fräulein las auf der Begleitadresse und rief: "Elsbethchen, da steht: ‚Absender: der Weihnachtsmann'; da bin ich neugierig. Ich will gleich Werkzeug holen und öffnen."

Es stand aber auch etwas blau gestempelt auf der Adresse, davon sagte sie nichts, das hieß nämlich: Schucker und Kompanie, Kohlenhandlung.

Die Neugier, ehe die Kiste geöffnet war und ausgepackt wurde! Erst viel Holzwolle; und dann: eine Puppe, so groß, wie Elsbethchen noch keine gehabt - ein kleiner Junge!

"Ja, was ist denn das?" kopfschüttelte Fräulein und nahm einen

Brief aus einem Kuvert, das dabei lag. Und dann schrie sie: "Denk doch nur an, der Weihnachtsmann schreibt an dich:

‚Liebes Elsbethchen! Der Knecht Ruprecht läßt dich schön grüßen. Er hat mir gesagt, du hättest dir einen richtiges lebendiges Brüderchen gewünscht. Aber die sind dieses Jahr schlecht geraten, und ich mußte erst den Leuten eins bringen, die schon voriges Jahr eins gewünscht und nicht gekriegt haben. Da hatte ich für dich keins mehr übrig und schicke dir dafür noch ein extragroßes, das zwar nicht lebendig aber sehr schön ist. Es grüßt dich der Weihnachtsmann.'"

"Dann ist's doch richtig," sagte Elsbethchen betreten, "es gehört Doktors. Ich freue mich gar nicht." Der Kohlenhändler, der den Brief an den Knecht Ruprecht in seinem Briefkasten gefunden, hatte sich den Spaß gemacht; davon aber erfuhr Elsbethchen nichts.

Noch am selben Tag aber war sie bei Doktors und besah das Brüderchen. Es war ein kleines, schrumpeliges Ding und quäkte gräßlich. Ganz krebsrot und häßlich sah es aus.

"Weißt du," sagte sie zu Fräulein, als sie von Doktors die Treppe hinuntergingen, "jetzt ist mir's doch lieber, daß ich das Brüderchen nicht gekriegt habe; das, was mir der Weihnachtsmann geschickt hat, ist viel hübscher und auch viel artiger. Das andere können Doktors behalten."

11. DEZEMBER - SOPHIE REINHEIMER : ZWEI WEIHNACHTSGESCHICHTEN

Nun kam es immer, immer näher, das Weihnachtsfest. Auch im Dorfe unten fing man an, sich schon dafür zu rüsten. Kinder kamen mit Körbchen herauf in den Wald und holten Tannenzweige. "Zum Schmücken", sagte die Muhme Tanne. "Damit schmücken sie die Stuben aus."

Aus dem Schornstein des Bäckerhauses stieg den ganzen Tag ein dicker schwarzer Rauch auf, ein Zeichen, dass da mächtig gebacken wurde. Das Rotkehlchen und Frau Tannenmeise konnten denn auch gar nicht genug erzählen von den herrlichen braunen, süßduftenden Kuchen, die durch die Dorfstraßen getragen wurden.

"Hoffentlich wird man nicht vergessen, uns dazu einzuladen", meinte Frau Tannenmeise.

Auch dem roten Postauto unten auf der Landstraße konnte man es anmerken, dass irgendwas besonderes los war. Gewöhnlich barg es die Pakete in seinem Inneren; jetzt aber war das ganze Postwagendach damit vollbeladen, und sogar der Fahrer vorn am Steuer hatte noch welche neben sich.

Was mag da alles darin sein! Dachten die Tannenkinder. Und ein kleines Dummerchen fragte: "Wann kommt denn endlich das Paket für uns?"

Ui je! Wie wurde es da ausgelacht, das Kleine.

"Als ob Tannenkinder Pakete bekämen!"

"Warum den nicht?" fragte das Tännchen. Und es dachte: Wenn

wir Tannenbäume doch zu Weihnachten solche Hauptpersonen sind - warum sollen wir hier oben denn gar nichts von der Weihnachtsfreude abkriegen?

"Nun - wir wollen es abwarten", sagte die Muhme Tanne. "Vielleicht werdet ihr doch euer Teilchen Freude mitbekommen."

Nun war der heilige Abend da.

Freilich - hier oben im Tannenwalde merkte man nichts von all dem Lichterglanz, der heute die Welt erfüllte.

Dunkel und still wie an jedem anderen Abend war`s in des Tannenwalds Kinderstube auch heut! Nur im Dorfe unten sah man mehr helle Fensterlein als sonst, und die Tannenkinder wussten, das viele Licht kam von all den Christbäumen, die hinter diesen Fenstern brannten.

Was wohl ihre Schwesterlein und Brüderlein jetzt machten? Wie gerne hätten sie sie mal gesehen in ihrem Kettenschmuck, mit ihren goldenen Haaren und den Lichtchen.

Ob die kleinen Sterne, die heute wieder da oben am Himmel standen, die Schwesterchen und Brüderchen wohl jetzt sehen konnten?

"Sicher", meinte die Muhme. Und dann meinte sie noch: "Den Sternlein wird es wohl heut Abend so ähnlich gehen wie euch. Manches von ihnen möchte auch wohl gerne seinen Platz vertauschen und heut lieber mal ein Stern auf einem Weihnachtsbaume sein."

"Hm!" machten die Tannenbäumchen; und dann kamen sie sich samt den Sternlein doch eigentlich recht bemitleidenswert vor in ihrer Einsamkeit hier, so im Dunkeln. - -

Nun stand da im Walde - gar nicht weit von der kleinen Gesellschaft - ein ganz alter, morscher Tannenbaum mit einem langen grauen Flechtenbart.

"Großvater" nannten ihn die Tannenkinder und hatten schon immer eine ganz besondere Freundschaft mit ihm gehabt. Grüße und Kusshändchen winkten sie ihm zu, und gar zu gerne hätten sie ihn auch mal an seinem schönen grauen Bart gezupft. Na - dem Tannengroßvater, dem tat es sehr leid, dass die kleinen Tannenkinder heut am Heiligabend so still und so traurig waren. Ich werde ihnen eine Geschichte erzählen, dachte er. Eine Geschichte, die ihnen Freude machen wird.

Und also gleich begann er:

"Ihr klaget, meine lieben Tannenkinderlein, dass es abends jetzt immer so dunkel um euch ist. Dass die Sonne so spät aufsteht und so zeitig schlafen geht und dass euch niemand Licht bringt in die dunkle Kinderstube.

Solange es Winter ist, muss ich schon diese Klagen von euch hören. Nun, höret: So wie euch, so ist`s vor vielen, vielen tausend Jahren auch einmal den Menschen ergangen. Damals, wisset - zu der Zeit, von der ich euch erzählen will - da war das alles noch ganz, ganz anders als jetzt. Da gab`s noch keine großen Städte und Häuser, da wohnten die Menschen noch auf freiem Felde, in niedrigen Hütten und Zelten. Und in den Hütten, wisst ihr - da brannte noch kein Gas und kein elektrisches Licht. Nein, die Menschen, die zu der Zeit lebten, die hatten fast kein anderes Licht als die Sonne.

Wenn nun der Winter kam und die Sonne immer früher schlafen ging und immer später aufstand, dann klagten die Menschen, gerade wie ihr, über die viele, viele Dunkelheit. Sie konnten es ja wohl verstehen, dass Frau Sonne nach all der vielen Arbeit im Sommer, nach dem Immerfrühaufstehen und Spätzubettgehen nun den Winter dazu benutzen wollte, sich erst einmal tüchtig auszuschlafen. Aber sie hofften doch recht sehr, dass das Ausschlafen nicht gar zu lange dauern werde; denn die Dunkelheit war doch zu schrecklich.

Und endlich war die Zeit gekommen, als Frau Sonne sich in ihrem weißen Wolkenbett umwendete, sich die Augen rieb und lächelnd sagte: "So, ihr lieben Menschenkinder, nun bin ich nicht mehr ganz so müde, nun kann ich wieder alle Tage ein bisschen früher aufstehen und ein bisschen später schlafen gehen, - freut euch nun wird`s allmählich wieder heller werden auf der Erde."

Da hättet ihr die Menschen aber mal sehen sollen; sie wussten sich vor Freude nicht zu lassen. Ihre Hütten schmückten sie mit grünen Zweigen aus, steckten Freudenfeuer an und kochten und brieten, sangen frohe Lieder und feierten ein großes Fest. Das Fest, das nannten sie das Fest der Wintersonnenwende. - - -

"Doch! Doch! - Ja, ja!" nickten die Bäumchen. Sie waren noch ganz erfüllt davon. Und etliche, die seufzten ganz leise.

"Passt auf - nun kommt aber noch das Schönste!" sagte Tannengroßvater. "Frau Sonne machte es nun alle Jahre so. Alle, alle Jahre - bis heute noch. Die erste Zeit im Winter, da schläft sie; schläft sich aus. Deswegen habt ihr sie jetzt auch so wenig gesehen.

Nun aber - nun ist wieder die Zeit, da Frau Sonne sich in ihrem weißen Wolkenbette umwendet und verspricht, wieder früher aufzustehen und länger aufzubleiben. Nun ist die längste Winternacht vorbei, und das Licht wird wieder auf die Erde kommen."

"Gr - Großvater - - woher weißt du das?"

"Großvater - da müssen wir ja ein Fest feiern!"

"Wir feiern ja eins", sagte der Tannengroßvater. "Weihnachten - so nennt man es heute. Es ist dasselbe wie das frühere Wintersonnenwendefest." - - -

"So? Soo? Aach - so?"

Es war ein großes Staunen in der Kinderstube. Ein Staunen und eine Freude. Und gerade in diesem Augenblick klang unten vom Dorfe herauf das Läuten der Glocken. So schön, so feierlich. "Die Weihnachtsglocken", sagte die Tannenmuhme; "hm, hm", und sie räusperte sich ein bisschen dabei.

"Sie läuten vor Freude, weil das Licht nun wieder in die Welt kommen wird; Tannenmuhme - nicht wahr?"

"Hm! Hm!" Die Muhme räusperte sich noch mal, ein bisschen stärker. "Ja", sagte sie dann. "Aber sie meinen noch ein anderes Licht."

"Noch - ein - anderes Licht?"

"Ja. - Hmm! Hmm!" Und zum drittenmal räusperte sich die alte Tannenmuhme, sah nach dem Großvater hinüber und schüttelte den Kopf.

"Der Großvater - hm!" Der Großvater ist ein alter Heide - hatte sie sagen wollen. Aber sie verschluckte es und sagte: "Der Großvater weiß nur diese eine Weihnachtsgeschichte. Ich aber weiß noch eine."

Und nun erzählte sie den Tannenkindern die Geschichte, die ihr sicher alle kennt: Die Geschichte von dem kleinen Jesukind. Wie es in dunkler Winternacht im Stall zu Bethlehem geboren ward - wie`s da auf einmal ganz hell wurde im Stall und um den Stall herum und auf dem Felde. Wie die Hirten, die da draußen ihre Schafe weideten, sich fürchteten vor diesem Licht, bis dann der Engel kam und ihnen sagte, dass sie sich nicht zu fürchten brauchten. "Denn" - sagte der Engel, - "das Kindlein, das dort im Stall in der Krippe liegt - das ist von ganz besonders feiner, lieber Art und wird den Menschen sehr viel Licht und sehr viel Freude bringen."

Nun - wie gesagt - ihr kennt ja die Geschichte. Die kleinen Tannenkinder aber hatten sie noch nie gehört; sie gefiel ihnen ebenso gut wie die Geschichte des Tannengroßvaters.

"Und zur Erinnerung, seht ihr" - schloss die Muhme - "zur Erinnerung an all das Licht und all die Freude, die das Jesus - Christkindlein in die Welt gebracht - brennen jedes Jahr zu Weihnachten, an seinem

Geburtstag, all die vielen tausend hellen Lichtern auf den Christbäumen." - - -

Die Glocken unten im Dorfe schwiegen. Die Tannenbäumchen schwiegen auch. Keins von ihnen aber klagte mehr, dass es so dunkel und so traurig sei hier oben. Denn auch in ihren kleinen Herzen war nun die Freude eingezogen - - die Weihnachtsfreude und das Weihnachtslicht.

12. DEZEMBER - OTTO JULIUS BIERBAUM : CHRISTOPH, RUPRECHT, NIKOLAUS

Ich kenn drei gute, deutsche Geselln
Mit großen Händen und Beinen schnelln;
Mit dicken Säcken auf breiten Buckeln
Stampfen sie eilig durchs Land mit Gehuckel;
Haben Eis im Bart
Und grimmige Art,
Aber Augen gar milde;
Führn Äpfel und Nüsse und Kuchen im
Schilde
Und schleppen und schleppen im Huckepack
Himmeltausendschöne Sachen im Sack.
All drei sind früher Heiden gewesen.
Der erste heißt Christoph: Auserlesen
Hat er in einer eisgrimmigen Nacht
Das Christkind über Wildwasser gebracht.
Ruprecht der zweite ist genannt:
Der fuhr voreinsten übers Land
Tief nächten in Gespenstergraus
Als Heidengott. Den Nikolaus,
Als wie der dritte ist geheißen,
Tät man als einen Bischof preisen.

Das ist nun all Legend und Mär,

Ich übernehme nicht Gewähr,
Dass just genau es so gewesen.
Habs nicht gesehn, habs nur gelesen.
Auf Schildereien jedermann
Die dreie freilich sehen kann.
Da ist der Ruprecht dick beschneet
Und derb gestiefelt fürder geht.
Drei Äpfel trägt der Nikolaus,
Sieht väterlich und ernsthaft aus.
Und Christopher im langen Bart
Ist heidenmäßig dick behaart,
Hat einen roten Mantel an
Und ist ansonst ein nackter Mann.

Die dreie nun, dass ihr es wisst,
Verehre ich als Mensch und Christ.
Sie sind so lieb und ungeschlacht
Und ganz aus deutschem Mark gemacht.
Mildherzig rau, kratzhaarig lind,
Des deutschen Gottes Ingesind.

Die guten Knechte, reichen Herrn!
Sie dienen gern und schenken gern,
Wolln keinen Dank, wolln keinen Lohn,
Sind in sich selbst bedank lohnt schon.

Grüß Gott ihr dreie miteinand
Im lieben weiten deutschen Land!
Christoph, Ruprecht, Nikolaus!
Schüttet eure Säcke aus,
Schüttet sie mit Lachen,
Blickt mit hellen Augen drein
Und lasst wohl gesegnet sein
Eure Siebensachen.

13. DEZEMBER - SOPHIE REINHEIMER : DER SCHNEE

*H*eute war Weihnachten. -
Aber erst heute Abend! - Jetzt war es noch ganz hell und auf der Straße und im Garten, denn es war noch Tag.

"Heute Abend ist Weihnachten", zwitscherten die Spatzen sich im Garten gegenseitig zu, und dann flogen sie zu den Bäumen und Sträuchern hin, um es denen zu erzählen.

Aber sie wussten es schon.

"Wir haben gesehen, wie der Christbaum in das Haus getragen wurde", sagten sie. - Die Spatzen hatten aber noch viel mehr gesehen, denn neugierig wie sie nun einmal waren, hatten sie sich den ganzen Nachmittag auf dem Fensterbrett herumgetrieben und in das Zimmer geguckt, worin die Weihnachtsbescherung aufgebaut war.

"Den Christbaum", sagten sie, "haben wir auch gesehen; aber wir hätten ihn beinahe nicht wiedererkannt, so schön war er geschmückt mit Äpfeln und Nüssen und Gold und Silber und bunten Papierketten."

"Wie schön!" sagten die Bäume und Sträucher und blickten traurig auf ihre kahlen Äste nieder. Da waren nicht einmal mehr Blätter daran. Und der große Apfelbaum auf dem Rasenplatz gedachte wehmütig der schönen Zeit, in der er auch voll schöner roter Äpfel gehangen hatte.

"Vielleicht sind es meine Äpfel, die nun an dem Christbaum hängen", sagte er. Das wussten freilich die Spatzen nicht; aber viel anderes wussten sie und erzählten es.

"Der kleine Junge, der Richard, der kriegt eine Kappe und Hermine einen Mantel und ein Buch mit Geschichten; wir haben das alles auf dem Tische liegen sehen; auch eine schöne warme Decke für die Großmutter lag dabei, damit sie nicht friert. Aber das schönste, das kommt erst noch! Heute Abend, wenn die vielen Lichter an dem Christbaum erst alle brennen. Das wird herrlich!"

"Ja - ihr habt`s gut", brummte die dicke Pumpe, die auch im Garten stand. "Unsereins kriegt keine Geschenke und sieht nichts von Christbaum und Lichtern. Wenn ich doch auch fliegen könnte!"

Darüber mussten die Spatzen nun furchtbar lachen. Es war doch auch zu komisch, zu denken, dass die dicke Pumpe fliegen könne.

Die andern im Garten gaben alle der Pumpe recht. "Wenn man wenigstens eine Kappe geschenkt bekäme", riefen die hölzernen Pfähle des Gartenzauns.

"Oder einen schönen Mantel", meinte das Dach der Laube. Der Rasen wollte lieber eine warme Decke haben wie die Großmutter, um seine Grashälmchen damit zuzudecken, denn die froren gar gewaltig in dem kalten Winter.

"Ein Buch mit schönen Geschichten wäre auch nicht übel", sagten die Sträucher. "Es ist doch manchmal ganz entsetzlich langweilig im Winter, wenn keine Schmetterlinge und Vögel kommen, um uns was zu erzählen."

So wünschte sich alles im Garten etwas. Ja - wünschen konnten sie sich schon - aber wer sollte die Wünsche alle erfüllen? Das Christkind etwa? Ach - das hatte wahrhaftig gerade genug mit den Menschen zu tun.

Traurig blickten Bäume und Sträucher und der Rasenplatz und die Zaunpfähle zum Himmel hinauf; da war es ganz grau.

"Es ist schon das Klügste, wir schlafen ein", sagte der Rasen. "Zu sehen bekommen wir ja doch nichts von all den Herrlichkeiten; es ist ja auch schon ganz dunkel geworden." Die anderen dachten das auch, und bald darauf war es im ganzen Garten mäuschenstill. - Alles schlief.

Aber was war das, das plötzlich oben vom Himmel herunter kam? Lauter kleine weiße Flöckchen, - Schneeflocken waren es. Was wollten sie wohl? Warum kamen sie herunter auf die Erde? Und so leise kamen sie , so leise, dass man sie gar nicht hörte! Und nur ganz sachte sprachen sie miteinander.

"Wie kalt das ist", flüsterten die einen; "es ist nur gut, dass uns Mutter Wolke unsere weißen Sternmäntelchen angezogen hat." Sie waren sehr stolz auf ihre schönen weißen Sternmäntel, und die kleinsten von ihnen tanzten in der Luft herum vor lauter Vergnügen.

Ein Paar ganz große Flocken waren auch dabei, aber sie flogen schön langsam und vernünftig ihres Weges daher und hielten auch die andern zur Ordnung an.

"Nun macht eure Sache gut", sagten sie. "Und dass ihr nichts vergesst! Und dass ihr schön leise macht, damit niemand im Garten aufwacht, sonst ist`s mit der Überraschung vorbei."

Die Schneeflocken nickten stumm. Nun waren die ersten unten im Garten angelangt. Nichts rührte und regte sich darin, alles schlief. Das war den Schneeflocken gerade recht, denn sie hatten eine große Überraschung vor. Leise wanderten sie zu den schlafenden Sträuchern und zu den Bäumen hin und schmückten sie fein zierlich aus. Kein Zweiglein, auch nicht das allerkleinste, wurde vergessen; es sah aus, als wäre alles in Zucker getaucht. Und wie flink die kleinen Schneeflocken bei ihrer Arbeit waren und wie leise sie sie taten. Es war sehr gut, dass es so viele Schneeflocken waren; denn es gab eine Menge zu tun. Das Dach der Laube sollte einen Mantelkragen bekommen, so wie es sich einen gewünscht hatte. Das war aber gar nicht so leicht; denn die Laube war schon alt und hatte keinen so festen Schlaf mehr. Sie knackste manchmal ganz unheimlich, so dass die Schneeflocken sehr erschraken und schon dachten, die Laube könne aufwachen. Aber sie hatte nur im Traum geknackst, so wie die Menschen manchmal im Traum sprechen.

Am meisten Arbeit aber machte doch die Decke für den großen Rasenplatz. Die guten Schneeflocken gaben ihre eigenen Sternenmäntelchen dazu her - viele, viele tausend davon lagen schon auf dem Rasen. Aber immer noch war die Decke nicht dick und warm genug, und es mussten immer und immer noch Schneeflocken vom Himmel herunterkommen und ihre Mäntelchen oben drauflegen.

Endlich, endlich war die Decke fertig. Es war eine prachtvolle Decke - so frisch und weiß und warm. Nun froren die armen Grashälmchen sicher nicht mehr.

"Ist nun alles fertig?" fragten die Schneeflocken.

"Ach nein - ach nein", flüsterte es in allen Ecken und Enden, "wir sind noch lange nicht fertig! Es sind aber auch so entsetzlich viele Kappen, die wir aufzusetzen haben. Helft uns doch, helft uns doch, sonst kommt der morgen und wir sind noch nicht fertig!" - Nun ging es aber husch! Husch! An das Austeilen der Kappen. Jedes Ding im Garten, das noch nichts bekommen hatte, bekam ein weißes Schneepelzkäppchen aufgesetzt, jeder Stein, jeder Pfahl am Zaun, sogar die alte Pumpe bekam eins. Weil es aber so arg in der Eile ging, kam es wohl vor, dass eins oder das andere eine Mütze bekam, die ihm zu groß oder zu klein war - oder dass sie ihm schief auf dem Kopfe saß. Aber das schadete nichts. Die Hauptsache war, dass niemand vergessen wurde und dass man bald fertig war. Und man war bald fertig. Nun brauchte keine Schneeflocke mehr zu kommen. Nur noch ein paar wurden von der Mutter Wolke hinabgeschickt; die sollten nachsehen, ob die andern ihre Sache gut gemacht hatten. Das hatten sie wirklich, man konnte mit ihnen zufrieden sein. Und nun war wieder alles ganz still im Garten.

Aber dann am andern Morgen - das hättet ihr sehen sollen! Das war ein Erstaunen, ein Jubel und eine Freude, als nach und nach alle aufwachten und die Bescherung sahen. Die Sträucher wagten sich nicht zu rühren aus Angst, etwas von dem herrlichen Schmuck zu verlieren. Der Rasenplatz war glücklich über die schöne, warme Decke. Die alte Laube aber, die sonst immer am ersten aufgewacht war vor Kälte, die wachte heute zuallerletzt auf, so gut hatte sie in ihrem warmen Kragen geschlafen. Am allermeisten Vergnügen hatten aber doch die Zaunpfähle.

"Dürfen wir diese schönen Kappen nun wohl immer behalten?" fragten sie. Aber der Morgenwind, der gerade des Weges daherspazierte kam, gab ihnen gleich die gehörige Antwort darauf. "Wo denkt ihr hin", sagte er, "wartet nur, bis die Sonne kommt, die wird sie euch von den Ohren ziehen; sie mag solche Verwöhnungen nicht leiden." Er ärgerte die Leute gern ein bisschen, der Morgenwind. "Pfiff!" machte er und blies noch rasch im Vorbeigehen dem einen Strauch ein bisschen von seinem Schmuck herunter, so dass ein kleines weißes Schneewölkchen in die Höhe flog.

Nun kam noch ein anderer Besuch in den Garten, ein Rabe, ganz feierlich, im schwarzen Anzug.

Er habe von der herrlichen Bescherung gehört und komme, sie sich anzusehen, sagte er. Dabei nahm er auf der alten Pumpe Platz.

"Was haben sie denn da für eine Schlafmütze auf?" fragte er. "Sind Sie so faul, dass Sie eine brauchen?" Und dabei hob er das eine Bein und strich der Pumpe die schöne, neue Kappe vom Kopfe herunter.

"Mach, dass du fortkommst, Grobian!" sagte sie und drohte ihm mit ihrem Schwengel, so dass der Rabe Angst bekam und fortflog.

"Ich will einmal probieren, wie sich's auf dem neuen Teppich geht", sagte er. "Ganz schön, nur ein bisschen glatt ist er, so ganz ohne Muster, ich will mal eins daraufmachen."

Und nun hüpfte er auf dem Teppich herum, und überall, wo er hinhüpfte, gab es Striche, so dass der Teppich wirklich ganz gemustert aussah. Die andern fanden, dass der Teppich früher viel schöner gewesen war; aber dem Raben gefiel es so viel besser. Und er hätte sicher noch mehr Muster auf den Teppich gemacht, wenn - ja wenn nicht plötzlich mit großer Geschwindigkeit etwas Rotes dahergesaust gekommen wäre. Es war ein Schlitten. Die Kinder hatten ihn zu Weihnachten bekommen und freuten sich nun sehr, dass das Christkind ihnen auch Schnee dazu geschickt hatte. Rings um den Rasen herum ging die fröhliche Fahrt. Dann wurde haltgemacht, und nun kamen die Schneeballen an die Reihe. Hui! Da flogen sie - hier einer, da einer. Es war ein großes Vergnügen, ein richtiges, echtes Wintervergnügen.

Aber das schönste kam noch. Das schönste war ein Schneemann, den die Kinder aufbauten, gerade vor der alten Laube, als stehe er Schildwache davor. Es war ein prächtiger Schneemann! Er musste jedem gefallen, und er gefiel auch allen.

"Ein netter Kamerad, den wir da bekommen haben", sagten die Zaunpfähle. "Hoffentlich versteht er sich auch auf's Erzählen, damit wir ein wenig Unterhaltung haben.

Es wagte aber niemand, den Schneemann anzureden.

Glücklicherweise fing dieser von selbst an.

"Guten Morgen!" sagte er. "Guten Morgen!" antwortete es von allen Seiten.

"Es ist schönes Wetter heute", sagte der Schneemann; etwas anderes fiel ihm gerade nicht ein.

"Ja - aber heute nacht hat es geschneit."

"Hm" - machte der Schneemann, "natürlich hat es geschneit - stände ich sonst hier? - Nein, dann hätte ich sicher mit der Wolke noch ein gut Stück weiterreisen können und hätte noch viel von der Welt gesehen."

"Ei", sagten die Sträucher, "Sie haben gewiss schon schöne Reisen bis hierher gemacht, wollen Sie uns nicht davon erzählen?"

"Gern", sagte der Schneemann. - Und dann erzählte er. "Ihr habt doch vorhin die Kinder in ihrem Schlitten fahren sehen? Das war ein Vergnügen, nicht wahr? Was würden diese Kinder wohl erst für ein Vergnügen haben, wenn sie in dem Lande wohnten, von dem ich mit der Schneewolke hergereist bin! Da liegt nämlich das ganze Jahr hindurch Schnee, so dass man immer Schlitten fahren muss. Das ist lustig, nicht wahr? Die Schlitten werden aber dort von großen Tieren gezogen, man nennt sie Renntiere. Die armen Tiere! Der Schnee deckt ihnen oft alles Futter auf der Erde zu, sie müssen es sich erst unter dem Schnee hervorholen. Ich habe sie mit ihrem großen Geweihen den Schnee fortschaufeln sehen. In diesem Lande ist es bitter kalt. Die Leute haben immer diese Pelze an. Ja, wenn man mit einer Schneewolke reist wie ich, dann bekommt man wirklich viel Merkwürdigens zu sehen.

Habt ihr vielleicht schon einmal ein Haus aus Schnee gesehen? Nein, aber ich habe eins gesehen - ja, ja, eine richtige kleine Hütte war`s, mit Fenstern und Tür und Schornstein! Auch Leute wohnten drin. Meint ihr vielleicht, die Leute hätten in ihren Schneehütten gefroren? O nein, der Schnee hielt sie schön warm. Der Schnee macht überhaupt schön warm. Einmal sah ich einen Mann, der hatte sich seine Nase rot und blau gefroren. Was glaubt ihr, was er tat? Er hob Schnee von der Erde auf und rieb sich seine Nase damit, und als er dies ein paar Mal getan hatte, da war die Nase wieder heil, und der Mann war dem Schnee sehr dankbar dafür.

Ich habe auf meiner Reise noch mehr Leute gesehen, die sich freuten, dass es geschneit hatte. Da war zum Beispiel ein Mann, der musste in der Nacht durch den Wald nach Hause gehen. Er hatte aber keine Laterne bei sich und hätte sich sicher im Walde verloren, wenn nicht der Weg und der ganze Wald voll Schnee gelegen hätte. Der Schnee machte es so hell, dass der Mann doch seinen Weg nach Hause fand. Freilich, manchen habe ich auch gesehen, der freute sich gar nicht über den Schnee. Zum Beispiel der Tannenbaum in dem Walde, der an der Schneelast auf seinen Zweigen schwer zu tragen hatte. Oder die Leute, denen der Schnee eine hohe Mauer vor die Tür gebaut hatte, so dass sie gar nicht herauskommen konnten. Und dann die, denen der Sturm soviel Schnee in die Augen blies, dass sie gar nicht sehen konnten."

In diesem Augenblick kam die Sonne hinter den Wolken hervor.

"Uff!" machte der Schneemann auf einmal, "da ist sie. Nun ist es aus mit mir, ihr werdet es gleich sehen."

Sie sahen aber zuerst gar nichts, als dass auf einmal aller Schnee ganz wunderschön in der Sonne glitzerte. Es war eine wahre Pracht, die die Sonne da hervorgezaubert hatte. "Traut ihr nicht", sagte der Schneemann, "die Herrlichkeit wird gleich zu Ende sein. Oh, wäre ich doch mit der Wolke fortgezogen, weiter zu den hohen Bergen hin, wo es so herrlich kalt ist, dass die Schneeflocken nicht in der Sonne zu sterben brauchen, sondern in Eis verwandelt werden und ewig leben."

So sprach der Schneemann.

Aber was war denn das? Der ganze Garten weinte ja auf einmal! Von jedem Strauch, von jedem Zaunpfahl, von der Laube und von der Pumpe fielen große Tropfen herab in den Schnee, und jeder machte ein Loch hinein. Weinten sie alle, weil der Schneemann vom Sterben sprach, der Schneemann, der ihnen so hübsch erzählt hatte?

Ach nein - es war Tauwetter eingetroffen, das war`s. Immer mehr Sonnenstrahlen kamen, und jeder schmolz ein bisschen von dem Schnee hinweg, jeder ließ ein Stückchen Herrlichkeit zerfließen.

Und gerade, als sie am allerschönsten war!

Aber so geht es ja immer.

14. DEZEMBER - MORITZ BARACH : CHAMÄLEON - EIN WEIHNACHTSMÄRCHEN.

An einem stürmischen, regnerischen Dezemberabend saß ein junger hübscher Mann in seiner kleinen Stube, und war eben damit fertig geworden, den Christbaum für seine zwei jüngeren, noch unmündigen Geschwister auszuschmücken.

Sinnend weilte sein Blick auf dem mit Streifen, Schlingen, Ketten und Körbchen aus farbigen Papier gezierten Bäumchen, an das er mit Bindfaden die bunten kleinen Sächelchen geheftet hatte, die er heimlich, wie er das ganze Werk betrieb, schon seit einer Woche eingekauft hatte.

Wie er so den Eindruck des Ganzen in sich faßte, tat es ihm wohl, wenn er der herzinnigen Freude gedachte, welche von diesem Bäumchen mit dem Geflatter lustiger Vögel auf seine Geschwister einstürmen sollte.

Aber plötzlich strich eine Wolke der Wehmut über die hohe, edle Stirn des jungen Mannes, und feucht wurden seine Augen.

Es war ihm als hinge mitten unter dem schimmernden, flimmernden Kram des harzduftenden Bäumchens seine eigene Jugend, und blinkte ihm im Schein der Erinnerung wie ein Geschenk des heiligen Christ entgegen.

"Wie schön war jene Zeit!" murmelte er. "Wie glücklich war ich! ... Ach! damals lebte mein guter, guter Vater noch! Damals standen Mutter, und Else und Fricke noch nicht allein auf der weiten Welt, und die Sorgen um sie preßte mir noch nicht das Herz zusammen, und ich wußte noch nicht, wie schwer es einem wird, im Tumulte der ringenden Welt nicht nur sich und anderen, die man liebt, das Leben zu fristen! ..."

Tief seufzte er auf und krampfhaft ballten sich seine Hände.

Wild begannen die Gedanken in seinem Gehirn zu toben.

Wie gering, wie mühsam erkämpft waren die bisherigen Resultate seiner rastlosen Studien und Bestrebungen! ...

Wie fühlte er sich zurückgesetzt, je entehrt gegen andere, die ihm an Talent, Kenntnis und Triebkraft weit, weit nachstanden, und auf verächtlichen Winkel- und Seitenwegen ihm längst zuvorgekommen waren, und höhnisch auf ihn blickten, der sich vorgenommen den Weg des Verdienstes zu gehen, der so weit, so unendlich lang ist, bis er an's Ziel führt! ... Eine fieberhafte Röte stieg in die seinen, durchsichtigen Wangen des jungen Mannes, Kühlung suchend fuhr er mit der kalten Hand über die glühend heiße Stirne und träumerisch, fast irre, starrte er vor sich hin.

Da war es ihm als kicherte es in seiner Nähe, aber mit einer so kleinen, dünnen Stimme, als käme sie von einem Kind, das nicht größer als sein Gliederpüppchen sein könnte. Zugleich sah er, wie der Deckel eines kleinen, bemalten Kistchens aufsprang, das er mit anderen Spielsachen zuletzt an den Baum befestigt hatte.

Das an einer Feder im Bodens des Kistchens befestigte Männlein sprang in die Höhe und sah ihn freundlich grinsend an.

War das ein sonderbares Männchen!

Es war in altspanischer Hoftracht gekleidet, trug ein blutrotes, goldverbrämtes Samtmäntelchen, ein schwarzes Hütlein mit wehender, schimmernder Feder, und einen Degen mit einem smaragdenem Griff.

Das Gesicht aber des Figürchens war das merkwürdige daran.

Es war schön, und widerlich zugleich, es schien zu lächeln und grimmig zu drohen, es trug den Ausdruck lustiger Verschmitztheit und düsterer Begierde, es weckte Vertrauen und erregte Furcht und Entsetzen.

Dieses Gesicht trug ein merkwürdiges Gemisch kontrastierender Ausdrücke in sich, daß es Schwindel erregte, wenn man es scharf und in seiner totalität erfaßen wollte.

Was aber diesem Antlitze und der ganzen Gestalt vollends den Charakter des Unheimlichen, Geisterhaften, und sagen wir lieber des dämonischen verlieh, das waren die kleinen stechenden, tierklugen, leuchtenden Augen, welche ruhelos in allen Farben spielten.

Schauder erfaßte den jungen Mann, als er dieses Männlein

anstarrte, das ihm als er es in dem Nürnberger Spielwarenladen gekauft hatte, so nett, lustig, und gar nicht grauenhaft erschienen war.

Der spitzige Blick des kleinen Männchens fuhr ihm wie ein Dolch in die Brust, und unwillkürlich legte der junge Mann an das leise pochende Herz.

Nun hab sich aber das Männchen mit Geschick und Grazie aus seinem Kästchen heraus, voltigierte mit der Virtuosität eines Turners auf den Tisch herab, auf den der junge Mann das Bäumchen gestellt hatte, setzte sich in Positur, zog das Hütlein, und machte vor dem erstaunten jungen Mann eine ehrfurchtsvolle Verbeugung.

"Wer bist du?" flüsterte es kaum hörbar von den bebenden Lippen des jungen Mannes, dessen schwarze, glänzende Haare sich sträubten.

"Ich bin Määstro Chamäleon!" erwiderte das Männchen lächelnd, das sich an dem Verblüfftsein des jungen Mannes zu weiden schien.

"Nun scheinst Du erst nicht zu wissen, wer ich bin!" fuhr das Männchen nach einer Weile grinsend fort. "Ich will dir aber nur sagen, daß ich von altitalienischem Geschlecht bin, obgleich mein Stammbaum eigentlich noch viel weiter zurückgeht, und zwar, wie einer meiner Urväter, ein berühmter Saatsmann, meinte, bis zu Kain ... Jedenfalls bist Du sicher, daß Du Dich in guter, vornehmer Gesellschaft befindest. - Habe Vertrauen zu mir, ich meine es gut mit Dir, Du ehrlicher, aber - Du verzeihst schon! - Dummer Deutscher! ... Ich will die nur kurzweg sagen, daß ich gekommen bin, Dich aus dem Elend zu reißen, in das Du dich verstrickt hast, und ohne mich immer mehr verstricken wirst. - Reiche mir die Hand, und es wird Dir wohlergehen, den ich bin der wahre Protektor des Talentes, ich helfe ihm auf die Beine, ich setze ihn ins warme, wohnliche Haus! Ich bin der Freund der gepeinigten, unterdrückten Genies, ich bin der Mäzen der hungernden Jünger des Wissens und der Künste! ... Komm her zu mir! Ich ziehe dir den Dorn unbefriedigten Ehrgeizes aus der blutenden Brust! ... Komm her zu mir! Ich befreie Dich von dem nagenden Ungeziefer des gedemütigten Selbstbewußtsein! ... Komm her zu mir! Ich jage das ekelige, schmutzige Spinnengewebe der Not und des Elends von Dir, und von denen, die Du liebst, und für die Du strebst, hoffst und leidest! ... Komm her zu mir! Du armer, wackerer, junger Mann, der Du ein besseres Los verdienst! ... Vor allem stärke Deine angespannten, zitternden Nerven, daß Du wieder Kraft gewinnst zu Deinem Werke des Lebens, des Strebens, der Tat, der Liebe, des Glücks! ..."

Dabei nahm das kleine Männchen aus seinem Gürtel ein Fläschchen, dessen Inhalt so grell und bunt schimmerte, daß dem jungen Mann die Augen übergingen, als er eine Sekunde darauf gesehen.

"Da nimm und trink!" forderte ihn das kleine Männchen auf und reichte ihm das Fläschchen. Während es dem jungen Mann schien, daß ihn eine unsichtbare Gewalt zurückhalten wollte, griff er mit fieberhaften Begierde nach dem Fläschchen, das er rasch an die trockenen heißen Lippen setzte.

Er trank mit der Hast des Wahnsinns in einem Zug daraus.

Frohlockend sah ihm das kleine Männchen zu, und wie ein chinesisches Farbenfeuerwerk sprühte es dabei aus seinen Augen, und dem Smaragdknopf seines Degengriffes.

Der junge Mann aber fühlte ein eigentümliches Kribbeln durch seine Adern kriechen, dabei aber war ihm jeder Pulsschlag ein Nadelstich. Ein leises Unbehagen nagte ihm am Herzen, indes es in seinem Gehirn brodelte, als vollzöge sich da irgend ein chemischer Prozeß. Nach und nach zog sich die Lebenswärme aus seinem Innern, in dem sie fiebernd gebrannt hatte, nach Außen, und es schien dem jungen Mann, als wäre dagegen die organische Tätigkeit seiner Haut um das hundertfache erhöht. Sie war ganz von einem warmen Schweiß bedeckt, in dem sich zitternd abspiegelte, was sich in der Stube befand. Das kleine Männchen war indessen sehr geschäftig gewesen.

Es war von einer Ecke der Stube in die andere gerannt, und hatte sich an die Wände gestemmt, und daran so lange gedrückt und geschoben, bis der junge Mann und das kleine Männchen sich nicht mehr in der kleinen Stube, sondern in einem riesigen Saal befanden, von dessen einem Ende bis zum anderen man die Gegenstände nicht mehr mit freiem Auge zu unterscheiden vermochte.

Plötzlich sah man an einem Ende des Saals eine Schar schwarzer Männer.

Stolz und vornehm blickten sie nach dem jungen Mann, der den Drang fühlte, sich ihnen zu nähern. Doch schon bei seinen ersten Schritten wandten sie sich verächtlich von ihm ab. Um so rascher schritt nun der junge Mann auf sie zu. Je näher er ihnen kam, desto schwärzer wurden er selber, bis er endlich ihnen gegenüber stand, und so schwarz war wie sie.

Jubelnd ward er nun von den schwarzen Männern begrüßt, und sie drückten ihn an die Brust, und überhäuften ihn mit Liebkosungen und Geschenken.

Und als sich der junge Mann nach einer anderen Seite des Saals wandte, da sah er wieder ein Schar weißer Männer.

Nun drängte es ihn wieder zu diesen hin. Und es ging ihm bei ihnen, wie vorher bei den schwarzen Männern. Sie wandten sich im Anfang von ihm ab, nahmen ihn aber, als er selbst so weiß war wie sie, entzückt in ihre Mitte, und priesen ihn, und setzten ihn auf den besten Platz, und bedachten ihn mit Ehren und Schätzen.

Und gerade so geschah ihm an anderen Stellen des feenhaften Saals, mit roten, blauen, gelben, grünen und braunen Männern, die ihn alle mit gleichem Enthusiasmus als einen der Ihrigen erkannte, sobald er selber ihre Farbe annahm.

Auf diese Weise hatte der junge Mann erreicht, was ein Mensch zu erreichen vermag. Er dachte nun an seine Mutter und seine Geschwister.

"Mutter!" wollte er im Bewußtsein seines Glückes rufen, aber das Wort, das süße Wort, der Name, der sein Herz mit Wonne erfüllte, erstarb ihm in der Kehle ...

Hatte er schon nach jeder Begegnung mit einer der farbigen Männerscharen, und nachdem er sich bemüht hatte, ihre Farbe widerzuspiegeln, gefühlt, daß seine Seele immer um ein Stück dabei einschrumpfte, so war ihm jetzt, als er sämtliche Farben durchgemacht, gerade so, als wäre von seiner Seele nur die runzelige Haut zurückgeblieben.

Er kam sich nun trotz seines Glückes so elend, so nichtig vor, daß er erzürnt die Stirn runzelte, und mit dem Fuße stampfte.

Es war ihm, als blicke er sich höhnisch und verächtlich ins Gesicht, und wütend wollte er seinem eigenen Ich einen Faustschlag versetzen.

Tränen entperlten seinen Augen, die Sinne schwanden ihm, und er stürzte zu Boden. Er fühlte, wie das kleine Männchen an ihm heraufkletterte und ihm etwas aus einer eisigkalten Phiole in den Mund gießen wollte, aber plötzlich brannten zwei warne Lippen auf dem bleichen Mund des jungen Mannes.

Diese Lippen träufelten ihm einen milden Atem ein.

Dabei sprachen sie leise:

"Seele! richte Dich auf" Seele, erringe Deine Würde wieder! Dein Bewußtsein sei dein Glück und Deine Kraft! ..."

Und der junge Mann fühlte die Lebenswärme wieder wohltuend in sein Innerstes einziehen, und er tat einen tiefen Atemzug, und er schlug die Augen auf, und er sah, daß seine Mutter, die milde, treue Frau, ihn in den Armen hielt.

"Julius! Mein Julius!" sagte sie besorgt.

"Gottlob, es ist vorüber!" setzte sie nach einer Weile sanft lächelnd hinzu, als der junge Mann sich aufrichtete und sie liebend umarmte.

Am Weihnachtsabend aber war das Kistchen mit dem Springmännlein nicht auf dem Christbaum.

Der junge Mann hatte es in kleine Stücke zertrümmert.

15. DEZEMBER - PAULA DEHMEL:
DIE CHRISTBLUME

Einsam ist die Blume, von der ich euch heute erzählen will. Sie kennt nicht die frohen Tage des Frühlings noch die duftreichen Nächte des Sommers. Keine flüsternden Gefährtinnen wachsen neben ihr auf, kein Vogel singt sie in Träume. In Schnee und Eis muss sie schauen, der Nordwind streicht über sie hin, und das eintönige Krächzen der Rabenvögel ist ihre Musik.

Und doch ist sie weiß und zart wie nur eine ihrer Schwestern; anmutig wächst sie aus dem Kranze grüner Blätter empor, und ihr tiefer Kelch hütet die Geheimnisse der Blumen. Und sie fühlt keinen Winterschmerz! Still und stolz steht sie in ihrer Kraft. Sie weiß das sie begnadet ist: die einzige Blume, die im Winter blühen darf, die einzige Blume, die das heilige Christfest feiern darf mit den Bewohnern der Erde. Sage mir, Schwester der Lilie, was rief dich ins winterliche Leben? Was gab dir die Macht, der Kälte und dem Sturm zu trotzen? Warum schläfst du nicht im Frieden der Erde?

Die Blätter rauschen mir Töne und Akkorde zu, sie raunen und rauschen - Silben höre ich, Worte - und nun will ich ihre Geschichte erzählen.

Es ist Totensonntag. Auf dem Wege zum Kirchhof geht eine stille dunkle Schar Menschen. sie tragen Totenkränze, Tannenreiser und Immortellen, immergrüne Eichen und rote Vogelbeeren. Sie gehen schweigend, als dächten sie vergangener Tage oder träumten in banger Hoffnung von künftiger Helle. Der letzte im Zug ist ein kleiner Knabe, der auf der Schulter ein grünes Holzkreuz trägt, eine schwere Last für einen jungen Körper! Es ist ein armseliges Kreuz, roh gefügt, mit abgeschrägten Ecken. Des Knaben Blicke aber ruhen liebevoll darauf; seine jungen, ungeübten Hände haben wohl selbst das Holz geschnitzt.

Aus der Kapelle des Totenhauses läutet die kleine Glocke, und andächtig zieht die Schar der trauernden durch das Portal. Ein leiser Wind geht mit ihnen; es sind die Todesengel, die dem Zuge unsichtbar folgen. Vom breiten Mittelwege aus verteilen sich lautlos die Gäste der Toten. Bald hat auch der blasse Knabe das Grab seiner Mutter gefunden. Es ist ein frischer Hügel; ohne Schmuck und ohne Pflege liegt er im kühlen Frühnebel. Der Kleine kniet nieder, pflanzt sein Kreuzlein zu Häupten der Toten und betet leise. Der Engel, der ihm folgte, beugt sich nieder, um die Inschrift zu lesen. "Liebe Mutter", steht in großen, kindlichen Buchstaben auf dem Querholz, sonst nichts. Da küsst der Engel das Kind aufs Haupt.

Die andern Gräber schmückten sich nach und nach mit den Blumen und Kränzen der Leidtragenden; des Knaben Augen aber sahen angstvoll über das leere Grab, und ein Zucken des Schmerzes ging über das kleine Gesicht. "Lieber Gott," betete er leise, "lass meiner Mutter auch eine schöne Blume wachsen, ich muss fort ins Weisenhaus und kann ihr keine mehr bringen. Du aber kannst es, lieber Gott, du bist gut und allmächtig, und ich bitte dich so sehr."

Da küsste der Engel das Kind zum zweiten Male, und ein stiller Schein der Gewissheit kam in die braunen Augen des Knaben. Er rückte das Kreuzlein noch einmal zurecht, küsste das Grab seiner Mutter und folgte den andern Leuten, die den Heimweg antraten.

Der Engel aber flog heim zu Gott und brachte ihm den Wunsch des Knaben. "Es ist Winter," sprach der Herr, "alle Pflanzen schlafen; soll ich diese Kindes wegen meine ewigen Gesetze ändern?" "Deine Allmacht, o Herr, ist größer als dein Gesetz, deine Güte reicher als dein Wille!" Da lächelte der Herr, dass die Wolken erstrahlten und ein Klingen durch die Sterne ging. "Komm", sagte er zum Engel, und sie traten schweigend in den Garten des Paradieses.

Dort blühen die Blumen, die achtlose Hände auf Erden fortgeworfen und achtlose Füße zertreten haben. Schöner blühen sie hier im himmlischen Licht als in der irdischen Sonne; und als der Schöpfer zu ihnen trat, reckten sich Ranken und Gräser ihm entgegen, und die Kelche strömten über von Duft und Glanz.

Gott aber trat zu einer weißen Lilie, nahm die zitternde aus dem Schoße des Himmels, küsste sie und gab sie dem Engel. "Dem Erdenkinde zur Freude und meinem Sohne zum Angedenken blühe diese Botin des Himmels künftig auf Erden in Eis und Schnee. Die Winde sollen ihren Samen durch die Länder des Nordens tragen; die Wärme meines Willens ströme durch ihre Wurzeln und bleibe ihr für die Dauer der irdischen Zeit!"

"Du aber lege das Zeichen des Todes ab und schütze den Knaben mit dem warmen Herzen. Breite deine Flügel um ihn aus, dass der Same, der in seiner Seele keimt, auch in Frost und Dürre nicht ersterbe, und die Blume der Menschenliebe daraus erblühe; sie ist holder als alle Blumen des Paradieses."

Dankbar neigte sich der Engel, küsste des Herrn Gewand und ging seinen Befehlen zu folgen.

So ist die Christblume auf die Erde gekommen, und fromme Menschen fühlen ihren heiligen Ursprung.

16. DEZEMBER - MONIKA HUNNIUS: EINE WEIHNACHTSFAHRT

Wir waren wieder einmal auf unseren Weihnachtsfahrten zu den Armen. Unser Weg führte uns auch dieses Mal in einen der entferntesten Vororte Rigas. Wir hielten vor einem hohen Steinhaus, wo wir mit unserem Weihnachtsbäumchen eine arme Frau aufsuchen wollten. Eine Nachbarin wies uns eine Steintreppe hinauf, die wir mühsam emporkletterten, und wir standen bald in einem großen, dunklen Zimmer, das von einer Petroleumlampe kaum erhellt wurde. Als wir die Tür öffneten, konnte man zuerst fast nichts in dem dunklen Raum unterscheiden. Ein entsetzlicher Geruch schlug uns entgegen. Als unsere Augen sich an die Dämmerung gewöhnt hatten, erkannten wir die Ursache des furchtbaren Geruchs, der von faulen Tierhäuten herkam, die zum Trocknen von der Decke herabhingen. An der Wand entdeckten wir ein schmales Bett, in dem eine kleine dunkle Gestalt zusammengekrümmt lag. Wir traten ans Bett, stellten das mitgebrachte Weihnachtsbäumchen auf ein Tischchen - der Pastor las das Weihnachtsevangelium, wir sangen Weihnachtslieder. Mit bösem, hartem Ausdruck blickte die Kranke zu uns herüber; ihr Gesicht hatte etwas von einem Raubvogel, keine Freude, nicht einmal Staunen sprach aus den runden, bösen Augen. Der Pastor redete einige Worte zu ihr, von der Freude, die heute in die Welt gekommen wäre - sie sah ihm starr ins Gesicht, ohne eine Miene zu verziehen; sie konnte die frohe Botschaft nicht hören, ihr Herz war verschlossen und tot.

Der Pastor fragte sie, ob sie jemand habe, der sich um sie

kümmerte. - Ja, ihre Söhne - am Morgen gingen sie auf Arbeit aus, stellten ihr das Nötige hin und kämen am Abend wieder - den ganzen Tag läge sie allein. - Ob ihr die Einsamkeit schwer zu tragen wäre? - Sie antwortete nicht darauf. Ein Jammer um diese lichtlose Leben fasste unsere Herzen. Eine freundliche Blumenhändlerin hatte mir einen großen Strauß Frühlingsblumen für meine Armenfahrt mitgegeben. Ich griff in mein Körbchen, wo ich sie sorgsam gegen die Winterkälte verwahrt hatte, und legte sie alle der Kranken auf die Brust. Mit ihren dunklen, verkrümmten Fingern fasste sie vorsichtig nach ihnen wie nach etwas Unwirklichem. Und dann ging eine merkwürdige Veränderung in dem harten, scharfen Gesicht vor sich: es brach wie ein Leuchten aus ihren Augen. "Blumen, lebendige Blumen", sagte die harte Stimme, in der plötzlich eine Freude klang. "Blumen für mich", sagte sie noch einmal, "und ich darf sie behalten." Sie nahm die lichten Frühlingskinder und hob sie an ihre Wangen und atmete den Duft ein. Auf ihrem Gesicht lag ein Glänzen. Sie sah nicht den Weihnachtsbaum mit seinen schimmernden Lichtlein, sie sah uns nicht, die wir erschüttert an ihrem Bett standen - sie sah nur die Blumen, und ihre Seele lauschte diesem Ruf aus einer lichten Welt. Wir gingen still hinaus. In der Türe wandte ich mich um und nahm die ganze trostlose Umgebung, in der sie lag, noch einmal in mich auf. Sie aber lag friedlich da, im Lichte der Weihnachtskerzen, die Hände dicht um die Frühlingsblumen geschlossen, die hellen Blüten an ihre dunkle Wange gedrückt. Ihre Augen waren geschlossen - auf ihrem Gesicht war Frieden.

17. DEZEMBER - ANNETTE VON DROSTE HÜLSHOFF : AM SONNTAGE NACH WEIHNACHTEN

(Luc. 2, 33-40.)

An Jahren reif und an Geschicke,
Blieb ich ein Kind vor Gottes Augen,
Ein schlimmes Kind voll schwacher Tücke,
Die selber mir zu schaden taugen.
Nicht hat Erfahrung mich bereichert;
Wüst ist mein Kopf, der Busen leer;
Ach, keine Furcht hab` ich gespeichert
Und schau` auch keine Saaten mehr!

Ging so die teure Zeit verloren,
Die über Hoffen zugegeben
Dem Wesen, was , noch kaum geboren,
Schon schmerzlich kämpfte um sein Leben:
Ich, die den Tod seit Jahren fühle
Sich langsam nagen bis ans Herz,
Weh, mir ich treibe Kinderspiele,
Als sei der Sarg ein Mummenscherz!

In siechen Kindes Haupte dämmert,
Das unverstandne Missbehagen,

So, wenn der Grabwurm lauter hämmert,
Fühl` bänger ich die Pulse schlagen.
Dann bricht hervor das matte Stöhnen,
Der kranke, schmerzgedämpfte Schrei;
Ich lange mit des Wurmes Dehnen
Sehnsüchtig nach der Arzenei.

Doch wenn ein frischer Hauch die welke,
Todsieche Nessel hat berühret,
Dann hält sie sich wie Ros` und Nelke
Und meint sich königlich gezieret.
O Leichtsinn, Leichtsinn sondergleichen,
Als ob kein Seufzer ihn gestört!
Und doch muss ich vor Gram erbleichen,
Durch meine Seele ging ein Schwert.

Wer musst` so vieles Leid erfahren
An Körpernot und Seelenleiden
Und dennoch in so langen Jahren
Sich von der Welt nicht mochte scheiden.
Ob er als Frevler sich dem Rade,
Als Tor geselle sich dem Spott,
O, sei barmherzig, ew`ge Gnade,
Nicht` ihn als Toren, milder Gott!

Du hast sein siedend Hirn gebildet,
Der Nerven rastlos flatternd Spielen
Nicht von gesundem Blut geschildet,
Weißt seine dumpfe Angst zu fühlen,
wenn er sich windet unter Schlingen,
Zu mächtig ihm und doch verhasst,
Er gern ein Opfer möchte bringen,
Wenn es nur seine Hand erfasst.

Was Sünde war, du wirst es richten,
Und meine Strafe muss ich tragen,
Und was Verwirrung, wirst du schlichten,
Weit gnäd`ger, als ich dürfte sagen.
Wenn klar das Haupt, die Fäden löser,

Was dann mein Teil, ich weiß es nicht,
Jetzt kann ich stammeln nur: "Erlöser,
Ich gebe mich in dein Gericht!"

18. DEZEMBER - HERMINE VILLINGER: DER STERN ZU BETHLEHEM

Es war ein düsterer Novembermorgen. Die Uhr der protestantischen Kirche auf dem Marktplatze hatte eben fünf geschlagen. Ein Schutzmann, der die Kriegstraße passierte, sah einen schwarzen Packen unter einem der Bäume liegen. Es war ein fest schlafendes Kind. Der Mann rüttelte und schüttelte das magere, im höchsten Grade verkommen aussehende Bürschlein wohl eine ganze Weile. Endlich – einen durchdringenden Schrei ausstoßend – fuhr der Kleine in die Höhe. Er wollte sich freimachen. Er riß und zerrte, sein Jammern war herzzerreißend.

"Aber es geschieht dir ja nichts", sagte der Schutzmann, "soll für dich gesorgt werden. Sei nur ruhig, sei nur ruhig ..."

Gleich beim ersten Wort hatte das noch eben tief geängstigte Kind freudig aufgehorcht, des Mannes Hand ergriffen und sich wie hilfesuchend an ihn hingedrängt.

"Bist wohl hungrig?" fragte er.

"Ja, ja." Die Stimme klang ganz hell. Keine Spur von Angst mehr.

"Wie alt bist, Kleiner?"

"Zehn Jahr."

"Wo kommst her?"

Schweigen.

"Wer sind deine Eltern?" –

Abermaliges Schweigen. Sie waren eine Weile gegangen und hielten nun vor einem großen Hause, das hoch über all die geringen

Häuslein des "Dörfle", wie man diesen Stadtteil nennt, hinausragte. Der Schutzmann läutete, und sie traten ein.

Eine Schwester kam ihnen entgegen, jung, in einer weißen Haube. Ohne daß mehr als die nötigen Worte zwischen ihr und dem Schutzmann gewechselt wurden, nahm sie den Kleinen bei der Hand und führte ihn ein paar Treppen hinauf, durch eine Menge dunkler Gänge und Gelasse. In einem kleinen Raume machte sie halt und zündete das Gas an. Jetzt erst betrachtete sie ihren Schützling.

"Lieber Gott," rief sie bei seinem Anblick aus, "lieber Gott ..."

Sie zog einen Schemel herbei: "Da setz' dich her!"

Dann zündete sie den Gasofen an, denn sie befanden sich im Badezimmer, lief rasch davon und kehrte schon nach wenigen Minuten mit einer Tasse Milch zurück und einem Stück Brot.

Der Junge, der zart und klein für sein Alter war, ließ den Blick nicht von der hübschen, rotbackigen Schwester, die kam und ging, alles mögliche herbeischleppte und ihm von Zeit zu Zeit freundlich zunickte.

Sie hatte ein großes Tuch vor ihm ausgebreitet. Kaum, daß er sich's versah, war er seiner schmutzigen, zerfetzten Kleider entledigt und lag in der wohlig warmen Badewanne.

Er lachte, er hatte so etwas nie erlebt. Nun kam die Schwester mit der Bürste und seifte ihn von Kopf bis zu den Füßen ein.

Plötzlich ließ sie ihn in Ruhe. Er streckte die Glieder, suchte eine Stütze für den Kopf. Ihm war zum Einschlafen wohl. Aber schon im nächsten Augenblick lag er in einem warmen Tuch auf dem Tische, wurde abgerieben und davongetragen. Er kam aus dem Verwundern nicht heraus. In ein warmes Bett wurde er gesteckt, fühlte weiße, unendliche Sauberkeit um sich her, sah wie aus weiter Ferne das rosige, lachende Gesicht der Schwester, die ihm zunickte, und schlief ein.

Erst gegen Mittag erwachte er. Vor seinem Bette stand Schwester Käthchen und die Oberschwester.

"Er hat nur Haut und Knochen," hörte er seine Pflegerin sagen, "und ein blaues Mal am andern."

"Gelt, dir gefällt's in deinem Bett?" wandte sie sich an den Kleinen. "Wie heißest du denn?"

Er besann sich einen Augenblick, dann meinte er schelmisch:
"Weiß nit –"

Die Frauen lachten.

Des Nachmittags nahm ihn Schwester Käthchen vor.

Sie saß neben einem Kinderwagen, in dem ein blondes und ein schwarzes Geschöpfchen einträchtig nebeneinander lagen.

"Wem gehören denn die?" fragte der neue Ankömmling, der nun ein sauberer kleiner Kerl war mit Augen, die wie Sterne glitzerten.

"Sie gehören niemand," sagte Schwester Käthchen, "darum bleiben sie jetzt bei uns."

"Ich gehör' auch niemand," sagte der Kleine, "gelt, jetzt bleib' ich auch bei dir."

"Aber du bist doch all die Zeit her mit jemand zusammen gewesen," meinte Schwester Käthchen, "du läufst doch nicht allein in der Welt herum?"

Der Kleine besann sich, sah sich scheu um und sagte leise:

"Mit dem Scherenschleifer war ich."

"Ist das dein Vater?"

Er schüttelte den Kopf.

"Die Mutter hat mich ihm verkauft für zehn Mark. Ich hab's g'sehen."

Die Schwester strich ihm über das dunkle Haar.

"Wie lange bist du denn mit dem Scherenschleifer gewesen?"

"Weiß nit. Recht lang. Hab' müssen die Scheren einholen. Hab' viel mehr Schläg' als Essen kriegt. Aber bin ihm doch davong'laufen."

Er lachte laut auf vor Vergnügen.

"Wo ist denn deine Mutter?"

"Sag' ich nit. Die gibt mich wieder dem Scherenschleifer."

"Hast du denn keinen Vater?"

"Doch, der ist auch da, und zwei Schwesterln. Aber der mag mich erst recht nit."

"Geh, sag' mir, wie du heißest," bat die Schwester.

"Weiß nit," sagte er wieder.

"Also dann nenn' ich dich ›Weiß nit‹."

Jetzt lachte er so herzlich, daß die beiden kleinen Kinder aus ihrem Hindämmern auffuhren und die Ärmchen nach der Schwester ausstreckten.

Sie hatte sie gleich beruhigt.

"Sag' mir wenigstens deinen Vornamen, gelt?"

"Fritzl," flüsterte er.

Als der Abend kam, fehlten in der Kinderstube eine Menge Dinge. Schwester Käthchen vermißte ihr Portemonnaie, die Bürste an der Wand war weg, das Glas auf dem Tisch. Alles fand sich in Fritzls Bett vor, als die Schwester dieses für den Abend zurechtmachen wollte.

Der Kleine spielte im Gärtchen des Pfründnerhauses mit den anderen Kindern. Als er heraufkam, standen ihm die Hosentaschen weit vom Körper ab. Die Schwester fand eine Mütze, ein paar Taschentücher, einen Wollknäuel.

"Das – und alles, was ich im Bett gefunden," rief sie entsetzt aus, "Fritzl, du stiehlst ja!"

"Er hat mich halbtotgeschlagen, wenn ich nit g'stohlen hab'," gab ihr der Kleine zur Antwort.

"Weißt du denn nicht, daß man nicht stehlen darf?"

Er nickte schlau. "Der Polizeimann ist arg hinterher."

"Fritzl" – die Schwester kauerte sich zu ihm hin, "sag' mir eins: warst du denn nicht in der Schul'?"

"Nein."

"Hast gar nichts gelernt, nicht lesen und schreiben?"

"Nein," wiederholte er, "aber sonst kann ich viel. Paß auf –"

Er stellte sich in die Mitte der Stube und verbeugte sich nach allen Seiten.

"Herrschaften," begann er und fing an zu schwatzen, tolles Zeug, Räuber- und Mördergeschichten, alles ohne inneres Verständnis bunt durcheinander. Seine Redegewandtheit war außerordentlich, und seine Bewegungen waren so drollig, daß die Kinder nicht aus dem Lachen herauskamen.

Unermüdlich kramte der kleine Komödiant seine Geschichten aus.

Der Polizeiagent, der einmal zu solch einer Vorstellung gekommen war, meinte, der Kleine müsse, seiner Betonung nach, aus Bayern sein. Indes alle Mühe, etwas aus dem Kinde herauszubringen, war umsonst.

Der Fritzl war schlau. Er gab auf die Fragen, die man an ihn stellte, immer die gleiche Antwort:

"Ich gehör' niemand, ich bleib' bei der Schwester Käthchen."

Man schickte ihn mit den andern Kindern in die Schule. Bei den Sechsjährigen saß er, das freudigste Kind, das jemals auf der Schulbank saß. Ihm war das Lernen kein Muß, sondern eine Vergünstigung. Alles, was bei den andern Kindern etwas Selbstverständliches war, kam ihm wie etwas Wunderbares, nie Geahntes vor, bis auf das Zehnuhrbrot, das ihm Schwester Käthchen jeden Morgen zusteckte. Seine Augen glänzten in steter Verwunderung.

Es kam auch vor, daß er in der Nacht auffuhr und in ein verzweiflungsvolles Geschrei ausbrach.

Dann mußte Schwester Käthchen ihm die Hand geben und ihm so

Weihnachten war in Sicht, und Schwester Käthchen saß in der großen Kinderstube zwischen ihren Schützlingen – Kinder, die nie Elternliebe gekannt hatten oder den Mißhandlungen ihrer Eltern entrissen worden waren.

Nun saßen oder lagen oder standen sie um Schwester Käthchen herum, die einen Haufen Kinderwäsche zum Ausbessern vor sich hatte und vom Christkind erzählte.

"Traurig war die Welt und dunkel. Ach, so dunkel und kalt. Kein Mensch war froh. Auch kein Tier. Es war ein so großes Frieren. Da hatte der liebe Gott Erbarmen. Er schickte das Christkind. Und das Christkind kam. Vom Himmel hoch kam's herab und zündete das Bäumlein an mit tausend lustigen Lichtern, daß es warm wurde auf der kalten Erde und hell und froh, daß alle Kinder jauchzten und schöne Lieder sangen und niemand mehr traurig war auf Erden."

So sprach sie und noch vieles andere. Daß sie nun alle brav sein müßten und folgsam. Nicht mit leeren Händen dürften sie vor den Christbaum treten.

"Ich habe meine Suppe ausgegessen," müßten sie zum Christkind sagen können. "Ich habe meine Schürze reingehalten." "Ich war nicht gefräßig."

Solche Dinge müßten sie dem Christkind bringen. Auch die heiligen drei Könige, die von weither dem Stern zu Bethlehem nachgezogen seien, hätten dem Christkind eine Menge schöner Sachen mitgebracht.

Die kleinen Mädchen saßen längst um die Perlenschachtel, um Kränzlein zu machen für den Weihnachtsbaum.

Der Fritzl aber wollte immer noch von den heiligen drei Königen erzählt haben.

"War er sehr groß, der Stern zu Bethlehem?" lauteten seine Fragen. "Ich hab' viele Stern' schon g'sehen. War er viel größer, viel schöner? Glaubst, daß er noch manchmal am Himmel steht, wenn auch die heiligen drei Könige jetzt tot sind? Gelt, sag' mir, wenn er am Himmel steht, und ich sollt' grad schlafen."

Schwester Käthchen versprach, ihn zu wecken.

Da gab's ein großes Geschrei. Sie wollten alle geweckt sein. Wollten alle den Stern sehen.

Ach, so groß war die Seligkeit in der armen Kinderstube, so heiß die Erwartung – eine Erwartung und Sehnsucht, wie sie jene Hirten und Könige einstens empfanden, daß sie kamen von allen Seiten und lange versichern, daß der Scherenschleifer weit und breit nicht zu sehen sei, bis er ruhig wurde.

Meistens schlief er gleich ein, zuweilen fing er an zu plaudern:

"Mit einem dicken Riemen hat er mich g'schlagen. Einmal hab' ich viele Tag' nichts g'sehn, weil's über die Augen ging. Da hat er mich Hund g'nannt und mir nichts zu essen geben. Aber jetzt hab' ich nie mehr Hunger. Jetzt tut mir's nirgends mehr weh. Und bald kann ich lesen und schreiben. Gelt, wenn ich das kann, Schwester Käthchen, da tu' ich aber einen Sprung –."

Schwester Käthchen rückte ein wenig aus dem Licht der Nachtlampe, damit das Kind die Tränen nicht sah, die ihr in die Augen stiegen. Sie war nicht weich, das viele Elend um sie her hatte sie abgestumpft. Nur indem sie die Dinge leicht nahm, konnte sie ihr schweres Werk mit Fröhlichkeit vollbringen. Die Kinder drängten sich zu ihr wie zur Sonne, weil ihre Augen lachten. Wenn sie um diese armen Kleinen geweint hätten, wäre ihnen nicht damit gedient gewesen.

Aber dieser tapfere Fritzl, an dessen Körper kein heiler Fleck war, dessen Kindheit wohl im wahren Sinn des Wortes ein Martyrium gewesen, wenn der mit seinen leuchtenden großen Augen nun sein Glück pries und alles, was jedes Kind als etwas Selbstverständliches hinnahm, wie eine Gnade, wie etwas unermeßlich Schönes empfand und, ohne daß er das Wort Dank aussprach, mit jedem Atemzuge, mit jedem freudigen Aufleuchten dankte und immer wieder dankte, da überkam Schwester Käthchen etwas wie ein Gefühl der Empörung, der Anklage gegen die ganze Welt, die so etwas zuließ – die solch ungerechtes Kinderleid duldete.

Er war auch unartig, er stieß einmal den beiden Kleinen im Wägelchen die Köpfe so hart zusammen, daß sie brüllten. Schwester Käthchen gab ihm eine Ohrfeige.

Da sah er sie strahlend an. Er war ganz andere Schläge gewohnt; was von Schwester Käthchens Hand kam, dünkte ihm eine Liebkosung.

Sie mußte lachen über den Mißerfolg ihrer Strafe, sie zog ihn zu sich heran.

"Schau, Fritzl, du mußt recht lieb mit ihnen sein, es sind gar so arme Frätzle, die zwei."

"Sei ruhig," sagte er, "ich heirat' sie später."

"Auch noch alle zwei," lachte sie auf.

"Sonst blieb ja eins allein," meinte er.

nichts wollten und nichts begehrten als anzubeten, niederzusinken vor dem Heile der Welt, das endlich gekommen.

Aber so wie den Fritzl, so gewaltig ergriff die Erregung keins der Kinder. Er störte sie alle. Er wußte nicht, was anstellen vor mächtiger Freude. Er schwatzte den ganzen Tag.

Ihm hatte das Christkind noch nie einen Baum angesteckt. Ihm war das alles so neu, so wunderbar neu.

Eine Sehnsucht ergriff ihn, etwas zu geben, Schwester Käthchen eine Freude zu machen.

"Weißt, jetzt will ich dir's sagen, wo meine Mutter wohnt," begann er, den Arm um den Hals der Schwester schlingend, "in München wohnt sie bei einer großen Wiese. Siehst, jetzt sag' ich dir alles. Und daß sie mich auf die Gass' gejagt, wie sie den Schwesterln einen Baum g'macht. Hab' die Lichter durchs Fenster g'sehn. Hast eine Freud' jetzt?"

Nein, sie hatte keine, sie hatte keine! Wie oft hatte sie ihn gefragt, gebeten, ja, ihm gedroht, er müsse ihr sagen, wo er zu Hause sei, wo seine Eltern wohnten. Immer wieder war nachgefragt worden, ob man nichts von ihm wisse, ob er noch immer nicht gesprochen. Und jetzt, gerade vor Weihnachten, hatte er's getan. Wenn sie es nun sagte, so würde man ihn am Ende holen und heimbringen zu jener Mutter, die ihn auf die Gasse gejagt, während sie ihren andern Kindern einen Baum angesteckt.

Nein, nein, sie wollte sein Geheimnis nicht verraten. Er sollte seine Weihnacht noch haben, ehe er in die Heimat ausgeliefert wurde.

Sie schwieg. Sie war doppelt gut zu ihm.

Und endlich kam der heilige Abend, und Fritzl trat mit den Kindern vor den Baum mit den vielen Lichten und dem glänzenden Stern obenan.

"Da ist er ja, da ist er ja, der Stern," schrie er ganz außer sich vor Freude.

Aber er wurde zurückgehalten. Die Kinder sangen mit den Schwestern, und die alten Pfründnerinnen sangen mit und vergaßen ein wenig ihre Gebrechlichkeit.

Der Fritzl aber konnte fast nicht stillhalten. All das Singen, all das Reden dauerte ihm viel zu lang. Er war der erste, der vor der Krippe mit dem Christkind stand.

Und siehe da, einen Haufen Sachen zwängte er aus seinen Taschen, lauter entwendetes Gut, und legte es stolz und glückselig vor das Christkind hin, rühmte sich noch damit, hielt die Kinderhäubchen, schmutzigen Taschentücher, Griffel, Bleistifte hoch, hoch – "Und das – und das – schau alles, das schenk' ich dir –"

Nein, es konnte keiner zanken. Man konnte nichts sagen vor Lachen.

Schwester Käthchen meinte entschuldigend: "Er hat mich ein wenig mißverstanden. Ich werd's ihm schon klarmachen," und nahm ihn beim Kopf.

"Weißt, Fritzl, Gestohlenes darf man dem Christkind nicht bringen."

"Aber sonst hab' ich ja nichts," meinte er.

Die Tage vergingen und Schwester Käthchen hatte noch immer nichts gesagt. Sie konnte es nicht übers Herz bringen.

Der Januar ist so kalt, kam sie mit sich überein, ich will noch ein wenig zuwarten.

Der Februar war auch noch kalt.

Jetzt wurde der Polizeiagent dringend.

Also dann sprach sie.

Und eines Morgens richtete sie ein kleines Bündel zusammen. Der Gendarm stand schon vor der Türe. Schnell befestigte sie eine Schnur mit einem Medaillon um den Hals ihres Lieblings, küßte ihn und schob ihn über die Schwelle. Sie zitterte, sie hielt die Türe fest zu. Im nächsten Augenblick hörte sie ihn schreien, markerschütternde Töne waren's.

Schwester Käthchen warf sich über ihr Bett und schluchzte und schwor und schwor: "Ich werd' kein Kind mehr lieben – ich werd' kein Kind mehr lieben –"

Aber es kamen neue Kleine und mit ihnen neues Elend. Sie hatte keine Zeit, ihrem Schmerz nachzuhängen. Die ihr anvertrauten Kinder verlangten ihre Gegenwart, verlangten stürmisch nach ihrer Heiterkeit.

Und so wurde sie wieder die alte. Sie vergaß ihn nicht, den Fritzl, aber sie hatte sich beruhigt, und bald vergingen Tage und Wochen, ohne daß sie seiner gedachte.

Als aber Weihnacht wieder vor der Türe stand, ging's ihr ganz seltsam. Sie wehrte sich, sie wollte nicht, aber der Fritzl ging ihr nicht aus dem Sinn. Eine große Unruhe erfaßte sie. Die Frage ließ sie nicht los: Wie wird es ihm gehen – wie wird es ihm gehen?

Wieder verfertigten die kleinen Mädchen Perlenkränzlein für den Weihnachtsbaum, und wieder erzählte die Schwester die alte und ewig neue Geschichte vom Christkindlein, das in die dunkle kalte Welt das Licht und die Freude gebracht.

Im Kinderwagen lagen zwei neue Geschöpfchen, und die vom letzten Jahr krabbelten auf dem Boden herum. Schwester Käthchen sah sich unter ihren Schützlingen um, und es fuhr ihr durch den Sinn: So wie über den Fritzl hab' ich doch nie wieder über ein Kind lachen müssen. Wie wär's doch schad' um ihn, wenn er zugrund' gehen müßte.

Der Schnee schlug gegen die Fensterscheiben. Es war ganz still auf der Gasse, so tief und weich war die Decke über dem Erdboden.

"Wird sie ihn am End' auch wieder hinausschicken, wenn sie ihren andern Kindern beschert?" murmelte Schwester Käthchen vor sich hin.

Eine Magd erschien unter der Türe.

"Ein Bub' verlangt nach Ihnen, Schwester Käthchen. Er ist so schmutzig, daß ich ihn nicht reingelassen habe."

Schon war sie draußen. Sie fragte nicht lange, wer das zitternde, weinende Geschöpf da in der Ecke war – sie nahm's in ihre Arme.

Eine Stunde später lag der Fritzl wieder in seinem alten saubern Bett mit noch größeren Augen als früher und einen Appetit, der nicht zu stillen war. Die Oberschwester kam, und alle Schwestern und Kinder umstanden sein Bett.

"Gelt aber, ich bin noch recht kommen," nickte er ihnen zu, "hab' immer denkt, wenn ich nur zur heiligen Weihnacht daheim bin."

"Willst uns nicht erzählen, wie dir's gangen ist?" fragte Schwester Käthchen.

"Freilich," nickte er, "o, 's ist mir gut gangen, nur wie ich in München ankommen bin, hat mich die Mutter an der Hand packt wie ein Stück Holz. Die Schwesterln haben sich auch nit g'freut. Der Vater hat g'sagt: "Ich geh' auf den Abend ins Wirtshaus." Dann hat die Mutter g'sagt, sie woll' mich in der Küch' füttern. Hat mir auch recht schön's Essen geben. Aber der Vater ist doch ins Wirtshaus. Die Mutter hat g'heult, ich glaub', er hat sie g'schlagen. Ich sei an allem schuld, hat sie g'sagt."

"Bist auch in die Schul' gangen?" fragte Schwester Käthchen.

"Freilich," nickte er, "er war recht zufrieden, der Lehrer, hat mich nie g'hauen. Kann's Einmaleins fast –"

"Aber warum bist du denn von daheim fort?" erkundigte sich die Oberschwester.

"Ja, das war – das war halt so –: Am Tisch sind wir g'sessen, die Schwesterln und ich, ohne Licht. Aber ich seh' auch im Dunkeln. Die Mutter ist reinkommen, bin erschrocken über ihr Gesicht. ›Da setz' dich her,‹ hat sie zu mir g'sagt und mich unten an' Tisch zogen. Drauf ist sie wieder gangen. Die Schwesterln waren ganz still und ich auch. Eine Angst hab' ich g'habt wie vor dem Scherenschleifer. Da bin ich schnell über den Tisch weg ans Fenster. Die Mutter ist gleich reinkommen mit einer dampfenden Schüssel. Über den Stuhl, wo ich g'sessen bin, hat sie die Schlüssel fallen lassen. Hab' sie laut schreien hören. Weit schon war ich, draußen auf der Gass', hab' ich sie noch immer schreien hören. – Da bin ich g'laufen –"

Er schwieg. Die Kinder lachten. Es lag so viel Lustigkeit in seiner Stimme. Sie merkten nicht, wie sich Schwester Käthichen über die Augen wischte.

"Wer hat dir denn das Geld zum Herfahren gegeben?" fragte die Oberschwester.

Er sah sie lachend an: "Mir hat kei' Mensch Geld geben, hab halt ein Fuß vor den andern g'setzt. Vorwärts marsch, wie der Scherenschleifer g'sagt hat'"

Die Kinder jubelten.

Schwester Käthchen schlug die Hände zusammen: "Zu Fuß von München bis hierher! Ist das möglich!"

"Ist sogar recht schön g'wesen," behauptete Fritzl, "bin immer der Eisenbahn nach. Hab' auch oftmals zu essen kriegt unterwegs, manchmal eine Supp' und einmal einen Pfannenkuchen. In der Nacht bin ich in die Heustadel krochen oder in Stall. Einmal hab' ich g'meint, ich seh' den Scherenschleifer. Da bin ich vor Angst zu einem Hund in der Hütt'. Er war aber recht gut und hat mich g'leckt. Die ganze Nacht hab' ich bei ihm g'schlafen, und in der Früh haben mir seine Leut' Kaffee geben."

"Und dann? Und dann?" riefen die Kinder. Ganz eng umstanden sie das Bett.

"Dann hab' ich einen Purzelbaum g'schlagen und dann noch einen," prahlte Fritzl.

"Wie lang' warst du denn unterwegs?" fragte die Oberschwester.

"Weiß nit," meinte er achselzuckend, "vielleicht war's zweimal Sonntag. Nur haben die Sohlen nit g'halten. Da haben mir die Füß' halt weh g'tan. Hol's der Teufel, hab' ich denkt."

Das jugendliche Publikum schrie vor Vergnügen.

Er schnitt eine Grimasse: "Hol's der Teufel," wiederholte er zwei-, dreimal.

Jetzt drängte die Oberschwester: "Und dann?"

"Dann – ja dann hat mir eine Frau ein Paar Schuhe geben. Jetzt haben die auch wieder nit g'halten. Wenn s' mich gar so brennt haben, die Füß', hab' ich an den Stern von Bethlehem denkt, dem die heiligen drei König' nach sind bis hin zum Christkindl. Da hab' ich denkt, was die heiligen drei König' können, das muß doch der Fritzl auch können."

Schwester Käthchen streichelte ihm die Wangen: "Daß du alles so schön behalten hast, was ich dir vom Christkind erzählt."

Er machte ein höchst pfiffiges Gesichtchen: "Will dir's verraten – nit ein einziges Mal hab' ich g'stohlen – und weißt warum? Daß mich halt 's Christkindl dafür bei dir läßt. – Glaubst, 's ist so g'scheit?" setzte er fragend hinzu.

Schwester Käthchen setzte noch in der gleichen Stunde eine frische Haube auf und nahm ihren Kragen um. Spornstreichs ins Schloß rannte sie. – Die Landesherrin hatte sich der allzeit heiteren Schwester von jeher gnädig gezeigt. Es verging keine Woche, ohne daß die hohe Frau das Armenheim besuchte. Als sie Schwester Käthchen, nachdem ihr der Fritzl entrissen worden war, mit rotgeweinten Augen antraf, mußte das Mädchen beichten, und von diesem Augenblick an wurde sie erst recht von der Landesherrin ausgezeichnet. Zu ihr nun eilte Schwester Käthchen. Und kam selig und strahlend von ihrem Wege zurück.

Eben trat der Polizeiagent mit der Oberschwester aus der Kinderstube.

"Schwester, Schwester," schrie der an allen Gliedern zitternde Kleine der Eintretenden entgegen, "er will mich wieder fortnehmen – o Schwester, wie war der Weg so weit – und jetzt seh' ich ihn am End' doch nit, den drei heiligen Königen ihren Stern ..."

Da kniete sie neben ihm hin: "Fürcht' dich nicht, Fritzl, sei froh, es darf dich keiner mehr von hier wegnehmen. Ich hab's für dich in der Tasche zum Weihnachtsgeschenk. Fritzl bleibt unser Kind. Darfst es aber dem Christkinde nicht verraten, daß ich dir's vorher gesagt hab'."

Er lächelte, indem er tief, wie von einer schweren Last befreit, aufatmete. Schon im nächsten Augenblick schlief er, seligen Frieden aus dem blassen, von Leiden und Entbehrungen so hart gezeichneten Kindergesicht.

19. DEZEMBER - WILHELM CURTMAN : DAS CHRISTBÄUMCHEN

Die Bäume stritten einmal miteinander, wer von ihnen der vornehmste wäre.

Da trat die Eiche vor und sagte: "Seht mich an! Ich bin hoch und dick und habe viele Äste, und meine Zweige sind reich an Blättern und Früchten."

"Früchte hast Du wohl", sagte der Pfirsichbaum; "allein es sind nur Früchte für die Schweine; die Menschen mögen nichts davon wissen. Aber ich, ich liefere die rotbackigen Pfirsiche auf die Tafel des Königs".

"Das hilft nicht viel", sagte der Apfelbaum, "von deinen Pfirsichen werden nur wenige Leute satt. Auch dauern sie nur wenige Wochen; dann werden sie faul, und niemand kann sie mehr brauchen. Da bin ich ein anderer Baum. Ich trage alle Jahre Körbe voll Äpfel, die brauchen sich nicht zu schämen, wenn sie auf eine vornehme Tafel gesetzt werden. Sie machen auch die Armen satt. Man kann sie den ganzen Winter im Keller aufbewahren oder im Ofen dörren oder Most daraus keltern. Ich bin der nützlichste Baum!"

"Das bildest du dir nur ein" sagte die Fichte, "aber du irrst dich. Mit meinem Holz baut man die Häuser und heizt man die Öfen. Mich schneidet man zu Brettern und macht Tische, Stühle, Schränke, ja sogar Schiffe daraus. Dazu bin ich im Winter nicht so kahl wie ihr: Ich bin das ganze Jahr hindurch schön grün. Auch habe ich noch einen Vorzug. Wenn es Weihnachten wird, dann kommt das Christkindchen, setzt mich in ein schönes Gärtchen und hängt goldene Nüsse und Äpfel an meine Zweige. über mich freuen sich die Kinder am allermeisten. Ist das nicht wahr?" Dem konnten die anderen Bäume nicht widersprechen.

20. DEZEMBER - PAULA DEHMEL: WEIHNACHTEN IN DER SPEISEKAMMER

Unter der Türschwelle war ein kleines Loch. Dahinter saß die Maus Kiek und wartete.

Sie wartete bis der Hausherr die Stiefel aus- und die Uhr aufgezogen hatte; sie wartete, bis die Mutter ihr Schlüsselkörbchen auf den Nachttisch gestellt und die schlafenden Kinder noch einmal zugedeckt hatte; sie wartete auch noch, als alles dunkel war und tiefe Stille im Hause herrschte. Dann ging sie.

Bald wurde es in der Speisekammer lebendig. Kiek hatte die ganz Mäusefamilie benachrichtigt. Da kam Miek die Mäusemutter mit den fünf Kleinen, und Onkel Grisegrau und Tante Fellchen stellten sich auch ein.

"Frauchen, hier ist etwas Weiches, Süßes," sagte Kiek leise vom obersten Brett herunter zu Miek, "das ist etwas für die Kinder," und er teilte von den Mohnpielen aus. "Komm hierher Grisegrau," piepste Fellchen, und guckte hinter der Mehltonne vor, "hier gibt's Gänsebraten, vorzüglich, sag ich dir, die reine Hafermast; wie Nuss knuspert sich's." Grisegrau aber saß in der neuen Kiste in der Ecke, knabberte am Pfefferkuchen und ließ sich nicht stören. Die Mäusekinder balgten sich im Sandkasten und kriegten Mohnpielen. "Papa," sagte das größte, "meine Zähne sind schon scharf genug, ich möchte lieber knabbern, knabbern hört sich so hübsch an." "Ja, ja, wir wollen auch lieber knabbern," sagte alle Mäusekinder, "Mohnpielen sind uns zu matschig," und bald hörte man sie am Gänsebraten und am Pfefferkuchen. "Verderbt euch nicht den Magen," rief Fellchen, die Angst hatte, selber nicht genug zu kriegen, "an einem verdorbenen Magen kann man sterben." Die kleinen Mäuse sahen ihre Tante erschrocken an; sterben wollte sie ganz und gar nicht, das musste schrecklich sein. Vater Kiek beruhigte sie und erzählte ihnen von Gottlieb und Lenchen, die drinnen in ihren Betten lägen und ein hölzernes Pferdchen und eine Puppe im Arm hätten; und dass in der großen Stube ein mächtiger Baum stände mit Lichtern und buntem Flimmerstaat, und das es in der ganzen Wohnung herrlich nach frischem Kuchen röche, der aber im Glasschrank stände, und an den man nicht heran könnte. "Ach," sagte Fellchen, "erzähle nicht so viel, lass die Kinder lieber essen." Die aber lachten die Tante mit dem dicken Bauch aus und wollte noch viel mehr wissen, mehr als der gute Kiek selbst wusste. Zuletzt bestanden sie darauf, auch einen Weihnachtsbaum zu haben, und die zärtlichen Mäuseeltern liefen wirklich in die Küche und zerrten einen Ast herbei, der von dem großen Tannenbaum abgeschnitten war. Das gab einen Hauptspaß. die Mäusekinder quiekten vor entzücken und fingen an, an dem grünen Tannenholz zu knabbern; das schmeckte aber abscheulich nach Terpentin, und sie ließen es sein und kletterten lieber in dem Ast umher. Schließlich machten sie die ganze Speisekammer zu ihrem Sielplatz. Sie huschten hierhin und dorthin, machten Männchen, lugten neugierig über die Bretter in alle Winkel hinein, und spielten Versteck hinter den Gemüsebüchsen und Einmachtöpfen; was sollten sie auch mit dem dummen Weihnachtsbaum, an dem es nichts zu essen gab! Als aber das kleinste ins Pflaumenmus gefallen war und von Mama Miek und Onkel Grisegrau abgeleckt werden musste, wurde ihnen das Umhertollen untersagt, und sie mussten wieder artig am Pfefferkuchen knabbern.

Am andern Morgen fand die alte Köchin kopfschüttelnd den Tannen Ast in der Speisekammer und viele Krümel und noch etwas, was nicht gerade in die Speisekammer gehört, ihr werdet euch schon denken können was! Als Gottlieb und Lenchen in die Küche kamen, um der alten Marie guten Morgen zu wünschen, zeigte sie ihnen die Bescherung und meinte: "Die haben auch tüchtig Weihnachten gefeiert." die Kinder aber tuschelten und lachten und holten einen Blumentopf. Sie pflanzten den Ast hinein und bekränzten ihn mit Zuckerwerk, aufgeknackten Nüssen, Honigkuchen und Speckstückchen. die alte Marie brummte; da aber die Mutter lachend zuguckte, musste sie schon klein beigeben. Sie stellte alles andere sicher und ließ den kleinen Naschtieren nur ihren Weihnachtsbaum.

die Kinder aber jubelten, als sie am zweiten Feiertage den Mäusebaum geplündert vorfanden und hätten gar zu gern auch ein Dankeschön von dem kleinen Volke gehört. "Den guten Speck vergesse ich mein Lebtag nicht," sagte Fellchen, und Grisegrau biss eine mitgebrachte Haselnuss entzwei; Kiek und Miek aber waren besorgt um ihre Kleinen, die hatten zuviel Pfefferkuchen gegessen, und ihr wisst, liebe Kinder, das tut nicht gut!

21. DEZEMBER - HERMAN BANG:
EINSAM AM HEILIGEN ABEND

*J*edesmal wenn Weihnachten kommt, muß ich an Herrn Sörensen denken. Er war der erste Mensch in meinem Leben, der ein einsames Weihnachtsfest feierte, und das habe ich nie vergessen können.

Herr Sörensen war mein Lehrer in der ersten Klasse. Er war gut. Im Winter bröselte er sein ganzes Frühstücksbrot für die hungrigen Spatzen vor dem Fenster zusammen. Und wenn im Sommer die Schwalben ihre Nester unter den Dachvorsprung klebten, zeigte er uns die Vögel, wie sie mit hellen Schreien hin und her flogen. Aber seine Augen blieben immer betrübt.

Im Städtchen sagten sie, Herr Sörensen sei ein wohlhabender Mann. "Nicht wahr, Herr Sörensen hat Geld?" fragte ich einmal meine Mutter. "Ja, man sagt's." - "Ja ... ich hab' ihn einmal weinen sehen, in der Pause, als ich mein Butterbrot holen wollte ..."

"Herr Sörensen ist vielleicht so betrübt, weil er so allein ist", sagte meine Mutter. "Hat er denn keine Geschwister?" fragte ich. "Nein - er ist ganz allein auf der Welt..."

Als dann Weihnachten da war, sandte mich meine Mutter mit Weihnachtsbäckereien zu Herrn Sörensen. Wie gut ich mich daran erinnere. Unser Stubenmädchen ging mit, und wir trugen ein großes Paket, mit rosa Band gebunden, wie die Mutter stets ihre Weihnachtspäckchen schmückte.

Die Treppe von Herrn Sörensen war schneeweiß gefegt. Ich

getraute mich kaum einzutreten, so rein war der weiße Boden. Das Stubenmädchen überbrachte die Grüße meiner Mutter. Ich sah mich um. Ein schmaler hoher Spiegel war da, und rings um ihn, in schmalen Rahmen, lauter schwarzgeschnittene Profile, wie ich sie nie vorher gesehen hatte.

Herr Sörensen zog mich ins Zimmer hinein und fragte mich, ob ich mich auf Weihnachten freue. Ich nickte. "Und wo wird Ihr Weihnachtsbaum stehen, Herr Sörensen?" - "Ich? Ich habe keinen, ich bleibe zu Hause."

Und da schlug mir etwas aufs Herz beim Gedanken an Weihnachten in diesem "Zuhause". - In dieser Stube mit den schwarzen kleinen Bildern, den schweigenden Büchern und dem alten Sofa, auf dem nie ein Mensch saß - ich fühlte das Trostlose, das Verlassene in dieser einsamen Stube, und ich schlug den Arm vors Gesicht und weinte.

Herr Sörensen zog mich auf seine Knie und drückte sein Gesicht an meines. er sagte leise: "Du bist ein guter, kleiner Bub." Und ich drückte mich noch fester an ihn und weinte herzzerbrechend.

Als wir heimkamen, erzählte das Stubenmädchen meiner Mutter, ich hätte gebrüllt.

Aber ich schüttelte den Kopf und sagte: "Nein, ich habe nicht gebrüllt. Ich habe geweint. Und weißt du, ich habe deshalb geweint, weil nie jemand zu Herrn Sörensen kommt. Nicht einmal am Heiligen Abend..."

Später, als wir in eine andere Stadt zogen, verschwand Herr Sörensen aus meinem Leben. Ich hörte nie mehr etwas von ihm. Aber an jenem Tag, als ich an seiner Schulter weinte, fühlte ich, ohne es zu verstehen, zum ersten Male, daß es Menschen gibt, die einsam sind. Und daß es besonders schwer ist, allein und einsam zu sein an Weihnachten.

22. DEZEMBER - FRITZ MAUTHNER: WIE DER FRANISCHKO SEINE WEIHNACHTEN FEIERTE

Franischko wurde von Tag zu Tag trauriger, wenn er an den heiligen Abend dachte. Diesen mit seinen Kameraden beim Majster zu verbringen, vermochte der kleine Franischko nach den Erfahrungen des letzten Weihnachtsabends nicht. Damals hatte der Majster allen ihre kleinen Ersparnisse abgenommen und dafür gestattet, den heiligen Abend im häuslichen Kreise bei üppigem Gelage zu verbringen. Da war es aber dem Franischko schlecht ergangen. Gegessen hatten sie allerdings gut in des Majsters Keller, das muß wahr sein. Aber nachher hatten sie schmutzige Lieder gesungen und dem sich sträubenden Franischko schrecklichen Branntwein in den Hals gegossen. Nein, lieber kam der Franischko den ganzen Tag und die ganze Christnacht nicht nach Hause, als daß er dort die Sünde und das Trinken lernte.

Hart war es freilich, daß in der ganzen großen Stadt niemand, niemand war, dem Knaben etwas zu Weihnachten zu schenken. Er verlangte ja nicht so reiche Gaben, wie die Mamka daheim durch geheimnisvolle Hilfe zu spenden wußte: ein halbes Schock Äpfel und ein ganzes Schock Nüsse – aber nach einem guten Menschenkind sehnte sich der Knabe, das ihm nur einen roten Apfel und zwei krachende Nüsse in die Tasche steckte und dazu sagte: Das hat dir das Christkindl gebracht.

Seine Wohltäterin vom vorigen Winter, die schöne gute Marischa, hätte wohl auch jetzt ihres kleinen Freundes nicht vergessen; aber die hatte ihren Geliebten geheiratet und war mit ihm und ihrer Mutter eines Tages aus dem großen Hause fortgezogen. Niemand hatte acht, dem Franischko den Weg zu der neuen Wohnung zu zeigen, und so kam es, daß der Knabe die schöne Marischa nicht wieder auffinden konnte. Nur noch ein einziges Mal war sie in einem offenen Wagen an ihm vorübergefahren; Franischko hatte sich sofort neben sie auf den Tritt geschwungen und hatte sie von hier aus überglücklich angelacht, trotzdem der Kutscher ihn zornig mit der Peitsche behandelte. Da ließ die schöne Marischa halten, reichte dem Knaben ein Geldstück und nannte ihm eine Straße und eine Hausnummer, wo er sie finden könnte. Ja, wer die Buchstaben und die Ziffern der Straßen zu lesen verstünde! Er sah Marischa nicht wieder.

Seit dem frühen Morgen schlenderte Franischko heute müßig in der unruhigen Stadt umher. Seinen Warenhaufen hatte er nur deshalb mitgenommen, weil er sich vor dem Majster fürchtete. Wer kaufte heute eine Mausefalle? Die unzähligen Händler, welche mit ihren Eß- und Spielwaren die Märkte besetzt hielten, betrachteten es auch als selbstverständlich, daß man heute nur für den Weihnachtsabend Einkäufe machte, und suchten sogar den armen Slowakenbuben als Käufer zu locken. Franischko verwahrte zwar einige Groschen in der Tasche, aber das war ja keine Weihnachtsfreude, wenn man sich selber beschenkte.

Wenn das Sehen das Schönste wäre, dann hätte Franischko allerdings einen Weihnachtstag erlebt, von dem sich zu Hause im Dorfe und in der Stadt Trenschin niemand etwas träumen ließ. Selbst der gelehrte Herr Pfarrer hätte nicht sagen können, wozu all die tausend Dinge zu brauchen waren. Und doch wurde alles, alles verkauft. Was doch die Kinder in der Stadt klug sein mußten!

Die erstaunlichsten, unerhörtesten Dinge nahmen sie mit Kennermiene in die Hand und hantierten mit ihnen wie mit Bachkieseln.

Da war unter anderem ein Stück zu sehen, welches Franischkos Neugierde ganz besonders spannte. Es war eine schöne blanke Mausefalle, in welcher eine kleine graue Maus ganz still hockte. Wenn die vornehmen Kinder die Mausefalle öffneten, blieb das Tier ruhig sitzen, ließ sich herausnehmen, streicheln und hin- und herwerfen, und wenn man es auf die Erde setzte, so lief es wohl schnurrend eine kleine Strecke weit, blieb dann aber stehen und ließ sich geduldig wieder in die Falle tun. Das wäre erst das rechte Vergnügen, für so künstliche Mäuse Fallen zu fertigen.

Wem von beiden der Franischko wohl selbst ähnlich ist? Dem

künstlichen Tierchen oder dem lebendigen? Sein Majster hielt ihn wohl für so ein Ding aus Pappe, das er nach Gutdünken laufen ließ, so weit und so viel er wollte. Doch im Innern fühlte sich der Franischko auch so von sich selber bewegt, wie die lebendige Maus, und wäre am liebsten um sein armes Leben auf und davon gelaufen, weit weg, wo ihn der Majster nicht einholte. Aber der Franischko saß in der Falle. Und aus seinem eigenen jämmerlichen Zustande schloß er zurück auf den Kummer einer Maus, die sich eigentlich von selber bewegen konnte und doch gefangen saß. Da nahm der Franischko sich vor, von nun an in allen Mausefallen, die er verfertigte, einen der Drähte ganz lose zu lassen, damit die gefangenen Mäuse Gelegenheit hätten, wieder zu entschlüpfen. Das waren nun christliche und festliche Gedanken, aber sie konnten dem Franischko seinen Anteil an dem allgemeinen Weihnachtsglück nicht ersetzen. Er wäre beinahe wieder gern in den dunklen Keller seines Majsters zurückgekehrt, um nur nichts mehr von all den Herrlichkeiten sehen zu müssen, von welchen ihm doch nicht eine Nadel vom kleinsten Tannenbaum gehörte. Aber wie ein Zauber hielt ihn das Treiben der festlichen Menschen gebannt. Der Nachmittag war schon hereingebrochen, die Sonne senkte sich matt hinter den schneebedeckten Dächern, ein dünner Pulverschnee rieselte herab, das Gewoge auf den Straßen ließ aber noch immer nicht nach und noch immer gab es Neues und immer wieder Neues anzustaunen. Erst als es anfing dunkel zu werden und die Händler eiliger ihre Waren ausriefen und ihre niedrigsten Preise nannten, besann sich Franischko so recht auf das Leid, das ihn seit dem Morgen drückte. Er schlich sich traurig davon.

Die Verkäufer auf dem Markte, welche so viele Stunden fürs liebe Brot gefroren hatten, waren gewiß keine reichen Leute. Aber jetzt brachen sie ihre Buden ab, liefen mit ihrem Erlös nach Hause und feierten fröhlich ihren Weihnachtsabend. Sie waren fleißig gewesen, dafür wurden sie nun auch von alt und jung beschenkt. Und beschenkten zu Hause ihre eigenen Kinder. Ein Geschenk, ein Geschenk! und wäre es nur ein Flitter Goldpapier! Es tut heute so wohl, sich etwas schenken zu lassen.

Franischko war bis zu einer Brücke gelangt, welche über den Kanal führte. Da stand ein blasses frierendes Mädchen hinter einem Tischchen mit goldenen Schweinchen und Schäfchen und flehte die Vorübergehenden an, ihm doch ein Glückstier abzukaufen, damit es rechtzeitig zur Bescherung zu Hause wäre. Es war ein Bild des Jammers, wie das schlecht gekleidete Kind mit roten Augen von einem

Bein aufs andere hüpfte, um sich zu wärmen, und dabei immer ungeduldiger nach dem Himmel blickte, der sich im Osten dunkler und dunkler färbte.

Doch Franischko wußte, daß es noch ärmere Kinder gab; das Mädchen mußte freilich seine Eltern ernähren helfen – und das tat weh im Winter –, aber dafür durfte es mit dem erworbenen Gelde zu seiner Mamka gehen und bekam am heutigen Abend etwas – etwas geschenkt.

Und nun war wie mit einem Überfall die Nacht hereingebrochen. Plötzlich verschwanden die eiligen Leute von den Straßen und das Glück begann in tausend und tausend Wohnungen hinter verschlossenen Türen umherzuhuschen. Nur das Elend war noch auf der Straße.

Und jetzt – drüben im großen Eckhause, oben, hinter dem zweiten Fenster – das erste Wachslicht am ersten Christbaum! Die Augen Franischkos schwammen in Tränen, es würgte etwas in seiner Kehle, aber er weinte noch nicht.

Das Mädchen mit den goldenen Schweinchen brach in lautes Schluchzen aus, als jetzt rechts und links die Fenster sich erleuchteten. Da merkte auch Franischko, wie traurig es auf der Straße wäre, und fing bitterlich zu weinen an. Das Mädchen hatte noch vier Schweinchen vor sich stehen und rief unaufhörlich: »Die letzten vier Schweinchen für fünf Dreier.«

Die beiden Kinder waren nicht allein. Ein großer Herr, den ein dicker, schwarzer Pelz bedeckte, stand auf der Brücke. Wie der Franischko die Augen sah, mit denen der Herr in die dunklen Fenster des nächsten Hauses starrte, da hatte er Mitleid mit den traurigen Augen. Wer mochte dem Herrn gestorben sein?

Da kam dem Franischko ein festesfroher Einfall. Er suchte fünfzehn Pfennige hervor, legte die vielen Kupferstückchen stumm dem Mädchen auf den Tisch und nahm dafür die goldenen Schweinchen an sich. Drei davon versenkte er in die Tiefe seines Quersackes, mit dem vierten Schweinchen aber näherte er sich zuversichtlich dem Herrn, zupfte ihn am Pelz und sagte: »Da, gnädiges Herr, sull ich bringen guldnes Schweinchen vum Christkindl für gnädiges Herr.«

Mit diesen Worten drängte das Kind das Spielzeug in die Pelztasche des Herrn und wollte fortspringen. Der Fremde jedoch, der im ersten Augenblicke mit wirrer Miene aufgefahren war, hielt den Knaben fest und ließ sich von ihm seine wunderliche Tat erklären. Der Knabe konnte nichts anderes sagen, als daß der Herr sehr traurig ausgesehen habe, und daß alle Traurigkeit am Weihnachtsabend vorüber sei, wenn eine gute Seele einem etwas schenke.

»So hältst du es für den größten Schmerz, unbeschenkt zu bleiben, du glücklicher Knabe? Und ich – die Stube ist leer, das Fenster ist dunkel!«

»Bitt' ich, gnädiges Herr«, sagte Franischko schlau. »Ise sich viele Franischko auf Straßen, was haben große leere Taschen und haben Mamka und Tatko weit weg. Bitt' ich, gnädiges Herr, schenk mir auch was.«

Der Fremde schaute den Knaben mit bitterem Lächeln an, dann sagte er: »Geh mit!«

Während sie dem nahen Hause zuschritten, dachte der Fremde, wie es doch gut sei, daß der närrische Slowakenjunge ihn aus seinem düsteren Brüten herausgerissen habe. Einen hungernden Slowakenbuben zu beschenken, das könnte zwar das Verlorene nicht ersetzen, aber wenigstens wurde jemand beschenkt, wenn auch nur ein habgieriger schlauer Knabe. Und es sollte für diesen eine fröhliche Bescherung werden.

Der Franischko aber dachte zur selben Zeit: Das waren freilich nicht die rechten Weihnachten, wenn ihm so ein jämmerlicher, todtrauriger Herr etwas schenkte. Aber da der Herr sich danach sehnte, etwas zu schenken, so wird es ihm Freude machen. Und der Franischko wird schon lustig sein dem traurigen Herrn zuliebe.

Als der Fremde in seiner Stube Licht machte, vergaß freilich Franischko für ein Weilchen alles andere. Was waren da für Herrlichkeiten aufgehäuft! Es waren soviel Trompeter, Soldaten und Gummibälle da, daß in dem Berg von Herrlichkeiten die Äpfel, Nüsse, Pfefferkuchen gar nicht recht zur Geltung kamen. Mitten auf dem Tisch standen die Bilder einer jungen Frau und eines Kindes. Der Hausherr brachte sie mit einem letzten düsteren Blick ins Nebenzimmer, dann kam er mit einem bleibenden Lächeln herein, setzte sich mit Franischko an den Tisch und ließ ihn essen und trinken.

Dem guten Franischko war es anfangs nicht ganz geheuer unter all dieser Trauerherrlichkeit. Aber er faßte sich ein tapferes Herz, schmauste um so wackerer, je besser es ihm schmeckte, und wurde darüber allmählich so wirklich lustig und übermütig, daß er seinen Wirt durch slowakische Tänze und Lieder aus seiner Schwermut weckte, dann auf der Trompete blies, die Schaukelpferde versuchte und die Soldaten in Reih' und Glied aufstellte. Der Wirt sah lange teilnahmslos zu und lächelte nur oft dem wilden Knaben zu. Endlich aber machte ihm die Freude seines Gastes doch auch Spaß und er ertappte sich am Ende sogar auf einem guten Lachen.

Als der Diener, welchen der Hausherr für den Abend beurlaubt hatte, gegen Mitternacht nach Hause kam, war er aufs höchste überrascht, seinen Herrn und einen armen Slowakenjungen in behaglicher Weihnachtsstimmung anzutreffen.

Nun war es aber Zeit, schlafen zu gehen. Der Wirt begab sich mit einem herzlichen »Gute Nacht« in sein Schlafzimmer und wies dem Slowaken ein Sofa für die Nacht an. Am nächsten Morgen sollte der Diener den Knaben nach Hause bringen und ihm die hundert Geschenke tragen helfen; denn es verstand sich von selbst, daß die ganze Weihnachtsbescherung dem Franischko gehörte.

Franischko belastete lange mit zärtlichen Fingern den weichen Samt des Sofas. Dann kroch er auf die Erde herab, wickelte sich in den Teppich und schlief vergnügt ein. Der Morgen dämmerte kaum, als Franischko erwachte. Anfangs verwirrte ihn seine ungewohnte Umgebung; als er sich aber des gestrigen Abends vollständig erinnerte, legte sich ein breites Lächeln über seine Züge. Und damit er nicht laut auslachte, biß er gleich in den großen, gesprenkelten Apfel ein, von dem er die ganze Nacht geträumt hatte. Dann füllte er seine Taschen und den großen Quersack bis an den Rand mit den schönsten Äpfeln und Nüssen und trollte sich leise.

Im Vorzimmer traf er den schlaftrunkenen Diener. »Halt, Krowat«, rief dieser ihn mit einem groben Scherz an. »Wo hinaus? Was trägst du alles mit fort?«

»St!« machte Franischko, indem er mit der Hand schüttelnd dem Diener die lauten Reden wehrte. »St! Hat Franischko fuppt gnädiges Herr. Hat gnädiges Herr glaubt, daß schmeckte Franischko so gut wie bei Mutterle. War aber alles Fupperei. Bitt' ich, gute Fupperei! Hat gutes gnädiges Herr großmächtige Freude gehabt über lustiges Franischko.«

24. DEZEMBER - DER WEIHNACHTSABEND.

EINE GEISTERGESCHICHTE VON CHARLES DICKENS

MARLEY'S GEIST.

Marley war tot, damit wollen wir anfangen. Ein Zweifel darüber kann nicht stattfinden. Der Schein über seine Bestattung wurde von dem Geistlichen, dem Küster, dem Leichenbesorger und den vornehmsten Leidtragenden unterschrieben. Scrooge unterschrieb ihn und Scrooges Name wurde auf der Börse respektiert, wo er ihn nur hinschrieb. Der alte Marley war so tot wie ein Thürnagel.

Merkt wohl auf! Ich will nicht etwa sagen, daß ein Thürnagel etwas besonders Totes für mich hätte. Ich selbst möchte fast zu der Meinung geneigt sein, ein Sargnagel sei das toteste Stück Eisenwerk auf der Welt. Aber die Weisheit unsrer Altvordern liegt in dem Gleichnisse und meine unheiligen Hände sollen sie dort nicht stören, sonst wäre es um das Vaterland geschehen. Man wird mir daher erlauben, mit besonderem Nachdruck zu wiederholen, daß Marley so tot wie ein Thürnagel war.

Scrooge wußte, daß er tot war? Natürlich wußte er's. Wie konnte es auch anders sein? Scrooge und er waren, ich weiß nicht seit wie vielen Jahren, Handlungsgesellschafter. Scrooge war sein einziger Testamentsvollstrecker, sein einziger Administrator, sein einziger Erbe, sein einziger Freund und sein einziger Leidtragender. Und selbst Scrooge war von dem traurigen Ereignis nicht so entsetzlich gerührt, daß er selbst an dem Begräbnistage nicht ein vortrefflicher Geschäftsmann gewesen wäre und ihn mit einem unzweifelhaft guten Handel gefeiert hätte.

Die Erwähnung von Marleys Begräbnistag bringt mich zu dem Ausgangspunkt meiner Erzählung wieder zurück.

Es ist ganz unzweifelhaft, daß Marley tot war. Das muß scharf ins Auge gefaßt werden, sonst kann in der Geschichte, die ich eben erzählen will, nichts Wunderbares geschehen. Wenn wir nicht vollkommen fest überzeugt wären, daß Hamlets Vater tot ist, ehe das Stück beginnt, würde durchaus nichts Merkwürdiges in seinem nächtlichen Spaziergang bei scharfem Ostwind auf den Mauern seines eignen Schlosses sein. Nicht mehr, als bei jedem andern Herrn in mittleren Jahren, der sich nach Sonnenuntergang rasch zu einem Spaziergang auf einem luftigen Platze, zum Beispiel Sankt Pauls Kirchhof, entschließt, bloß um seinen schwachen Sohn in Erstaunen zu setzen.

Scrooge ließ Marleys Namen nicht ausstreichen. Noch nach Jahren stand über der Thür des Speichers »Scrooge und Marley.« Die Firma war unter dem Namen Scrooge und Marley bekannt. Zuweilen nannten Leute, die ihn noch nicht kannten, Scrooge Scrooge und zuweilen Marley; aber er hörte auf beide Namen, denn es war ihm ganz gleich.

O, er war ein wahrer Blutsauger, der Scrooge! ein gieriger, zusammenscharrender, festhaltender, geiziger alter Sünder; hart und scharf wie ein Kiesel, aus dem noch kein Stahl einen warmen Funken geschlagen hat; verschlossen und selbstbegnügt und für sich, wie eine Auster. Die Kälte in seinem Herzen machte seine alten Züge erstarren, seine spitze Nase noch spitzer, sein Gesicht von Runzeln, seinen Gang steif, seine Augen rot, seine dünnen Lippen blau, und klang aus seiner krächzenden Stimme heraus. Ein frostiger Reif lag auf seinem Haupt, auf seinen Augenbrauen, auf den starken kurzen Haaren seines Bartes. Er schleppte seine eigene niedere Temperatur immer mit sich herum; in den Hundstagen kühlte er sein Comptoir wie mit Eis; zur Weihnachtszeit wärmte er es nicht um einen Grad.

Aeußere Hitze und Kälte wirkten wenig auf Scrooge. Keine Wärme konnte ihn wärmen, keine Kälte ihn frösteln machen. Kein Wind war schneidender als er, kein fallender Schnee mehr auf seinen Zweck bedacht, kein schlagender Regen einer Bitte weniger zugänglich. Schlechtes Wetter konnte ihm nichts anhaben. Der ärgste Regen, Schnee oder Hagel konnten sich nur in einer Art rühmen, besser zu sein als er: Sie gaben oft im Ueberfluß, und das that Scrooge nie.

Niemals trat ihm jemand auf der Straße entgegen, um mit freundlichem Gesicht zu ihm zu sagen: Mein lieber Scrooge, wie geht's, wann werden Sie mich einmal besuchen? Kein Bettler sprach ihn um eine Kleinigkeit an, kein Kind frug ihn, welche Zeit es sei, kein Mann und kein Weib hat ihn je in seinem Leben um den Weg gefragt. Selbst der Hund des Blinden schien ihn zu kennen, und wenn er ihn kommen sah, zupfte er seinen Herrn, daß er in ein Haus trete und wedelte dann mit dem Schwanze, als wollte er sagen: kein Auge ist besser, als ein böses Auge, blinder Herr.

Doch was kümmerte das Scrooge? Gerade das gefiel ihm. Allein seinen Weg durch die gedrängten Pfade des Lebens zu gehen, jedem menschlichen Gefühl zu sagen: bleib' mir fern, das war das, was Scrooge gefiel.

Einmal, es war von allen guten Tagen im Jahre der beste, der Christabend, saß der alte Scrooge in seinem Comptoir. Es war draußen schneidend kalt und nebelig und er konnte hören, wie die Leute im Hofe draußen prustend auf und nieder gingen, die Hände zusammenschlugen und mit den Füßen stampften, um sich zu erwärmen. Es hatte eben erst Drei geschlagen, war aber schon ganz finster. Den ganzen Tag über war es nicht hell geworden und aus den Fenstern der benachbarten Comptoirs erblickte man Lichter, wie rote Flecken auf der dicken, braunen Luft. Der Nebel drang durch jede Spalte und durch jedes Schlüsselloch und war draußen so dick, daß die gegenüber stehenden Häuser des sehr kleinen Hofes wie ihre eignen Geister aussahen. Wenn man die trübe, dicke Wolke, alles verfinsternd, heruntersinken sah, hätte man meinen können, die Natur wohne dicht nebenan und braue en gros.

Die Thür von Scrooges Comptoir stand offen, damit er seinen Commis beaufsichtigen könne, welcher in einem unheimlich feuchten, kleinen Raume, einer Art Burgverließ, Briefe kopierte. Scrooge hatte nur ein sehr kleines Feuer, aber des Dieners Feuer war um so viel kleiner, daß es wie eine einzige Kohle aussah. Er konnte aber nicht nachlegen, denn Scrooge hatte den Kohlenkasten in seinem Zimmer und allemal, wenn der Diener, mit der Kohlenschaufel in der Hand, hereinkam, meinte der Herr, es würde wohl nötig sein, daß sie sich trennten, worauf der Diener seinen weißen Shawl umband und versuchte, sich an dem Lichte zu wärmen, was, da er ein Mann von nicht zu starker Einbildungskraft war, immer fehlschlug.

»Fröhliche Weihnachten, Onkel, Gott erhalte Sie!« rief eine heitere Stimme. Es war die Stimme von Scrooges Neffen, der ihm so schnell auf den Hals kam, daß dieser Gruß die erste Ankündigung seiner Annäherung war.

»Pah,« sagte Scrooge, »dummes Zeug!«

Der Neffe war vom schnellen Laufen so warm geworden, daß er über und über glühte; sein Gesicht war rot und hübsch, seine Augen glänzten und sein Atem rauchte.

»Weihnachten dummes Zeug, Onkel?« sagte Scrooges Neffe, »das kann nicht Ihr Ernst sein.«

»Es ist mein Ernst,« sagte Scrooge. »Fröhliche Weihnachten? Was für ein Recht hast du, fröhlich zu sein? was für einen Grund, fröhlich zu sein? Du bist arm genug.«

»Nun,« antwortete der Neffe heiter, »was für ein Recht haben Sie, grämlich zu sein? was für einen Grund, mürrisch zu sein? Sie sind reich genug.«

Scrooge, der im Augenblick keine bessere Antwort bereit hatte, sagte noch einmal »Pah!« und brummte ein »Dummes Zeug!« hinterher.

»Seien Sie nicht bös, Onkel,« sagte der Neffe.

»Was soll ich anders sein,« antwortete der Onkel, »wenn ich in einer Welt voll solcher Narren lebe? Fröhliche Weihnachten!

Der Henker hole die fröhlichen Weihnachten! Was ist Weihnachten für dich anders, als ein Tag, wo du Rechnungen bezahlen sollst, ohne Geld zu haben, ein Tag, wo du dich um ein Jahr älter und nicht um eine Stunde reicher findest, ein Tag, wo du deine Bücher abschließest und in jedem Posten durch ein volles Dutzend von Monaten ein Deficit siehst? Wenn es nach mir ginge,« sagte Scrooge heftig, »so müßte jeder Narr, der mit seinem fröhlichen Weihnachten herumläuft, mit seinem eigenen Pudding gekocht und mit einem Pfahl von Stecheiche im Herzen begraben werden.«

»Onkel!« sagte der Neffe.

»Neffe!« antwortete der Onkel heftig, »feiere du Weihnachten nach deiner Art und laß es mich nach meiner feiern.«

»Feiern!« wiederholte Scrooges Neffe; »aber Sie feiern es nicht.«

»Laß mich ungeschoren,« sagte Scrooge. »Mag es dir Nutzen bringen! viel genützt hat es dir schon.«

»Es giebt viel Dinge, die mir hätten nützen können und die ich nicht benutzt habe, das weiß ich,« antwortete der Neffe, »und Weihnachten ist eins von denen. Aber ich weiß gewiß, daß ich Weihnachten, wenn es gekommen ist, abgesehen von der Verehrung, die wir seinem heiligen Namen und Ursprung schuldig sind, immer als eine gute Zeit betrachtet habe, als eine liebe Zeit, als die Zeit der Vergebung und Barmherzigkeit, als die einzige Zeit, die ich in dem ganzen langen Jahreskalender kenne, wo die Menschen einträchtig ihre verschlossenen Herzen aufthun und die andern Menschen betrachten, als wenn sie wirklich Reisegefährten nach dem Grabe wären und nicht eine ganz andere Art von Geschöpfen, die einen ganz andern Weg gehen. Und daher, Onkel, ob es mir gleich niemals ein Stück Gold oder Silber in die Tasche gebracht hat, glaube ich doch, es hat mir Gutes gethan und es wird mir Gutes thun, und ich sage: Gott segne es!«

Der Diener in dem Burgverließe draußen applaudirte unwillkürlich; aber den Augenblick darauf fühlte er auch die Unschicklichkeit seines Betragens, schürte die Kohlen und verlöschte den letzten kleinen Funken auf immer.

»Wenn Sie mich noch einen einzigen Laut hören lassen,« sagte Scrooge, »so feiern Sie Ihre Weihnachten mit dem Verlust Ihrer Stelle. Du bist ein ganz gewaltiger Redner,« fügte er hinzu, sich zu seinem Neffen wendend. »Es wundert mich, daß du nicht ins Parlament kommst.«

»Seien Sie nicht bös, Onkel. Essen Sie morgen mit uns.«

Scrooge sagte, daß er ihn erst verdammt sehen wollte, ja wahrhaftig, er sprach sich ganz deutlich aus.

»Aber warum?« rief Scrooges Neffe, »warum?«

»Warum hast du dich verheiratet?« sagte Scrooge.

»Weil ich mich verliebte.«

»Weil er sich verliebte!« brummte Scrooge, als ob das das einzige Ding in der Welt wäre, noch lächerlicher als eine fröhliche Weihnacht. »Guten Nachmittag!«

»Aber, Onkel, Sie haben mich ja auch nie vorher besucht. Warum soll es da ein Grund sein, mich jetzt nicht zu besuchen?«

»Guten Nachmittag!« sagte Scrooge.

»Ich brauche nichts von Ihnen, ich verlange nichts von Ihnen, warum können wir nicht gute Freunde sein?«

»Guten Nachmittag!« sagte Scrooge.

»Ich bedaure wirklich von Herzen, Sie so hartnäckig zu finden. Wir haben nie einen Zank miteinander gehabt, an dem ich schuld gewesen wäre. Aber ich habe den Versuch gemacht, Weihnachten zu Ehren und ich will meine Weihnachtsstimmung bis zuletzt behalten. Fröhliche Weihnachten, Onkel!«

»Guten Nachmittag!« sagte Scrooge.

»Und ein glückliches Neujahr!«

»Guten Nachmittag!« sagte Scrooge.

Aber doch verließ der Neffe das Zimmer ohne ein böses Wort. An der Hausthür blieb er noch stehen, um mit dem Glückwunsche des Tages den Diener zu begrüßen, der bei aller Kälte doch noch wärmer als Scrooge war, denn er gab den Gruß freundlich zurück.

»Das ist auch so ein Kerl,« brummte Scrooge, der es hörte. »Mein Diener, mit fünfzehn Schilling die Woche und Frau und Kindern, spricht von fröhlichen Weihnachten. Ich gehe nach Bedlam.«

Der Diener hatte, indem er den Neffen hinausließ, zwei andere Personen eingelassen. Es waren zwei behäbige, wohlansehnliche Herren, die jetzt, den Hut in der Hand, in Scrooges Comptoir standen. Sie hatten Bücher und Papiere in der Hand und verbeugten sich.

»Scrooge und Marley, glaube ich,« sagte einer der Herren, indem er auf seine Liste sah. »Hab' ich die Ehre, mit Mr. Scrooge oder mit Mr. Marley zu sprechen?«

»Mr. Marley ist seit sieben Jahren tot,« antwortete Scrooge. »Er starb heute vor sieben Jahren.«

»Wir zweifeln nicht, daß sein überlebender Compagnon ganz seine Freigebigkeit besitzen wird,« sagte der Herr, indem er sein Beglaubigungsschreiben hinreichte.

Er hatte auch ganz recht, denn es waren zwei verwandte Seelen gewesen. Bei dem ominösen Wort Freigebigkeit runzelte Scrooge die Stirn, schüttelte den Kopf und gab das Papier zurück.

»An diesem festlichen Tage des Jahres, Mr. Scrooge,« sagte der Herr, eine Feder ergreifend, »ist es mehr als gewöhnlich wünschenswert, einigermaßen wenigstens für die Armut zu sorgen, die zu dieser Zeit in großer Bedrängnis ist. Vielen Tausenden fehlen selbst die notwendigsten Bedürfnisse, Hunderttausenden die notdürftigsten Bequemlichkeiten des Lebens.«

»Giebt es keine Gefängnisse?« fragte Scrooge.

»Ueberfluß von Gefängnissen,« sagte der Herr, die Feder wieder hinlegend.

»Und die Union-Armenhäuser?« fragte Scrooge. »Bestehen sie noch?«

»Allerdings. Aber doch,« antwortete der Herr, »wünschte ich, sie brauchten weniger in Anspruch genommen zu werden.«

»Tretmühle und Armengesetz sind in voller Kraft,« sagte Scrooge.

»Beide haben alle Hände voll zu thun.«

»So? Nach dem, was Sie zuerst sagten, fürchtete ich, es halte sie etwas in ihrem nützlichen Laufe auf,« sagte Scrooge. »Ich freue mich, das zu hören.«

»In der Ueberzeugung, daß sie doch wohl kaum fähig sind, der Seele oder dem Leib der Armen christliche Stärkung zu geben,« antwortete der Herr, »sind einige von uns zur Veranstaltung einer Sammlung zusammengetreten, um für die Armen Nahrungsmittel und Feuerung anzuschaffen. Wir wählen diese Zeit, weil sie vor allen andern eine Zeit ist, wo der Mangel am bittersten gefühlt wird und der Reiche sich freut. Welche Summe soll ich für Sie aufschreiben?«

»Nichts,« antwortete Scrooge.

»Sie wünschen ungenannt zu bleiben?«

»Ich wünsche, daß man mich zufrieden lasse,« sagte Scrooge. »Da Sie mich fragen, was ich wünsche, meine Herren, so ist das meine Antwort. Ich freue mich selbst nicht zu Weihnachten und habe nicht die Mittel, mit meinem Gelde Faulenzern Freude zu machen. Ich trage meinen Teil zu den Anstalten bei, die ich genannt habe; sie kosten genug, und wem es schlecht geht, der mag dorthin gehen!«

»Viele können nicht hingehen und viele würden lieber sterben.«

»Wenn sie lieber sterben würden,« sagte Scrooge, »so wäre es gut, wenn sie es thäten, und die überflüssige Bevölkerung verminderten. Uebrigens, Sie werden mich entschuldigen, weiß ich nichts davon.«

»Aber Sie könnten es wissen,« bemerkte der Herr.

»Es geht mich nichts an,« antwortete Scrooge. »Es genügt, wenn ein Mann sein eigenes Geschäft versteht und sich nicht in das anderer Leute mischt. Das meinige nimmt meine ganze Zeit in Anspruch. Guten Nachmittag, meine Herren!«

Da sie deutlich sahen, wie vergeblich weitere Versuche sein würden, zogen sich die Herren zurück. Scrooge setzte sich wieder mit einer erhöhten Meinung von sich selbst und in einer besseren Laune, als gewöhnlich, an die Arbeit.

Unterdessen hatten Nebel und Finsternis so zugenommen, daß Leute mit brennenden Fackeln herumliefen, um den Wagen vorzuleuchten. Der Kirchturm, dessen brummende alte Glocke immer aus einem alten gotischen Fenster in der Mauer gar schlau auf Scrooge herabsah, wurde unsichtbar und schlug die Stunden und Viertel in den Wolken mit einem zitternden Nachklang, als wenn in dem erfrorenen Knopf droben die Zähne klapperten. Die Kälte wurde immer schneidender. In der Hauptstraße an der Ecke der Sackgasse wurden die Gasröhren ausgebessert und die Arbeiter hatten ein großes Feuer in einer Kohlenpfanne angezündet, um welche sich einige zerlumpte

Männer und Knaben drängten, sich die Hände wärmend und mit den Augen blinzelnd vor der behaglichen Flamme. Die Wasserröhre, sich selbst überlassen, strömte ungehindert ihr Wasser aus; aber bald war es zu Eis erstarrt. Der Schimmer der Läden, in denen Stecheichenzweige und Beeren in der Lampenwärme der Fenster knisterten, rötete die bleichen Gesichter der Vorübergehenden. Die Gewölbe der Geflügel- und Materialwarenhändler sahen aus wie ein glänzendes, fröhliches Märchen, mit dem es fast unmöglich schien, den Gedanken von einer so ernsten Sache, wie Kauf und Verkauf, zu verbinden. Der Lord Mayor gab in den innern Gemächern des Mansion-House seinen fünfzig Köchen und Kellermeistern Befehl, Weihnachten zu feiern, wie es eines Lord Mayors würdig ist, und selbst der kleine Schneider, den er am Montage vorher wegen Trunkenheit und öffentlich ausgesprochenen Blutdurstes um fünf Schilling gestraft hatte, rührte den morgenden Pudding in seinem Dachkämmerchen um, während sein abgemagertes Weib mit dem Säugling auf dem Arm ausging, um den Rinderbraten zu kaufen.

Immer nebeliger und kälter wurde es, durchdringend, schneidend kalt. Wenn der gute, heilige Dunstan des Gottseibeiuns Nase nur mit einem Hauch von diesem Wetter gefaßt hätte, anstatt seine gewöhnlichen Waffen zu brauchen, dann würde er erst recht gebrüllt haben. Der Inhaber einer kleinen, jungen Nase, benagt und angebissen von der hungrigen Kälte, wie Knochen von Hunden benagt werden, legte sich an Scrooges Schlüsselloch, um ihn mit einem Weihnachtslied zu erfreuen. Aber bei dem ersten Tone des Liedes ergriff Scrooge das Lineal mit einer solchen Energie, daß der Sänger voll Schrecken entfloh und das Schlüsselloch dem Nebel und der noch verwandteren Kälte überließ.

Endlich kam die Feierabendstunde. Unwillig stieg Scrooge von seinem Sessel und gab dem harrenden Diener in dem Verließ stillschweigend die Einwilligung, worauf dieser sogleich das Licht auslöschte und den Hut aufsetzte.

»Sie wollen den ganzen Tag morgen haben, vermute ich,« sagte Scrooge.

»Wenn es Ihnen paßt, Sir.«

»Es paßt mir nicht,« sagte Scrooge, »und es gehört sich nicht. Wenn ich Ihnen eine halbe Krone dafür abzöge, würden Sie denken, es geschähe Ihnen unrecht, nicht?«

Der Diener antwortete mit einem gezwungenen Lächeln.

»Und doch,« sagte Scrooge, »denken Sie nicht daran, daß mir

unrecht geschieht, wenn ich einen Tag Lohn für einen Tag Faulenzen bezahle.«

Der Diener bemerkte, daß es nur einmal im Jahre geschähe.

»Eine armselige Entschuldigung, um an jedem fünfundzwanzigsten Dezember eines Mannes Tasche zu bestehlen,« sagte Scrooge, indem er seinen Ueberrock bis an das Kinn zuknöpfte. »Aber ich vermute, Sie wollen den ganzen Tag frei haben. Sie werden den ganzen Vormittag hier sein.«

Der Diener versprach, daß er kommen wolle und Scrooge ging mit einem Brummen fort. Das Comptoir war in einem Nu geschlossen und der Diener, die langen Enden seines weißen Shawls über die Brust herabhängend (denn er konnte sich keines Ueberrocks rühmen), fuhr zu Ehren des Festes als der Letzte einer Reihe von Knaben zwanzigmal auf einer Glander Cornhill hinunter und lief dann so schnell als möglich in seine Wohnung in Camden-Town, um dort Blindekuh zu spielen.

Scrooge nahm sein einsames, trübseliges Mahl in seinem gewöhnlichen einsamen, trübseligen Gasthause ein; und nachdem er alle Zeitungen gelesen und sich den Rest des Abends mit seinem Bankjournal vertrieben hatte, ging er nach Haus schlafen. Er wohnte in den Zimmern, welche seinem verstorbenen Compagnon gehört hatten. Es war eine düstere Reihe von Zimmern in einem niedrigen, finstern Gebäude in einem Hofe, wo es so wenig an seinem Platze stand, daß man fast hätte glauben mögen, es habe sich dorthin verlaufen, als es noch ein junges Haus war und mit andern Häusern Versteckens spielte, und sich nicht wieder herausfinden können. Es war jetzt alt und öde genug, denn niemand wohnte dort, außer Scrooge, da die andern Räume alle als Geschäftslokale vermietet waren. Der Hof war so dunkel, daß selbst Scrooge, der jeden Stein desselben kannte, seinen Weg mit den Händen fühlen mußte. Der Nebel und der Frost hing so dick und schwer um den schwarzen alten Thorweg des Hauses, als ob der Genius des Wetters in trauerndem Nachsinnen auf der Schwelle säße.

Nun ist es ausgemacht, daß an dem Klopfer der Hausthür ganz und gar nichts Besonderes war, als seine Größe. Auch ist es ausgemacht, daß Scrooge ihn jeden Abend und jeden Morgen, seitdem er das Haus bewohnte, gesehen hatte, und daß Scrooge so wenig Phantasie besaß als irgend jemand in der City von London, mit Einschluß – wenn es erlaubt ist, das zu sagen – des Stadtrats, der Aldermen und der Zünfte. Man vergesse auch nicht, daß Scrooge, außer heute Nachmittag, mit keinem Wörtchen an seinen seit sieben Jahren verstorbenen Compagnon gedacht hatte. Und nun soll mir jemand erklären, warum Scrooge, als er seinen Schlüssel in das Thürschloß steckte, in dem Klopfer, ohne daß er sich verändert hätte, keinen Thürklopfer, sondern Marleys Gesicht sah.

Ja, Marleys Gesicht. Es war nicht von so undurchdringlichem Dunkel umgeben, wie die andern Gegenstände im Hofe, sondern von einem unheimlichen Lichte, wie eine verdorbene Hummer in einem dunklen Keller. Er blickte ihm nicht wild oder zürnend entgegen, sondern sah Scrooge an, wie ihn Marley gewöhnlich ansah: mit der gespenstischen Brille auf die gespenstische Stirn hinauf geschoben. Das Haar stand seltsam in die Höhe, wie von Wind oder heißer Luft gehoben; und obgleich die Augen weit offen standen, waren sie doch ohne alle Bewegung. Das und die leichenhafte Farbe machten das Gesicht schrecklich; aber seine Schrecklichkeit schien mehr, außerhalb des Gesichts und nicht in seiner Macht, als ein Teil seines Ausdrucks zu sein.

Als Scrooge fest auf die Erscheinung blickte, war es wieder ein Thürklopfer.

Zu sagen, er wäre nicht erschrocken, oder sein Blut hätte nicht ein grausendes Gefühl empfunden, das ihm seit seiner Kindheit unbekannt geblieben war, wäre eine Unwahrheit. Aber er faßte sich gewaltsam, legte die Hand wieder auf den Schlüssel, drehte ihn um, trat in das Haus, und zündete sein Licht an.

Aber doch zögerte er einen Augenblick, ehe er die Thür schloß, und er guckte erst vorsichtig dahinter, als fürchte er wirklich, mit dem Anblick von Marleys Zopf erschreckt zu werden. Aber hinter der Thür war nichts, als die Schrauben, welche den Klopfer fest hielten; und so sagte er: »Bah, bah!« und warf sie zu.

Der Schall klang durch das Haus wie ein Donner. Jedes Zimmer oben, und jedes Faß in des Weinhändlers Keller unten schien mit seinem besondern Echo zu antworten. Scrooge war nicht der Mann, der sich durch Echos erschrecken ließ. Er schloß die Thür zu, ging über die Hausflur und die Treppe hinauf, und zwar langsam, und das Licht heller machend, während er hinaufging.

Die Treppe war breit genug, um eine Bahre der Quere hinaufzubringen, und das ist vielleicht die Ursache, warum Scrooge glaubte, er sähe vor sich eine Bahre sich hinaufbewegen. Ein halbes Dutzend Gaslampen von der Straße aus würden den Eingang nicht zu hell

23. DEZEMBER - JOHANN WOLFGANG VON GOETHE : BÄUME LEUCHTEND, BÄUME BLENDEND

Bäume leuchtend, Bäume blendend,
überall das Süße spendend,
in dem Glanze sich bewegend,
Alt und junges Herz erregend.

Solch ein Fest ist uns bescheret,
Mancher Gaben Schmuck verehret;
staunend schauen wir auf und nieder,
Hin und her und immer wieder.

Aber Fürst, wenn dir`s begegnet
Und ein Abend dich so segnet,
daß als Lichter, daß als Flammen
Vor dir glänzen all zusammen.

Alles, was du ausgerichtet,
Alle, die du dir verpflichtet:
Mit erhöhten Geistesblicken
Fühltest herrliches Entzücken.

gemacht haben, und so kann man sich denken, daß es bei Scrooges kleinem Lichte ziemlich dunkel blieb.

Scrooge aber ging hinauf und kümmerte sich keinen Pfifferling darum. Dunkelheit ist billig, und das hatte Scrooge gern. Aber ehe er seine schwere Thür zumachte, ging er durch die Zimmer, um zu sehen, ob alles in Ordnung sei. Er erinnerte sich des Gesichtes noch gerade genug um das zu wünschen.

Wohnzimmer, Schlafzimmer, Gerätkammer, alles war, wie es sein sollte. Niemand unter dem Tische, niemand unter dem Sofa; ein kleines Feuer auf dem Rost, Löffel und Teller bereit und das kleine Töpfchen Suppe (Scrooge hatte den Schnupfen) an dem Feuer. Niemand unter dem Bett, niemand in dem Alkoven, niemand in seinem Schlafrock, der auf eine ganz verdächtige Weise an der Wand hing. Die Gerätkammer wie gewöhnlich. Ein alter Kaminschirm, alte Schuhe, zwei Fischkörbe, ein dreibeiniger Waschtisch und ein Schüreisen.

Vollkommen zufriedengestellt machte er die Thür zu und schloß sich ein und riegelte noch zu, was sonst seine Gewohnheit nicht war. So gegen Ueberraschung sichergestellt, legte er seine Halsbinde ab, zog seinen Schlafrock und die Pantoffeln an, setzte die Nachtmütze auf und setzte sich so vor das Feuer, um seine Suppe zu essen.

Es war wirklich ein sehr kleines Feuer, so gut wie gar keins in einer so kalten Nacht. Er mußte sich dicht daran setzen und sich darüber hinbeugen, um das geringste Wärmegefühl von einer solchen Handvoll Kohlen zu genießen. Der Kamin war vor langen Jahren von einem holländischen Kaufmann gebaut worden und ringsum mit seltsamen holländischen Fliesen mit biblischen Bildern belegt. Da sah man Kain und Abel, Pharaos Töchter, Königinnen von Saba, Engel durch die Luft auf Wolken gleich Federbetten herabschwebend, Abraham, Belsazar, Apostel in See gehend auf Butterschiffen, Hunderte von Figuren, seine Gedanken zu beschäftigen; und doch kam das Gesicht Marleys wie der Stab des alten Propheten, und verschlang alles andere. Wenn jedes glänzende Flies weiß gewesen wäre und die Macht gehabt hätte, aus den vereinzelten Fragmenten seiner Gedanken ein Bild auf seine Fläche zu zaubern, auf jedem wäre ein Abbild von des alten Marleys Gesicht erschienen.

»Dummes Zeug!« sagte Scrooge und schritt durch das Zimmer.

Nachdem er einigemal auf und ab gegangen war, setzte er sich wieder nieder. Wie er den Kopf in den Stuhl zurücklegte, fiel sein Auge wie von ungefähr auf eine Klingel, eine alte, nicht mehr gebrauchte

Klingel, welche zu einem jetzt vergessenen Zweck mit einem Zimmer in dem obersten Stockwerk des Hauses in Verbindung stand. Zu seinem großen Erstaunen und mit einem seltsamen unerklärlichen Schauer sah er, wie die Klingel anfing sich zu bewegen; erst bewegte sie sich so wenig, daß sie kaum einen Ton von sich gab; aber bald schellte sie laut und mit ihr jede Klingel des Hauses.

Das mochte eine halbe Minute oder eine Minute gedauert haben, aber es schien eine Stunde zu sein. Die Klingeln hörten gleichzeitig auf, wie sie gleichzeitig angefangen hatten. Dann vernahm man ein Klirren, tief unten, als ob jemand eine schwere Kette über die Fässer in des Weinhändlers Keller schleppe. Jetzt erinnerte sich Scrooge gehört zu haben, daß Gespenster Ketten schleppen sollten.

Die Kellerthür flog mit einem dumpfdröhnenden Schall auf und dann hörte er das Klirren viel lauter auf der Hausflur unten; dann wie es die Treppe herauf kam; und dann wie es gerade auf seine Thür zukam.

»'s ist dummes Zeug,« sagte Scrooge. »Ich glaube nicht dran.«

Aber doch veränderte er die Farbe, als es, ohne zu verweilen, durch die schwere Thür und in das Zimmer kam. Als es herein trat, flammte das sterbende Feuer auf, als ob es riefe, ich kenne ihn, Marleys Geist! und sank wieder zusammen.

Dasselbe Gesicht, ganz dasselbe. Marley mit seinem Zopf, seiner gewöhnlichen Weste, den engen Hosen und hohen Stiefeln; die Quasten der letztern standen zu Berge, wie sein Zopf und seine Rockschöße und das Haar auf seinem Kopfe. Die Kette, welche er hinter sich her schleppte, war um seinen Leib geschlungen. Sie war lang und ringelte sich wie ein Schwanz; und war, denn Scrooge betrachtete sie sehr genau, aus Geldkassen, Schlüsseln, Schlössern, Hauptbüchern, Kontrakten und schweren Börsen aus Stahl zusammengesetzt. Sein Leib war durchsichtig, so daß Scrooge durch die Weste hindurch die zwei Knöpfe hinten auf seinem Rock sehen konnte.

Scrooge hatte oft sagen gehört, Marley habe kein Herz im Leibe, aber er glaubte es erst jetzt.

Nein, er glaubte es selbst jetzt noch nicht. Obgleich er das Gespenst durch und durch und vor sich stehen sah; obgleich er den kältenden Schauer seiner totenstarren Augen fühlte und selbst den Stoff des Tuches erkannte, welches um seinen Kopf und sein Kinn gebunden war und das er früher nicht bemerkt hatte, war er doch noch ungläubig und sträubte sich gegen das Zeugnis seiner Sinne.

»Nun,« sagte Scrooge, kaustisch und kalt wie gewöhnlich, »was wollt Ihr?«

»Viel!« Das war Marleys Stimme.

»Wer seid Ihr?«

»Fragt mich, wer ich war.«

»Nun, wer waret Ihr?« sagte Scrooge lauter.

»Als ich lebte, war ich Euer Compagnon, Jakob Marley.«

»Könnt Ihr Euch setzen?« fragte Scrooge, ihn zweifelnd ansehend.

»Ich kann es.«

»So thut's.«

Scrooge that die Fragen, weil er nicht wußte, ob ein so durchsichtiger Geist sich werde setzen können, und fühlte die Notwendigkeit einer unangenehmen Erklärung, wenn es ihm nicht möglich wäre. Aber der Geist setzte sich auf der andern Seite des Kamins nieder, als wenn er es gewohnt wäre.

»Ihr glaubt nicht an mich?« sagte der Geist.

»Nein,« sagte Scrooge.

»Welches Zeugnis wollt Ihr, außer dem Eurer Sinne, von meiner Wirklichkeit haben?«

»Ich weiß nicht,« sagte Scrooge.

»Warum glaubt Ihr Euren Sinnen nicht?«

»Weil sie eine Kleinigkeit stört,« sagte Scrooge. »Eine kleine Unpäßlichkeit des Magens macht sie zu Lügnern. Ihr könnt ein unverdautes Stück Rindfleisch, ein Käserindchen, ein Stückchen schlechter Kartoffel sein. Wer Ihr auch sein mögt, Ihr habt mehr vom Unterleib, als von der Unterwelt an Euch.«

Es war nicht eben Scrooges Gewohnheit, Witze zu machen, auch fühlte er eben jetzt keine besondere Lust dazu. Die Wahrheit ist, daß er sich bestrebte lustig zu sein, um sich zu zerstreuen und sein Entsetzen niederzuhalten; denn die Stimme des Geistes machte selbst das Mark seiner Knochen erzittern.

Nur einen Augenblick schweigend diesen starren, toten Augen gegenüber zu sitzen, wäre halber Tod gewesen, das fühlte Scrooge wohl. Auch war es so grauenerregend, daß das Gespenst seine eigene höllische Atmosphäre hatte. Scrooge fühlte sie nicht selbst, aber doch mußte es so sein; denn obgleich das Gespenst ganz regungslos dasaß, bewegten sich seine Haare, seine Rockschöße und seine Stiefelquasten wie von dem heißen Dunst eines Ofens.

»Ihr seht diesen Zahnstocher,« sagte Scrooge, aus dem eben angeführten Grunde seinen Angriff sogleich wieder beginnend und von dem Wunsche beseelt, wenn auch nur für einen Augenblick den starren, eisigen Blick des Gespenstes von sich abzuwenden.

»Ja,« antwortete der Geist.

»Ihr seht ihn ja nicht an,« sagte Scrooge.

»Aber ich sehe ihn doch,« sagte das Gespenst.

»Gut,« erwiderte Scrooge. »Ich brauche ihn nur hinunterzuschlucken und mein ganzes übriges Leben hindurch verfolgen mich eine Legion Kobolde, die ich selbst erschaffen habe. Dummes Zeug, sag' ich, dummes Zeug!«

Bei diesen Worten stieß das Gespenst einen schrecklichen Schrei aus und ließ seine Kette so grauenerregend und fürchterlich klirren, daß Scrooge sich fest an seinen Stuhl halten mußte, um nicht in Ohnmacht herunterzufallen. Aber wie wuchs sein Entsetzen, als das Gespenst das Tuch von dem Kopf nahm, als wäre es ihm zu warm im Zimmer, und die Unterkinnlade auf die Brust herabsank.

Scrooge fiel auf die Knie nieder und schlug die Hände vors Gesicht.

»Gnade!« rief er. »Schreckliche Erscheinung, warum verfolgst du mich?«

»Mensch mit der irdisch gesinnten Seele,« entgegnete der Geist, »glaubst du an mich, oder nicht?«

»Ich glaube,« sagte Scrooge, »ich muß glauben. Aber warum wandeln Geister auf Erden und warum kommen sie zu mir?«

»Von jedem Menschen wird es verlangt,« antwortete der Geist, »daß seine Seele unter seinen Mitmenschen wandle, in der Ferne und in der Nähe; und wenn dieser Geist nicht während des Lebens hinausgeht, so ist er verdammt, es nach dem Tode zu thun. Er ist verdammt, durch die Welt zu wandern – ach, wehe mir – und zu sehen, was er nicht teilen kann, was er aber auf Erden hätte teilen und zu seinem Glück anwenden können.«

Und wieder stieß das Gespenst einen Schrei aus und schüttelte seine Ketten und rang die schattenhaften Hände.

»Du bist gefesselt,« sagte Scrooge zitternd. »Sage mir, warum?«

»Ich trage die Kette, die ich während meines Lebens geschmiedet habe,« sagte der Geist. »Ich schmiedete sie Glied nach Glied und Elle nach Elle; mit meinem eigenen freien Willen lud ich sie mir auf und mit meinem eigenen freien Willen trug ich sie. Ihre Glieder kommen dir seltsam vor.«

Scrooge zitterte mehr und mehr.

»Oder willst du wissen,« fuhr der Geist fort, »wie schwer und wie lang die Kette ist, die du selbst trägst? Sie war gerade so lang und so schwer, wie diese hier, vor sieben Weihnachten. Seitdem hast du daran gearbeitet. Es ist eine schwere Kette.«

Scrooge sah auf den Boden herab, in der Erwartung, von fünfzig oder sechzig Klaftern Eisenketten sich umschlungen zu sehen; aber er sah nichts.

»Jakob,« sagte er flehend. »Jakob Marley, sage mir mehr. Sprich mir Trost ein, Jakob.«

»Ich habe keinen Trost zu geben,« antwortete der Geist. »Er kommt von anderen Regionen, Ebenezer Scrooge, und wird von andern Boten zu andern Menschen gebracht. Auch kann ich dir nicht sagen, was ich dir sagen möchte. Ein klein wenig mehr ist alles, was mir erlaubt ist. Nirgendwo kann ich rasten oder ruhen. Mein Geist ging nie über unser Comptoir hinaus – merke wohl auf – im Leben blieb mein Geist immer in den engen Grenzen unsrer schachernden Höhle; und weite Reisen liegen noch vor mir.«

Scrooge hatte die Gewohnheit, wenn er nachdenklich wurde, die Hand in die Hosentasche zu stecken. Ueber das, was der Geist sagte, nachsinnend, that er es auch jetzt, aber ohne die Augen zu erheben, oder vom Stuhl aufzustehen.

»Du mußt dir aber viel Zeit genommen haben, Jakob,« bemerkte er mit dem Tone eines Geschäftsmannes, obgleich mit vieler Demut und Ehrerbietung.

»Viel Zeit!« sagte der Geist.

»Sieben Jahre tot,« sagte sinnend Scrooge. »Und die ganze Zeit über gereist.«

»Die ganze Zeit,« sagte der Geist. »Ohne Frieden, ohne Ruhe und mit den Qualen ewiger Reue.«

»Du reisest schnell,« sagte Scrooge.

»Auf den Schwingen des Windes,« sagte der Geist.

»Du hättest eine große Strecke in sieben Jahren bereisen können,« sagte Scrooge.

Als der Geist dies hörte, stieß er wieder einen Schrei aus und klirrte so gräßlich mit seiner Kette durch das Grabesschweigen der Nacht, daß ihn die Polizei mit vollem Rechte wegen Ruhestörung hätte bestrafen können.

»O, gefangen und gefesselt,« rief das Gespenst, »nicht zu wissen, daß Zeitalter von unaufhörlicher Arbeit sterblicher Geschöpfe vergehen, ehe das Gute, dessen die Erde fähig ist, sich entwickeln kann; nicht zu wissen, daß ein christlicher Geist, und wenn er auch in einem noch so kleinen Kreise von Liebe wirkt, in diesem Erdenleben sich selbst belohnende Arbeit genug finden kann! Aber ich wußte es nicht, ach, ich wußte es nicht!«

»Aber du warst immer ein guter Geschäftsmann, Jakob,« stotterte Scrooge zitternd, der jetzt anfing, das Schicksal des Geistes auf sich selbst anzuwenden.

»Geschäft!« rief das Gespenst, seine Hände abermals ringend. »Der Mensch war mein Geschäft. Das allgemeine Wohlsein war mein Geschäft; Barmherzigkeit, Versöhnlichkeit und Liebe, alles das war mein Geschäft. Alles, was ich in meinem Gewerbe that, war nur ein kleiner Tropfen Wasser in dem weiten Ocean meines Geschäftes.«

Er hielt seine Kette vor sich hin, als ob dies die Ursache seines nutzlosen Schmerzes gewesen wäre, und warf sie wieder dröhnend nieder.

»Zu dieser Zeit des schwindenden Jahres,« sagte das Gespenst, »leide ich am meisten. Warum ging ich mit zur Erde blickenden Augen durch das Gedränge meiner Mitmenschen und wendete meinen Blick nie zu dem gesegneten Stern empor, der die Weisen zur Wohnung der Armut führte? Gab es keine arme Hütte, wohin mich sein Licht hätte leiten können?«

Scrooge hörte mit Entsetzen das Gespenst so reden und fing an gar sehr zu zittern.

»Höre mich,« rief der Geist. »Meine Zeit ist fast vorüber.«

»Ich will hören,« sagte Scrooge. »Aber mache es gnädig mit mir! Werde nicht hitzig, Jakob, ich bitte dich.«

»Wie es kommt, daß ich vor dich in einer dir sichtbaren Gestalt treten kann, weiß ich nicht. Viele, viele Tage habe ich unsichtbar neben dir gesessen.«

Das war kein angenehmer Gedanke. Scrooge schauderte und wischte sich den Schweiß von der Stirn.

»Es ist kein leichter Teil meiner Buße,« fuhr der Geist fort. »Heute Nacht komme ich zu dir, um dich zu warnen, daß noch für dich eine Möglichkeit vorhanden ist, meinem Schicksal zu entgehen. Eine Möglichkeit und eine Hoffnung, die du mir zu verdanken hast.«

»Du bist immer mein guter Freund gewesen,« sagte Scrooge. »Ich danke dir.«

»Drei Geister,« fuhr das Gespenst fort, »werden zu dir kommen.« Bei diesen Worten wurde Scrooges Angesicht noch trauriger als das des Gespenstes.

»Ist das die Möglichkeit und die Hoffnung, die du genannt hast, Jakob?« fragte er mit bebender Stimme.

»Ja.«

»Ich – ich sollte meinen, das wäre eben keine Hoffnung,« sagte Scrooge.

»Ohne ihr Kommen,« sagte der Geist, »kannst du nicht hoffen, den Pfad zu vermeiden, den ich verfolgen muß. Erwarte den ersten morgen früh, wenn die Glocke Eins schlägt.«

»Könnte ich sie nicht alle auf einen Schluck nehmen?« meinte Scrooge.

»Erwarte den zweiten in der nächsten Nacht um dieselbe Stunde. Den dritten in der nächsten Nacht, wenn der letzte Schlag Zwölf ausgeklungen hat. Schau mich an, denn du siehst mich nicht mehr; und schau mich an, daß du dich, um deinetwillen an das erinnerst, was zwischen uns geschehen ist.«

Als es diese Worte gesprochen hatte, nahm das Gespenst das Tuch von dem Tische und band es sich wieder um den Kopf. Scrooge erfuhr das durch das Knirschen der Zähne, als die Kinnladen zusammen klappten. Er wagte es, die Augen zu erheben und erblickte seinen übernatürlichen Besuch vor sich stehen, die Augen noch starr auf ihn geheftet, und die Kette um den Leib und den Arm gewunden.

Die Erscheinung entfernte sich rückwärtsgehend; und bei jedem Schritt öffnete sich das Fenster ein wenig, so daß, als das Gespenst es erreichte, es weit offen stand. Es winkte Scrooge näher zu kommen, was er that. Als sie noch zwei Schritte voneinander entfernt waren, hob Marleys Geist die Hand in die Höhe, ihm gebietend, nicht näher zu kommen. Scrooge stand still.

Weniger aus Gehorsam, als aus Ueberraschung und Furcht: denn wie sich die gespenstische Hand erhob, hörte er verwirrte Klänge durch die Luft schwirren und unzusammenhängende Töne des Klagens und des Leides, unsagbar, schmerzensvoll und reuig. Das Gespenst horchte ihnen eine Weile zu und stimmte dann in das Klagelied ein; dann schwebte es in die dunkle Nacht hinaus.

Scrooge trat an das Fenster, von der Neugier bis zur Verzweiflung getrieben. Er sah hinaus.

Die Luft war mit Schatten angefüllt, welche in ruheloser Hast und klagend hin und her schwebten. Jeder trug eine Kette, wie Marleys Geist; einige wenige waren zusammengeschmiedet (wahrscheinlich schuldige Ministerien), keines war ganz fessellos. Viele waren Scrooge während ihres Lebens bekannt gewesen. Ganz genau hatte er einen alten Geist in einer weißen Weste gekannt, welcher einen ungeheuren eisernen Geldkasten hinter sich herschleppte und jämmerlich schrie, einem armen, alten Weibe mit einem Kinde nicht beistehen zu können, welches unten auf einer Thürschwelle saß. Man sah es klar, ihre Pein war, sich umsonst bestreben zu müssen, den Menschen Gutes zu thun und die Macht dazu auf immer verloren zu haben.

Ob diese Wesen in dem Nebel zergingen, oder ob sie der Nebel einhüllte, wußte er nicht zu sagen. Aber sie und ihre Gespensterstimmen vergingen zu gleicher Zeit und die Nacht wurde wieder so, wie sie bei seinem Nachhausegehen gewesen war.

Scrooge schloß das Fenster und untersuchte die Thür, durch welche das Gespenst hereingekommen war. Sie war noch verschlossen und verriegelt, wie vorher. Er versuchte zu sagen: dummes Zeug, aber blieb bei der ersten Silbe stecken, und da er von der innern Bewegung, oder von den Anstrengungen des Tages, oder von seinem Einblick in die unsichtbare Welt, oder der Unterhaltung mit dem Gespenst, oder der späten Stunde sehr erschöpft worden war, ging er sogleich zu Bett, ohne sich auszuziehen, und sank bald in Schlaf.

DER ERSTE DER DREI GEISTER.

Als Scrooge wieder aufwachte, war es so finster, daß er kaum das durchsichtige Fenster von den Wänden seines Zimmers unterscheiden konnte. Er bemühte sich, die Finsternis mit seinen Katzenaugen zu durchdringen, als die Glocke eines Turmes in der Nachbarschaft viertelte. Er lauschte, um die Stunde schlagen zu hören. Zu seinem großen Erstaunen schlug die Glocke fort, von sechs zu sieben, und von sieben zu acht und so weiter bis zwölf; dann schwieg sie.

Zwölf! Es war Zwei vorüber gewesen, als er sich zu Bett gelegt hatte. Das Uhrwerk mußte falsch gehen. Ein Eiszapfen mußte zwischen die Räder gekommen sein. Zwölf!

Er drückte an die Feder seiner Repetieruhr, um der verrückten Glocke nachzuhelfen. Ihr kleiner, lebendiger Puls schlug Zwölf, und schwieg.

»Was! es ist doch nicht möglich,« sagte Scrooge, »ich sollte den ganzen Tag und tief in die andere Nacht geschlafen haben? Es ist doch nicht möglich, daß der Sonne etwas passiert und daß es mittags um Zwölf ist.«

Mit diesem unruhigen Gedanken beschäftigt, stieg er aus dem Bett und tappte bis an das Fenster. Er mußte das Eis erst wegkratzen und das Fenster mit dem Aermel seines Schlafrockes abwischen, ehe er etwas sehen konnte; und auch hernach konnte er nur sehr wenig sehen. Alles, was er gewahren konnte, war, daß es noch sehr nebelig und sehr kalt war, und daß man nicht den Lärm hin und her eilender Leute hörte, der doch gewiß stattgefunden hätte, wenn Nacht den hellen Tag vertrieben und selbst Besitz von der Welt genommen hätte. Das war ein großer Trost, weil »drei Tage nach Sicht bezahlen Sie diesen Primawechsel an Mr. Ebenezer Scrooge oder dessen Order u. s. w.« eine bloße Vereinigte Staaten-Sicherheit gewesen wäre, wenn es keine Tage mehr gab, um danach zu zählen.

Scrooge legte sich wieder ins Bett und dachte darüber hin und her, konnte aber zu keinem Schlusse kommen. Je mehr er nachdachte, desto verwirrter wurde er; und je mehr er sich bestrebte, nicht nachzudenken, desto mehr dachte er nach. Marleys Geist machte ihm viel zu schaffen. Allemal wenn er nach reiflicher Ueberlegung zu dem festen Entschluß gekommen war, das Ganze nur für einen Traum zu halten, flog sein Geist wie eine starke vom Druck befreite Feder wieder in die alte Lage zurück und legte ihm dieselbe Frage wieder vor, die er schon zehnmal überlegt hatte: War es ein Traum oder nicht?

Scrooge blieb in diesem Zustande liegen, bis es wieder drei Viertel schlug. Da besann er sich plötzlich, daß der Geist ihm eine Erscheinung mit dem Schlage Eins versprochen hatte. So beschloß er wach zu bleiben, bis die Stunde vorüber sei; und wenn man bedenkt, daß er eben so wenig schlafen, als in den Himmel kommen konnte, war dies gewiß der klügste Entschluß, den er fassen konnte.

Die Viertelstunde war so lang, daß es ihm mehr als einmal vorkam, er müßte unversehens in Schlaf gefallen sein und die Uhr überhört haben. Endlich vernahm sein lauschendes Ohr die Glocke.

»Bim, baum!«

»Ein Viertel,« sagte Scrooge zählend.

»Bim, baum!«

»Halb,« sagte Scrooge.

»Bim, baum!«

»Drei Viertel,« sagte Scrooge.

»Bim, baum!«

»Voll!« rief Scrooge freudig, »und weiter nichts!«

Er sprach das, ehe die Stundenglocke schlug, was sie jetzt mit einem tiefen, hohlen, melancholischen Eins that. In demselben Augenblicke wurde es hell in dem Zimmer und die Vorhänge seines Bettes wurden geöffnet.

Ich sag' es euch, die Vorhänge seines Bettes wurden von einer Hand weggezogen; nicht die Vorhänge ihm zu Füßen, nicht die Vorhänge hinter seinem Rücken, sondern die Vorhänge, gegen die sich sein

Gesicht kehrte, die Vorhänge wurden weggezogen; und Scrooge, sich aufrichtend, blickte dem unirdischen Gast in das Gesicht, der sie geöffnet hatte; so dicht stand er ihm gegenüber, wie ich jetzt im Geiste neben euch stehe.

Es war eine wunderbare Gestalt, gleich einem Kinde; aber doch eigentlich nicht gleich einem Kinde, sondern mehr wie ein Greis, der durch einen wunderbaren Zauber erschien, als sei er dem Auge entrückt und auf diese Weise so klein geworden wie ein Kind. Sein Haar, welches in langen Locken auf seine Schultern herabwallte, war weiß, wie vom Alter; aber doch hatte das Gesicht keine einzige Runzel und um das Kinn bemerkte man den zartesten Flaum. Die Arme waren lang und muskulös; die Hände ebenso, als liege eine ungeheure Kraft in ihnen. Seine Füße, zart und fein geformt, waren, wie die Arme, entblößt. Der Geist trug eine Tunika vom reinsten Weiß; und um seinen Leib schlang sich ein Gürtel von wunderbarem Schimmer. Er hielt einen frisch-grünen Stecheichenzweig in der Hand; aber in seltsamem Widerspruch mit diesem Zeichen des Winters war das Kleid mit Sommerblumen verziert. Das Wunderbarste aber war, daß aus der Krone auf seinem Haupte ein heller Lichtstrahl in die Höhe schoß, welcher alles rings erleuchtete, und welcher gewiß die Ursache war, daß der Geist bei weniger guter Laune einen großen Lichtauslöscher, den er jetzt unter dem Arme trug, als Mütze aufsetzte.

Aber selbst dies war nicht seine seltsamste Eigenschaft. Denn wie der Gürtel des Geistes jetzt an dieser Stelle glänzte und funkelte und jetzt an jener, und wie das, was im Augenblick hell gewesen war, jetzt dunkel wurde, so verwandelte sich auch die Gestalt selbst, man wußte nicht wie: jetzt war es ein Ding mit einem Arm, jetzt mit einem Bein, jetzt mit zwanzig Beinen, jetzt bloß zwei Füße ohne Kopf, jetzt ein Kopf ohne Leib; und wie einer dieser Teile verschwand, blieb keine Spur von ihm in dem dichten Dunkel zurück, welches ihn aufnahm. Und das größte Wunder dabei war: die Gestalt blieb immer dieselbe.

»Sind Sie der Geist, dessen Erscheinung mir vorhergesagt wurde?« fragte Scrooge.

»Ich bin es.«

Die Stimme war sanft und wohlklingend und so leise, als käme sie nicht aus dichtester Nähe, sondern aus einiger Entfernung.

»Wer und was seid Ihr?« fragte Scrooge, schon etwas mehr Vertrauen fassend.

»Ich bin der Geist der vergangenen Weihnachten.«

»Der lange vergangenen?« fragte Scrooge, seiner zwerghaften Gestalt denkend.

»Nein, deiner vergangenen.«

Vielleicht hätte Scrooge niemand sagen können, warum, wenn ihn jemand gefragt hätte, aber doch fühlte er ein ganz besonderes Verlangen, den Geist in seiner Mütze zu sehen; und er bat ihn, sich zu bedecken.

»Was?« rief der Geist, »willst du sobald mit irdisch gesinnter Hand das Licht, welches ich spende, verlöschen? Ist es nicht genug, daß du einer von denen bist, deren Leidenschaften diese Mütze geschaffen haben und mich zwingen, durch lange, lange Jahre meine Stirn damit zu verhüllen?«

Scrooge entschuldigte sich ehrfurchtsvoll, er habe nicht den Willen gehabt, ihn zu beleidigen, und behauptete, nicht zu wissen, daß er irgend je in seinem Leben dem Geiste Ursache gegeben habe, sich zu bedecken. Dann war er so frei, zu fragen, was ihn hierher führe.

»Dein Wohl,« sagte der Geist.

Scrooge drückte seine Dankbarkeit aus, aber konnte sich doch des Gedankens nicht erwehren, daß eine Nacht ungestörten Schlafes ihm mehr genützt haben würde. Der Geist mußte ihn haben denken hören, denn er sagte sogleich: »Deine Besserung also. Nimm dich in acht!«

Er streckte seine starke Hand aus, als er dies sprach und ergriff sanft seinen Arm.

»Steh' auf und folge mir.«

Vergebens würde Scrooge eingewendet haben, Wetter und Stunde sei schlecht geeignet zum Spazierengehen; das Bett sei warm und der Thermometer ein gutes Stück unter dem Gefrierpunkte; er sei nur leicht in Pantoffeln, Schlafrock und Nachtmütze gekleidet und habe gerade jetzt den Schnupfen. Dem Griff, war er auch so sanft, wie der einer Frauenhand, war nicht zu widerstehen. Er stand auf, aber wie er sah, daß der Geist nach dem Fenster schwebte, faßte er ihn flehend bei dem Gewande.

»Ich bin ein Sterblicher,« sagte Scrooge, »und kann fallen.«

»Dulde nur eine Berührung meiner Hand dort,« sagte der Geist, indem er ihm die Hand auf das Herz legte, »und du wirst größere Gefahren überwinden, als diese hier.«

Als diese Worte gesprochen waren, schwanden die beiden durch die Wände und standen plötzlich im Freien auf der Landstraße, rings von Feldern umgeben. Die Stadt war ganz verschwunden. Keine Spur war mehr davon übrig. Die Finsternis und der Nebel waren mit ihr verschwunden, denn es war jetzt ein klarer, kalter Wintertag und der Boden war mit weißem, reinem Schnee bedeckt.

»Gütiger Himmel!« rief Scrooge, die Hände faltend, als er um sich blickte. »Hier wurde ich geboren. Hier lebte ich noch als Knabe.«

Der Geist schaute ihn mit mildem Blicke an. Seine sanfte Berührung, obgleich sie nur leise und augenblicklich gewesen war, klang immer noch in dem Herzen des alten Mannes nach. Er fühlte wie tausend Düfte durch die Luft schwebten, jeder mit tausend Gedanken und Hoffnungen und Freuden und Sorgen verbunden, die lange, lange vergessen waren.

»Deine Lippe zittert,« sagte der Geist. »Und was glänzt auf deiner Wange?«

Scrooge murmelte mit einem ungewöhnlichen Stocken in der Stimme, es sei ein Wärzchen, und bat den Geist, ihn zu führen, wohin er wolle.

»Erinnerst du dich des Weges?« frug der Geist.

»Ob ich mich seiner erinnere?« rief Scrooge mit Innigkeit; »ich könnte ihn blindlings gehen.«

»Seltsam, daß du ihn so viele Jahre lang vergessen hast,« sagte der Geist. »Komm!«

Sie schritten den Weg entlang. Scrooge erkannte jedes Thor, jeden Pfahl, jeden Baum wieder, bis ein kleiner Marktflecken in der Ferne mit seiner Kirche, seiner Brücke und dem hellen Fluß erschien. Jetzt kamen einige Knaben, auf zottigen Ponys reitend, auf sie zu, welche anderen Knaben in ländlichen Wagen laut zuriefen. Alle diese Knaben waren gar fröhlich und laut, bis die weiten Felder so voll heiterer Musik waren, daß die kalte, sonnige Luft lachte, sie zu hören.

»Dies sind bloß Schatten der Dinge, die gewesen sind,« sagte der Geist, »sie wissen nichts von uns.«

Die fröhlichen Reisenden kamen näher und jetzt erkannte Scrooge sie alle und konnte sie alle bei Namen nennen. Warum freute er sich über alle Maßen, sie zu sehen, warum wurde sein kaltes Auge feucht, warum frohlockte sein Herz, als sie vorübereilten, warum wurde sein Herz weich, wie sie an den Kreuzwegen voneinander schieden und sich fröhliche Weihnachten wünschten?

Was gingen Scrooge fröhliche Weihnachten an? Der Henker hole fröhliche Weihnachten! Welchen Nutzen hatte er jemals davon gehabt?

»Die Schule ist nicht ganz verlassen,« sagte der Geist »Ein Kind, eine verlassene Waise sitzt noch einsam dort.«

Scrooge sagte, er wisse es. Und er schluchzte.

Sie verließen jetzt die Heerstraße auf einem wohlbekannten Feldwege und erreichten bald ein Haus von dunkelroten Ziegeln, mit einem kleinen Türmchen auf dem Dache und darin eine Glocke. Es war ein großes Haus, aber jetzt vernachlässigt und verfallen, denn die geräumigen Gemächer waren wenig gebraucht, die Wände feucht und grün, die Fenster zerbrochen, die Thüren morsch und zerfallen. Hühner gluckten und scharrten in den Ställen; und der Wagenschuppen war mit Gras überwachsen. Auch im Innern war nichts von seiner alten Pracht übrig geblieben, denn als sie in die verödete Hausflur eintraten und durch die offenen Thüren in die vielen Zimmer blickten, sahen sie nur ärmlich ausgestattete, kalte, große Räume. Ein erdiger, dumpfiger Geruch erfüllte die Luft, eine frostige Unbehaglichkeit schien um den Ort zu schweben, die auf irgend eine Art an zu oft früh bei Licht aufstehen, und nicht zu viel zu essen zu bekommen erinnerte.

Der Geist und Scrooge gingen über die Hausflur nach einer Thür auf der Rückseite des Hauses. Sie öffnete sich vor ihnen und zeigte ihnen einen langen, kahlen, unbehaglichen Saal, noch kahler und unbehaglicher gemacht durch die Reihen von einfachen hölzernen Bänken.

Auf einer derselben saß einsam ein Knabe neben einem schwachen Feuer und las; und Scrooge setzte sich auf eine Bank nieder und weinte, sein eigenes, vergessenes Selbst, wie es in früheren Jahren war, zu sehen.

Kein dumpfer Widerhall in dem Hause, kein Rascheln der Mäuse hinter dem Getäfel, kein Getröpfel des halbgefrorenen Röhrtrogs in dem Hofe hinten, kein Seufzer in den blattlosen Zweigen einer verlassen trauernden Pappel, nicht das Klappen der vom Winde hin und her geschwungenen Thür des Vorratshauses im Hofe, selbst nicht das Knistern des Feuers war für Scrooge verloren. Alles fiel auf sein Herz mit erweichenden Tönen und löste seine Thränen.

Der Geist berührte seinen Arm und wies auf sein jüngeres, in ein Buch vertieftes Selbst. Plötzlich stand ein Mann in fremdartiger Tracht mit einer Axt im Gürtel und einen mit Holz beladenen Esel am Zaume führend, draußen vor dem Fenster, wundersam wirklich und deutlich zu sehen.

»Was! das ist ja Ali Baba!« rief Scrooge voller Freude aus. »Es ist der alte, liebe, ehrliche Ali Baba. Ja, ja, ich weiß noch. Einst zur Weihnachtszeit, als jener verlassene Knabe hier ganz allein saß, kam er zum erstenmal, gerade wie er dort steht. Der arme Junge! Und Valentin,« fuhr Scrooge fort, »und sein wilder Bruder Orson, dort gehen sie! Und wie heißt der, der mitten im Schlafe vor das Thor von Damaskus gesetzt wurde? siehst du ihn nicht! Und der Stallmeister des Sultans, der von den Genien auf den Kopf gestellt wurde, dort ist er! Ha, ha, es geschieht ihm schon recht! Wer heißt ihn die Prinzessin heiraten wollen!«

Scrooge mit vollem Ernste und mit einer Stimme zwischen Lachen und Weinen über solche Gegenstände reden zu hören und sein vor Freude aufgeregtes Gesicht zu sehen, wäre für seine Geschäftsfreunde in der City gewiß eine große Ueberraschung gewesen.

»Da ist auch der Papagei,« rief Scrooge, »mit grünem Leib und gelbem Schwanz, da ist er! Der arme Robinson, er rief ihn, als er wieder von seiner Umsegelung der Insel nach Haus kam. Robinson Crusoe, wo bist du gewesen? Er glaubte, er träume, aber es war der Papagei. Ha, dort läuft Freitag in der kleinen Bucht. Es gilt das Leben. Hallo, ho, hallo!«

Dann sagte er mit einem schnellen Wechsel der Gefühle, der seinem gewöhnlichen Charakter sehr fremd war: »Der arme Knabe!« und er weinte wieder.

»Ich wollte,« murmelte Scrooge, die Hand in die Tasche steckend und um sich blickend, nachdem er sich mit dem Rockaufschlag die Augen gewischt hatte, »aber es ist zu spät jetzt.«

»Was willst du?« frug der Geist.

»Nichts,« sagte Scrooge, »nichts. Gestern Abend sang vor meiner Thür ein Knabe ein Weihnachtslied. Ich wollte, ich hätte ihm etwas gegeben, weiter war es nichts.«

Der Geist lächelte gedankenvoll und winkte mit der Hand. Dann sagte er: »Laß uns ein anderes Weihnachten sehen.«

Scrooges früheres Selbst wurde bei diesen Worten größer, und das Zimmer etwas finstrer und schwärzer; das Getäfel warf sich, die Fensterscheiben sprangen; Stücke Kalkbewurf fielen von der Decke, und das bloße Lattenwerk zeigte sich; aber wie das alles geschah, wußte Scrooge ebensowenig als ihr. Er wußte nur, alles sei ganz in der Ordnung, und habe sich ganz so zugetragen, und er sei es wieder, der dort allein sitze, während die andern Knaben nach Hause zur fröhlichen Weihnachtsfeier gereist waren.

Er las nicht, sondern ging wie in Verzweiflung im Zimmer auf und ab. Scrooge blickte den Geist an, und schaute mit einem traurigen Kopfschütteln und in banger Erwartung nach der Thür.

Sie ging auf, und ein kleines Mädchen, viel jünger als der Knabe, sprang herein, schlang die Arme um seinen Hals, küßte ihn und begrüßte ihn als ihren »lieben, lieben Bruder.«

»Ich komme, um dich mit nach Haus zu nehmen, lieber Bruder!« sagte das Kind, fröhlich mit den Händen klatschend. »Dich mit nach Haus zu nehmen, nach Haus!«

»Nach Haus, liebe Fanny?« frug der Knabe.

»Ja!« antwortete die Kleine, in überströmender Lust. »Nach Hause und für immer. Der Vater ist so viel freundlicher als sonst, daß es bei uns wie im Himmel ist. Er sprach eines Abends, als ich zu Bett ging, so freundlich mit mir, daß ich mir ein Herz faßte, und ihn frug, ob du nicht nach Hause kommen dürftest; und er sagte ja, und schickt mich im Wagen her, um dich zu holen. Und du sollst jetzt dein freier Herr sein,« sagte das Kind, und blickte ihn bewundernd an, »und nicht mehr hierher zurückkehren; aber erst sollen wir alle zusammen das Weihnachtsfest feiern und recht lustig sein.«

»Du bist ja eine ordentliche Dame geworden, Fanny!« rief der Knabe aus.

Sie klatschte in die Hände und lachte, und versuchte, bis an seinen Kopf zu reichen; aber sie war zu klein, und lachte wieder, und stellte sich auf die Zehen, um ihn zu umarmen. Dann zog sie ihn in kindischer Ungeduld nach der Thür, und er begleitete sie mit leichtem Herzen.

Eine schreckliche Stimme in der Hausflur rief: »Bringt Master Scrooges Koffer herunter!« Es war der Schullehrer selbst, welcher Master Scrooge mit gestrengster Herablassung anstierte, und ihn in großen Schrecken setzte, wie er ihm die Hand drückte. Dann führte er ihn und seine Schwester in ein feuchtes, fröstelnerregendes Putzzimmer, wo die Erd- und Himmelsgloben im Fenster vor Kälte glänzten. Hier brachte er eine Flasche merkwürdig leichten Wein und ein Stück merkwürdig schweren Kuchen herbei, und regalirte die Kinder schonend sparsam mit diesen auserlesenen Leckerbissen. Auch schickte er eine hungrig aussehende Magd hinaus, um dem Postillon ein Gläschen anzubieten, wofür dieser aber mit den Worten dankte, wenn es von demselben Faß wie das vorige sei, möchte er lieber nicht kosten. Während dieser Zeit war Master Scrooges Koffer auf den Wagen gebunden worden, und die Kinder nahmen ohne Bedauern von dem Schulmeister Abschied, setzten sich in den Wagen, und fuhren so schnell zum Garten hinaus, daß der Reif und der Schnee von den immergrünen Gebüschen wie Schaum stob.

»Sie war immer ein zartes Wesen, das von einem Hauch hätte verwelken können,« sagte der Geist. »Aber sie hatte ein reiches Herz.«

»Ja, das hatte sie,« rief Scrooge. »Ich will nicht widersprechen, Geist. Gott verhüte es!«

»Sie starb verheiratet,« sagte der Geist, »und hatte Kinder, glaube ich.«

»Ein Kind,« antwortete Scrooge.

»Ja,« sagte der Geist. »Dein Neffe.«

Scrooge schien unruhig zu werden und er antwortete kurz »Ja.«

Obgleich sie kaum einen Augenblick die Schule hinter sich gelassen hatten, befanden sie sich doch jetzt mitten in den lebendigsten Straßen der Stadt, wo schattenhafte Fußgänger vorübergingen, wo gespenstische Wagen und Kutschen sich um Platz stritten und wo alles Gedräng und alles wirre Leben einer wirklichen Stadt war. An dem Aufputz der Läden sah man, daß auch hier Weihnachten sei; aber es war Abend und die Straßenlaternen brannten.

Der Geist blieb vor einer Gewölbethür stehen und frug Scrooge, ob er sie kenne.

»Ob ich sie kenne?« sagte Scrooge. »Hab' ich hier nicht gelernt?«

Sie traten hinein. Beim Anblick eines alten Herrn in einer Stutzperücke, welcher hinter einem so hohen Pulte saß, daß er mit dem Kopf hätte an die Decke stoßen müssen, wenn er zwei Zoll größer gewesen wäre, rief Scrooge in großer Aufregung: »Ha, das ist ja der alte Fezziwig, Gott segne ihn, es ist Fezziwig, wie er leibt und lebt!«

Der alte Fezziwig legte seine Feder hin und sah nach der Uhr, deren Zeiger auf Sieben stand. Er rieb die Hände, zog seine geräumige Weste herunter, lachte über und über, von den Schuhspitzen bis zu dem Organ der Gutmütigkeit und rief mit einer behäbigen, voll und doch mild tönenden heitern Stimme: »Hallo, dort! Ebenezer! Dick!«

Scrooges früheres Selbst, jetzt zu einem Jüngling geworden, trat munter herein, begleitet von seinem Mitlehrling.

»Dick Wilkins, wahrhaftig!« sagte Scrooge zu dem Geist. »Wahrhaftig, er ist es. Er hat mich sehr lieb, der Dick. Der arme Dick! Gott, Gott!«

»Hallo, meine Burschen,« sagte Fezziwig. »Feierabend heute. Weihnachten, Dick! Weihnachten, Ebenezer! Macht die Laden zu,« rief der alte Fezziwig, munter die Hände zusammenklatschend, »ehe ein Mann sagen kann Jack Robinson.«

Man hätte nicht glauben sollen, wie frisch die beiden Jungen daran gingen. Sie liefen mit den Laden hinaus – eins, zwei, drei – hatten sie eingesetzt – vier, fünf, sechs – sie zugeriegelt und zugeschraubt – sieben, acht, neun – und kamen zurück, ehe man zwölf sagen konnte, außer Atem, wie Rennpferde.

»Hussaho!« rief der alte Fezziwig, mit wunderbarer Geschicklichkeit von seinem hohen Sessel herunterspringend. »Räumt auf, Jungens, und macht viel Platz! Hussaho, Dick! Hallo, Ebenezer!«

Aufräumen! Sie würden alles weggeräumt haben und konnten alles wegräumen, wo Fezziwig zuschaute. Es war in einer Minute geschehen. Alles, was nicht niet- und nagelfest war, wurde in die Winkel geschoben, als wenn es für immer aus dem öffentlichen Dienste entlassen worden wäre; die Flur wurde gekehrt und gesprengt, die Lampen geputzt, Kohlen auf das Feuer geschüttet; und der Laden war so behaglich und warm und hell, wie ein Ballzimmer, wie man es nur an einem Winterabende verlangen kann.

Jetzt trat ein Fiedler mit einem Notenbuche herein und stieg Fezziwigs hohen Stuhl hinauf, dort sein Orchester aufzuschlagen und stimmte wie toll. Dann kam Mrs. Fezziwig, ein behagliches Lächeln über und über. Dann kamen die drei Miß Fezziwigs, freudestrahlend und liebenswürdig. Dann kamen die sechs Jünglinge, deren Herzen sie brachen. Dann kamen die Burschen und Mädchen, die im Hause einen Dienst hatten: das Hausmädchen mit ihrem Vetter, dem Bäcker, die Köchin mit ihres Bruders vertrautem Freund, dem Milchmann. Dann kam der Bursche von gegenüber, von dem man sagte, er habe bei seinem Herrn knappe Kost; er versuchte, sich hinter dem Mädchen aus dem Nachbarhause zu verstecken, der man bewies, sie sei von ihrer Herrschaft ausgescholten worden. Sie kamen alle, einer nach dem andern; einige blöde, andere keck, einige mit Geschick, andere mit Ungeschick, die zerrend und jene stoßend. Dann ging es los, zwanzig Paar auf einmal, eine halbe Runde hin und zurück, dann die Mitte des Zimmers hinauf und wieder herab, dann in verschiedenen Kreisen sich drehend; das alte erste Paar immer an der falschen Stelle stehen bleibend; das neue erste Paar immer wieder anfangend, wenn es stehen bleiben sollte; bis alle Paare erste waren und kein einziges mehr das letzte. Als sie so weit gekommen waren, klatschte der alte Fezziwig zum Zeichen, daß der Tanz aus sei und rief »Bravo!« und der Fiedler senkte sein glühendes Gesicht in einen Krug Porter, der besonders zu diesem Zweck neben ihm stand. Aber kaum war er wieder herausgestiegen, als er wieder aufzuspielen anfing, obgleich noch keine Tänzer dastanden, als wenn der alte Fiedler erschöpft nach Hause getragen worden und er ein ganz frischer sei, entschlossen, ihn vergessen zu machen, oder zu sterben.

Dann folgten noch mehrere Tänze und Pfänderspiele und wieder Tänze. Dann kam Kuchen und Negus und ein großes Stück kalter Rinderbraten, und dann ein großes Stück kaltes, gekochtes Rindfleisch und Fleischpasteten und Ueberfluß von Bier. Aber der Glanzpunkt des Abends kam nach dem Rindfleisch, als der Fiedler (ein pfiffiger Kopf, er kannte sein Geschäft besser, als ihr oder ich es ihm hätte lehren können) anfing »Sir Roger de Coverley.«[1] Da trat der alte Fezziwig mit Mrs. Fezziwig an und zwar als das erste Paar. Sie hatten ein gut Stück Arbeit vor sich, drei- oder vierundzwanzig Paar Tänzer, Leute, mit denen nicht zu spaßen war, Leute, die tanzen wollten und keinen Begriff vom Gehen hatten.

Aber wenn es zweimal, ja viermal so viel gewesen wären, hätte es der alte Fezziwig mit ihnen aufgenommen und auch Mrs. Fezziwig. Sie war, im vollen Sinne des Wortes, würdig, seine Tänzerin zu sein. Wenn das kein großes Lob ist, so sagt mir ein größeres und ich will es aussprechen. Fezziwigs Waden schienen wirklich zu leuchten. Sie glänzten in jedem Teil des Tanzes wie ein Paar Monde.

Ihr hättet zu irgend einer Minute nicht voraus sagen können, was aus ihnen in der nächsten werden würde. Und als der alte Fezziwig und Mrs. Fezziwig alle Touren des Tanzes durchgemacht hatten, battierte Fezziwig so geschickt, daß es war, als zwinkerte er mit den Beinen, und er kam, ohne zu wanken, wieder auf die Füße.

Mit dem Glockenschlag Elf war dieser häusliche Ball zu Ende. Mr. und Mrs. Fezziwig stellten sich zu beiden Seiten der Thür auf, schüttelten jedem einzelnen der Gäste die Hand zum Abschied und wünschten ihm oder ihr fröhliche Weihnachten.

Als alles, außer den zwei Lehrlingen, fort war, thaten sie diesen das Gleiche. So waren die heitern Stimmen verklungen, und die Burschen gingen in ihr Bett, welches sich unter einem Ladentisch in der hintersten Niederlage befand.

Während dieser ganzen Zeit hatte sich Scrooge wie ein Verrückter benommen. Sein Herz und seine Seele waren mit dem Ball und seinem früheren Selbst. Er bestätigte alles, erinnerte sich an alles, freute sich über alles und befand sich in der seltsamsten Aufregung. Nicht eher, als bis die fröhlichen Gesichter seines frühern Selbst und Dicks verschwunden waren, dachte er daran, daß der Geist neben ihm stehe und ihn anschaue, während das Licht auf seinem Haupte in voller Klarheit brannte.

»Eine Kleinigkeit,« sagte der Geist, »diesen närrischen Leuten solche Dankbarkeit einzuflößen.«

»Eine Kleinigkeit!« gab Scrooge zurück.

Der Geist gab ihm ein Zeichen, den beiden Lehrlingen zuzuhören, welche ihr Herz in Lobpreisungen Fezziwigs ausschütteten; und als Scrooge das gethan hatte, sprach der Geist: »Nun, ist es nicht so? Er hat nur ein paar Pfund Eures irdischen Geldes hingegeben; vielleicht drei oder vier. Ist das so viel, daß er solches Lob verdient?«

»Das ist's nicht,« sagte Scrooge, von dieser Bemerkung gereizt und wie sein früheres, nicht wie sein jetziges Selbst sprechend. »Das ist's nicht, Geist. Er hat die Macht, uns glücklich oder unglücklich, unsern Dienst zu einer Last oder zu einer Bürde, zu einer Freude oder zu einer Qual zu machen. Du magst sagen, seine Macht liege in Worten und Blicken, in so unbedeutenden und kleinen Dingen, daß es unmöglich ist, sie herzuzählen: was schadet das? Das Glück, welches er bereitet, ist so groß, als wenn es sein ganzes Vermögen kostete.«

Er fühlte des Geistes Blick und schwieg.

»Was giebt's?« fragte der Geist.

»Nichts, nichts,« sagte Scrooge.

»Etwas, sollt' ich meinen,« drängte der Geist.

»Nein,« sagte Scrooge, »nein. Ich möchte nur eben ein paar Worte mit meinem Diener sprechen. Das ist alles.«

Sein früheres Selbst löschte die Lampen aus, als er diesen Wunsch aussprach, und Scrooge und der Geist standen wieder im Freien.

»Meine Zeit geht zu Ende,« sagte der Geist. »Schnell!«

Dies letzte Wort war nicht zu Scrooge oder zu jemand, den er sehen konnte, gesprochen, aber es wirkte sofort. Denn wieder sah Scrooge sich selbst. Er war jetzt älter geworden: ein Mann in der Blüte seiner Jahre. Sein Gesicht hatte nicht die schroffen, rauhen Züge seiner spätern Jahre, aber schon fing es an, die Zeichen der Sorge und des Geizes zu tragen. In seinem Auge brannte ein ruheloses, habsüchtiges Feuer, welches von der Leidenschaft sprach, die dort Wurzel geschlagen hatte, und zeigte, wohin der Schatten des wachsenden Baumes fallen würde.

Er war nicht allein, sondern saß neben einem schönen jungen Mädchen in Trauerkleidern. In ihrem Auge standen Thränen, welche in dem Lichte glänzten, das von dem Geist vergangener Weihnachten ausströmte.

»Es ist ohne Bedeutung,« sagte sie sanft. »Ihnen von gar keiner. Ein anderes Götzenbild hat mich verdrängt; und wenn es Sie in späterer

Zeit trösten und aufrecht erhalten kann, wie ich es versucht haben würde, so habe ich keine gerechte Ursache zu klagen.«

»Welches Götzenbild hätte Sie verdrängt?« erwiderte er.

»Ein goldenes.«

»Dies ist die Gerechtigkeit der Welt!« sagte er. »Gegen nichts ist sie so hart, wie gegen die Armut; und nichts tadelt sie mit größerer Strenge, als das Streben nach Reichtum.«

»Sie fürchten das Urteil der Welt zu sehr,« antwortete sie sanft. »Alle Ihre andern Hoffnungen sind in der einen aufgegangen, vor diesem engherzigen Vorwurf gesichert zu sein. Ich habe Ihre edleren Bestrebungen eine nach der andern verschwinden sehen, bis die eine Leidenschaft nach Gold Sie ganz erfüllt. Ist es nicht wahr?«

»Und was ist da weiter?« antwortete er. »Selbst wenn ich so viel klüger geworden bin, was ist da weiter? Gegen Sie bin ich nie anders geworden.«

Sie schüttelte den Kopf.

»Bin ich anders.«

»Unser Bund ist aus alter Zeit. Er wurde geschlossen, als wir beide arm und zufrieden waren, bis wir unser Los durch ausdauernden Fleiß verbessern könnten. Sie haben sich verändert. Als er geschlossen wurde, waren Sie ein anderer Mensch.«

»Ich war ein Knabe,« sagte er ungeduldig.

»Ihr eigenes Gefühl sagt Ihnen, daß Sie nicht so waren, wie Sie jetzt sind,« antwortete sie. »Ich bin noch dieselbe. Das, was uns Glück versprach, als wir noch ein Herz und eine Seele waren, muß uns Unglück bringen, da wir im Geiste nicht mehr eins sind. Wie oft und wie bitter ich dies gefühlt habe, will ich nicht sagen; es ist genug, daß ich es gefühlt habe und daß ich Ihnen Ihr Wort zurückgeben kann.«

»Habe ich dies jemals verlangt?«

»In Worten? Nein. Niemals!«

»Womit dann?«

»Durch ein verändertes Wesen, durch einen andern Sinn, durch andere Bestrebungen des Lebens und durch eine andere Hoffnung, als seinem Ziel. In allem, was meiner Liebe in Ihren Augen einigen Wert gab. Wenn alles Frühere nicht zwischen uns geschehen wäre,« sagte das Mädchen, ihn mit sanftem, aber festem Blicke ansehend, »würden Sie mich jetzt aufsuchen und um mich werben? Gewiß nicht!«

Er schien die Wahrheit dieser Voraussetzung wider seinen Willen zuzugeben. Aber er that seinen Gefühlen Gewalt an und sagte: »Sie glauben es nicht?«

»Gern glaubte ich es, wenn ich es könnte,« sagte sie, »Gott weiß es! Wenn ich eine Wahrheit, gleich dieser, erkannt habe, weiß ich, wie unwiderstehlich sie sein muß. Aber wenn Sie heute oder morgen, oder gestern frei wären, soll ich glauben, daß Sie ein armes Mädchen wählen würden, Sie, der selbst in den vertrautesten Stunden alles nach dem Gewinn abmißt? oder soll ich mir verhehlen, daß selbst, wenn Sie für einen Augenblick Ihrem einen leitenden Grundsatze untreu werden könnten, Sie gewiß einst Täuschung und bittere Reue fühlen würden? Nein, und deswegen gebe ich Ihnen Ihr Wort zurück. Willig und um die Liebe dessen, der Sie einst waren.«

Er wollte sprechen, aber mit abgewendetem Gesicht fuhr sie fort: »Vielleicht – der Gedanke an die Vergangenheit läßt es mich fast hoffen – wird es Sie schmerzen. Eine kurze, sehr kurze Zeit, und Sie werden dann die Erinnerung daran fallen lassen, freudig, wie die Gedanken eines unnützen Traumes, von dem zu erwachen ein Glück für Sie war. Möge Sie alles Glück auf dem erwählten Lebenswege begleiten!«

Sie schieden.

»Geist,« sagte Scrooge, »zeige mir nichts mehr, führe mich nach Haus. Warum erfreust du dich daran, mich zu quälen?«

»Noch ein Gesicht,« rief der Geist aus.

»Nein,« rief Scrooge. »Nein! Ich mag keins mehr sehen. Zeige mir keins mehr.«

Aber der erbarmungslose Geist hielt ihn mit beiden Händen fest und zwang ihn, zu betrachten, was zunächst geschah.

Sie befanden sich an einem andern Ort, in einem Zimmer, nicht sehr groß oder schön, aber voller Behaglichkeit. Neben dem Kamin saß ein schönes junges Mädchen, so gleich der, welche Scrooge zuletzt gesehen hatte, daß er glaubte, es sei dieselbe, bis er sie, jetzt eine stattliche Matrone, der Tochter gegenüber sitzen sah. In dem Zimmer war ein wahrer Aufruhr, denn es befanden sich mehr Kinder darin, als Scrooge in seiner Aufregung zählen konnte; und hier betrugen sich nicht vierzig Kinder wie eins, sondern jedes Kind wie vierzig. Die Folge davon war ein Lärm sondergleichen; aber niemand schien sich darum zu kümmern; im Gegenteil, Mutter und Tochter lachten herzlich und freuten sich darüber; und die letztere, die sich bald in die Spiele mischte, wurde von den kleinen Schelmen gar grausam mitgenommen. Was hätte ich darum gegeben, eines dieser Kinder zu sein, obgleich ich nimmer so ungezogen gewesen wäre. Nein, nein! für alle Schätze der Welt hätte ich nicht diese Locken zerdrückt und zerwühlt; und diesen lieben, kleinen Schuh hätte ich nicht entwendet, um mein Leben zu retten. Im Scherz ihre Taille zu messen, wie die kecke, junge Brut that, ich hätte es nicht gewagt; ich hätte geglaubt, mein Arm würde zur Strafe krumm werden und nie wieder gerade wachsen. Und doch, wie gern, ich gestehe es, hätte ich ihre Lippen berührt; wie gern hätte ich sie gefragt, damit sie sich geöffnet hätten; wie gern hätte ich die Wimpern dieser niedergeschlagenen Augen betrachtet, ohne ein Erröten hervorzurufen; wie gern hätte ich dieses wogende Haar gelöst, von dem ein Zoll ein Schatz über allen Preis gewesen wäre; kurz, wie gern hätte ich das kleinste Privilegium eines Kindes gehabt, mit der Bedingung, Mann genug zu sein, um seinen Wert zu kennen.

Aber jetzt wurde ein Klopfen an der Thür gehört, was einen so allgemeinen Sturz nach derselben veranlaßte, daß sie mit lachendem Gesicht und verwirrtem Anzug in der Mitte eines frohlockenden lärmenden Haufens nach der Thür gedrängt wurde, dem Vater entgegen, der nach Haus kam, in Begleitung eines Mannes mit Weihnachtsgeschenken beladen. Aber nun das Geschrei und das Gedräng und der Sturm auf den verteidigungslosen Träger! Wie sie auf Stühlen an ihm hinaufstiegen, in seine Taschen guckten, die Papierpäckchen raubten, an seiner Halsbinde zupften, an seinem Halse hingen, ihm auf den Rücken trommelten und an die Beine stießen – alles in unwiderstehlicher Freude! Dann diese Ausrufungen der Verwunderung und des Frohlockens, mit denen der Inhalt jedes Päckchens begrüßt wurde! Die schreckliche Kunde, daß das Wickelkind ertappt worden sei, wie es die Bratpfanne der Puppe in den Mund gesteckt, oder wohl gar das hölzerne Huhn samt der Schüssel hinuntergeschluckt habe! Die große Beruhigung, zu finden, daß es ein falscher Lärm gewesen sei! Die Freude und die Dankbarkeit und das Entzücken! Dies alles ist über alle Beschreibung. Es muß genügen, zu wissen, daß die Kinder und ihre Freuden endlich aus dem Zimmer kamen und eine Treppe auf einmal hinaufgingen, wo sie zu Bett gebracht wurden und dort blieben.

Und als jetzt Scrooge sah, wie der Herr des Hauses, die Tochter zärtlich an seine Seite geschmiegt, sich mit ihr und ihrer Mutter an seinem eigenen Herd niedersetzte; und wie er dachte, daß ein solches Wesen ebenso lieblich und hoffnungsreich ihn hätte Vater nennen und wie Frühlingszeit in dem öden Winter seines Lebens hätte sein können, da wurden seine Augen wirklich trübe.

»Bella,« sagte der Mann, sich lächelnd zu seiner Gattin wendend, »ich sah heut' Nachmittag einen alten Freund von dir.«

»Wer war es?«

»Rate.«

»Wie kann ich das? Ach, jetzt weiß ich,« fügte sie sogleich hinzu, lachend, wie er lachte. »Mr. Scrooge.«

»Ja, Mr. Scrooge. Ich ging an seinem Comptoirfenster vorüber; und da kein Laden davor war und er Licht drin hatte, mußte ich ihn fast sehen. Sein Compagnon liegt im Sterben, hörte ich, und er saß allein dort. Ganz allein in der Welt, glaube ich.«

»Geist,« sagte Scrooge mit bebender Stimme, »führe mich weg von diesem Orte.«

»Ich sagte dir, daß dieses Schatten gewesener Dinge wären,« sagte der Geist. »Gieb mir nicht die Schuld, daß sie so sind, wie sie sind.«

»Führe mich weg!« rief Scrooge aus. »Ich kann es nicht ertragen.«

Er wandte sich gegen den Geist, und wie er sah, daß er ihn mit einem Gesicht anblickte, in welchem sich auf eine seltsame Weise einzelne Züge all der Gesichter zeigten, die er gesehen hatte, rang er mit ihm.

»Verlaß mich, führ' mich weg. Umschwebe mich nicht länger.«

In dem Kampfe, wenn das ein Kampf genannt werden kann, wo der Geist, ohne einen sichtbaren Widerstand von seiner Seite, von den Anstrengungen seines Gegners ungestört blieb, bemerkte Scrooge, daß das Licht auf seinem Haupte hoch und hell brenne; und in einem dunklen Instinkt jenes Licht mit des Geistes Einfluß auf sich verbindend, ergriff er den Lichtauslöscher und stülpte ihn auf des Geistes Haupt.

Der Geist sank darunter zusammen, so daß der Lichtauslöscher seine ganze Gestalt bedeckte; aber obgleich Scrooge ihn mit seiner ganzen Kraft niederdrückte, konnte er das Licht nicht verbergen, welches darunter hervor und mit hellem Schimmer über den Boden strömte.

Er fühlte, daß er erschöpft sei und von einer unüberwindlichen Schläfrigkeit befallen werde und wußte, daß er in seinem eignen Schlafzimmer sei. Er gab dem Lichtauslöscher noch einen Druck zum Abschiede und fand kaum Zeit, in das Bett zu wanken, ehe er in tiefen Schlaf sank.

---

1. Eine Art Großvatertanz.

DER ZWEITE DER DREI GEISTER.

Scrooge erwachte mitten in einem tüchtigen Geschnarch und setzte sich in dem Bette in die Höhe, um seine Gedanken zu sammeln. Diesmal hatte niemand nötig, ihm zu sagen, daß es gerade Eins sei. Er fühlte, daß er gerade zu der rechten Zeit und zu dem ausdrücklichen Zwecke erwacht sei, eine Konferenz mit dem zweiten an ihn durch Jakob Marleys Vermittlung abgesandten Boten zu halten. Aber bei dem Gedanken, welche seiner Bettgardinen wohl das neue Gespenst zurückschlagen würde, wurde es ihm ganz unheimlich kalt, und so schlug er sie mit seinen eigenen Händen zurück. Dann legte er sich wieder nieder und beschloß, genau aufzupassen, denn er wollte den Geist in dem Augenblicke seiner Erscheinung anrufen, und wünschte nicht überrascht und erschreckt zu werden.

Leute von keckem Mute, die sich schmeicheln, es schon mit etwas aufnehmen zu können, und immer an ihrem Platze zu sein, drücken den weiten Bereich ihrer Fähigkeiten mit den Worten aus: Sie wären gut für alles, vom Brotessen bis zum Menschenverschlingen; zwischen welchen beiden Extremen ohne Zweifel ziemlich viel Gelegenheit zur Darlegung ihrer Kräfte liegt. Ohne gerade zu behaupten, daß Scrooge es so weit gebracht hätte, muß ich doch von dem Leser den Glauben fordern, daß er auf ein recht schönes Sortiment von Erscheinungen gefaßt war, und daß nichts zwischen einem Wickelkind und einem Rhinoceros ihn sehr staunen gemacht haben würde.

Eben weil er auf fast alles gefaßt war, war er nicht vorbereitet, nichts zu sehen; und so, als die Glocke Eins schlug und keine Gestalt erschien, überfiel ihn ein heftiges Zittern. Fünf Minuten, zehn Minuten, eine Viertelstunde vergingen, aber es kam nichts. Die ganze Zeit über lag er auf seinem Bett recht in der Mitte eines Stromes rötlichen Lichtes, welches sich über ihn ausgoß, als die Glocke die Stunde verkündigte; und welches, weil es nur Licht war, viel beunruhigender als ein Dutzend Geister war, da es ihm unmöglich war zu erraten, was es bedeute oder was es wolle. Ja, er fürchtete zuweilen, er möchte in diesem Augenblick ein merkwürdiger Fall von Selbstentzündung sein, ohne den Trost zu haben, es zu wissen. Endlich jedoch fing er an zu denken, daß die Quelle dieses geisterhaften Lichtes wohl in dem anliegenden Zimmer sein möge, aus dem es bei näherer Betrachtung zu strömen schien. Wie dieser Gedanke die Herrschaft über seine Seele bekommen hatte, stand er leise auf und schlürfte in den Pantoffeln nach der Thür.

In demselben Augenblick, wo sich Scrooges Hand auf den Drücker legte, rief ihn eine fremde Stimme bei Namen und hieß ihn eintreten. Er gehorchte.

Es war sein eigenes Zimmer. Daran ließ sich nicht zweifeln. Aber eine wunderbare Umwandlung war mit ihm vorgegangen. Wände und Decke waren ganz mit grünen Zweigen bedeckt, daß es ganz aussah wie eine Laube, in der überall glänzende Beeren schimmerten. Die glänzenden, strammen Blätter der Stecheiche, der Mistel und des Epheus warfen das Licht zurück und erschienen wie ebensoviel kleine Spiegel. Eine so gewaltige Flamme loderte die Esse hinauf, wie dieses Spottbild eines Kamines in Scrooges oder Marleys Zeit seit vielen, vielen Wintern nicht gekannt hatte. Auf dem Fußboden waren zu einer Art von Thron Truthähne, Gänse, Wildbret, große Braten, Spanferkel, lange Reihen von Würsten, Pasteten, Plumpuddings, Austerfäßchen, glühende Kastanien, rotbäckige Aepfel, saftige Orangen, appetitliche Birnen, ungeheure Stollen und siedende Punschbowlen aufgehäuft, welche das Zimmer mit köstlichem Geruch erfüllten. Auf diesem Thron saß behaglich und mit fröhlichem Angesicht ein Riese, gar herrlich anzuschauen. In der Hand trug er eine brennende Fackel, fast wie ein Füllhorn gestaltet, und hielt sie hoch in die Höhe, um Scrooge damit zu beleuchten, wie er in das Zimmer guckte.

»Nur herein,« rief der Geist. »Nur herein, und lerne mich besser kennen.«

Scrooge trat schüchtern ein und senkte das Haupt vor dem Geiste. Er war nicht mehr der hartfühlende, nichtsscheuende Scrooge wie früher, und obgleich des Geistes Augen hell und mild glänzten, wünschte er ihnen doch nicht zu begegnen.

»Ich bin der Geist der heurigen Weihnacht,« sagte die Gestalt. »Sieh' mich an.«

Scrooge that es mit ehrfurchtsvollem Blick. Der Geist war in ein einfaches, dunkelgrünes Gewand, mit weißem Pelz verbrämt, gekleidet. Die breite Brust war entblößt, als verschmähe sie, sich zu verstecken. Auch die Füße waren bloß und schauten unter den weiten Falten des Gewandes hervor; und das Haupt hatte keine andere Bedeckung, als einen Stecheichenkranz, in dem hier und da Eiszapfen glänzten. Seine dunkelbraunen Locken wallten fesselos auf die Schultern. Sein munteres Gesicht, sein glänzendes Auge, seine fröhliche Stimme, sein ungezwungenes Benehmen, alles sprach von Offenheit und heiterm Sinn. Um den Leib trug er eine alte Degenscheide gegürtet; aber sie war von Rost zerfressen und kein Schwert stak darin.

»Du hast nie meinesgleichen vorher gesehen,« rief der Geist.

»Niemals,« entgegnete Scrooge.

»Hast dich nie mit den jüngern Gliedern meiner Familie abgegeben; ich meine (denn ich bin sehr jung) meine ältern Brüder, welche in den letztern Jahren geboren worden sind,« fuhr das Phantom fort.

»Ich glaube nicht,« sagte Scrooge. »Es thut mir leid, es nicht gethan zu haben. Hast du viele Brüder gehabt, Geist?«

»Mehr als achtzehnhundert,« sagte dieser.

»Eine schrecklich große Familie, wer für sie zu sorgen hat,« murmelte Scrooge.

Der Geist der heurigen Weihnacht stand auf.

»Geist,« sagte Scrooge demütig, »führe mich wohin du willst. Gestern Nacht wurde ich durch Zwang hinausgeführt und mir wurde eine Lehre gegeben, die jetzt im Wirken ist. Heute bin ich bereit zu folgen, und wenn du mir etwas zu lehren hast, will ich hören.«

»Berühre mein Gewand.«

Scrooge that, wie ihm gesagt worden und hielt es fest.

Stecheichen, Misteln, rote Beeren, Epheu, Truthähne, Gänse, Braten, Spanferkel, Würste, Austern, Pasteten, Puddings, Früchte und Punsch, alles verschwand augenblicklich. Auch das Zimmer verschwand, das Feuer, der rötliche Schimmer, die nächtliche Stunde, und sie standen in den Straßen der Stadt, am Morgen des Weihnachtstages, wo die Leute, denn es war sehr kalt, eine rauhe, aber muntere und nicht unangenehme Musik machten, wie sie den Schnee von dem Straßenpflaster und den Dächern der Häuser zusammenscharrten.

Und daneben standen die Kinder und freuten sich und frohlockten, wie die Schneelawinen von den Dächern herunterstürzten und in künstliche Schneestürme zerstiebten.

Die Häuser erschienen schwarz und die Fenster noch schwärzer, verglichen mit der glatten, weißen Schneedecke auf den Dächern und dem schmutzigern Schnee auf den Straßen. In den letztern war er von den schweren Rädern der Wagen und Karren in tiefe Furchen aufgepflügt; Furchen, die sich hundert- und aberhundertmal kreuzten, wo eine Nebenstraße ausging, und in dem dicken, gelben Schmutz und halberstarrten Wasser labyrinthische Kanäle bildeten. Der Himmel war trübe und selbst die kürzesten Straßen schienen sich in einen dicken Nebel zu verlieren, dessen schwerere Teile in einem rußigen Regen niederfielen, als wenn alle Essen von England sich auf einmal entzündet hätten und jetzt nach Herzenslust brennten. Es war nichts Heiteres in der ganzen Umgebung und doch lag etwas in der Luft, was die klarste Sommerluft und die hellste Sommersonne nicht hätten verbreiten können.

Denn die Leute, welche den Schnee von den Dächern schaufelten, waren lustig und voll mutwilliger Laune. Sie riefen sich einander zu von den Dächern und wechselten dann und wann einen Schneeball – ein gutmütigerer Pfeil, als manches Wort – und lachten herzlich, wenn er traf und nicht weniger herzlich, wenn sie fehlschossen. Die Läden der Geflügelhändler waren noch halb offen und die der Fruchthändler strahlten in heller Freude. Da sah man große, runde, dickbäuchige Körbe voll Kastanien, gleich den Westen lustiger, alter Herren, an den Thüren lehnend, oder im apoplektischen Ueberfluß auf die Straße rollend. Da sah man braune, dickbäuchige, spanische Zwiebeln, in ihrer Fettheit spanischen Mönchen gleichend und mutwillig den Mädchen winkend, welche vorübergingen und verschämt nach dem Mistelzweige schielten. Da sah man Birnen und Aepfel in Pyramiden zusammengestellt; Trauben, die der Kaufmann in seiner Gutmütigkeit recht augenfällig im Gewölbe hängen ließ, daß den Vorübergehenden der Mund gratis wässere; Haufen von Haselnüssen, bemoost und braun, mit ihrem frischen Duft vergangene Streifereien in den Wald durch das raschelnde, fußhohe welke Laub zurückrufend; Norfolk-Biffins, fett und krispig, mit ihrer Bräune von den gelben Orangen abstechend und gar dringend bittend, daß man sie nach Hause tragen und nach Tische essen möge. Ja, selbst die Gold- und Silberfische, welche in einem Glas mitten unter den auserlesenen Früchten standen, obgleich von einem dick- und kaltblütigen Geschlechte, schienen zu wissen, daß etwas Besonderes los sei und schwammen um ihre kleine Welt in langsamer und leidenschaftsloser Bewegung.

Ach die Materialwarenläden! fast geschlossen waren sie, vielleicht ein oder zwei Laden vorgesetzt; aber welche Herrlichkeiten sah man durch diese Oeffnungen! Nicht allein, daß die Wagschalen mit einem fröhlichen Klange auf den Ladentisch klirrten, oder daß der Bindfaden und seine Rolle so munter voneinander schieden, oder daß die Büchsen wie durch Zauberei blitzschnell hin und her fuhren, oder daß der vermischte Geruch von Kaffee und Thee der Nase so wohlthuend war, die Rosinen so wunderschön, die Mandeln so außerordentlich weiß, die Zimtstengel so lang und gerade, die andern Gewürze so köstlich, die eingemachten Früchte so dick mit geschmolzenem Zucker belegt waren, daß der kälteste Zuschauer entzückt wurde; nicht daß die Feigen so saftig und fleischig waren, oder daß die Brignolen in bescheidener Koketterie in ihren verzierten Büchsen erröteten, oder daß alles so gut zu essen oder so schön in seinem Weihnachtskleid war; das war es nicht allein. Die Kaufenden waren auch alle so eifrig und eilig in der Hoffnung des Festes, daß sie in der Thüre gegeneinander rannten, wie von Sinnen mit ihren Körben zusammenstießen und ihre Einkäufe vergaßen und wieder zurückliefen, um sie zu holen, und tausend ähnliche Irrtümer in der bestmöglichsten Laune begingen, während der Kaufmann und seine Leute so frisch und froh waren, daß die blanken Herzen, welche ihre Schürzen hinten zusammenhielten, ihre eigenen hätten sein können, die für aller Augen Besichtigung auswendig getragen wurden.

Aber bald riefen die Glocken nach den Kirchen und der Kapelle und in ihren besten Kleidern und mit ihren feiertäglichsten Gesichtern gingen die Leute durch die Straßen; und zu derselben Zeit strömten aus den Nebenstraßen und Gäßchen und namenlosen Winkeln zahllose Leute, welche ihr Mittagsessen zu dem Bäcker trugen. Der Anblick dieser Armen und doch so Glücklichen schien des Geistes Teilnahme am meisten zu erregen, denn er blieb mit Scrooge neben eines Bäckers Thür stehen, und indem er die Decken von den Schüsseln nahm, wie die Träger vorübergingen, bestreute er ihr Mahl mit Weihrauch von seiner Fackel. Es war eine gar wunderbare Fackel, denn ein paarmal, als ein paar von den Leuten zusammengerannt waren und einige heftige Worte fielen, besprengte er sie mit einigen Tropfen Thau von seiner Fackel und ihre gute Laune war augenblicklich wiederhergestellt. Denn sie sagten, es sei eine Schande, sich am Weihnachtstage zu zanken.

Jetzt schwiegen die Glocken und die Läden der Bäcker wurden geschlossen; und doch schwebte noch ein Schattenbild von allen diesen Mittagsessen und dem Fortschreiten ihrer Zubereitung in dem gethauten, nassen Fleck über jedem Ofen; und vor ihnen rauchte das Pflaster, als wenn selbst die Steine kochten.

»Ist eine besondere Kraft in dem, was deine Fackel ausstreut?« frug Scrooge.

»Ja. Meine eigene.«

»Und wirkt sie auf jedes Mittagsmahl an diesem Tage?« fragte Scrooge.

»Auf jedes, welches gern gegeben wird. Auf ein ärmliches am meisten.«

»Warum auf ein ärmliches am meisten?«

»Weil das sie am meisten bedarf.«

»Geist,« sagte Scrooge nach einem augenblicklichen Sinnen, »mich wundert's, daß du von allen Wesen auf den vielen Welten um uns wünschen solltest, diesen Leuten die Gelegenheit unschuldigen Genusses zu rauben.«

»Ich?« rief der Geist.

»Du willst ihnen die Mittel nehmen, jeden siebenten Tag zu Mittag zu essen, und doch ist das der einzige Tag, wo sie überhaupt zu Mittag essen können,« sagte Scrooge.

»Ich?« rief der Geist.

»Verzeihe mir, wenn ich unrecht habe. Es ist in deinem Namen geschehen oder wenigstens in dem deiner Familie,« sagte Scrooge.

»Es giebt Menschen auf Eurer Erde,« entgegnete der Geist, »welche uns kennen wollen und ihre Thaten des Stolzes, der Mißgunst, des Hasses, des Neides, des Fanatismus und der Selbstsucht in unserm Namen thun; die uns in allem, was zu uns gehört, so fremd sind, als wenn sie nie gelebt hätten. Bedenke das und schreibe ihre Thaten ihnen selbst zu und nicht uns.«

Scrooge versprach es und sie gingen unsichtbar, wie bisher, weiter in die Vorstadt. Es war eine wunderbare Eigenschaft des Geistes (Scrooge hatte sie bei dem Bäcker bemerkt), daß er, trotz seiner riesenhaften Gestalt, doch überall leicht Platz fand; und daß er unter einem niedrigen Dach ebenso schön und wie ein übernatürliches Wesen dastand, wie im geräumigen hohen Saal.

Vielleicht war es die Freude, welche der gute Geist darin fühlte, diese Macht zu zeigen, vielleicht auch seine warmherzige, freundliche Natur und seine Teilnahme für alle Armen, was ihn gerade zu Scrooges

Diener führte; denn er ging wirklich hin und nahm Scrooge mit, der sich an sein Gewand festhielt. Auf der Schwelle stand der Geist lächelnd still und segnete Bob Cratchits Wohnung mit dem Thau seiner Fackel. Bedenkt nur, Bob hatte nur fünfzehn »Bob«[1] die Woche; er steckte Sonnabends nur fünfzehn seiner Namensvettern in die Tasche; und doch segnete der Geist der heurigen Weihnacht sein Haus.

Mr. Cratchits Frau, in einem ärmlichen, zweimal gewendeten Kleid, schön aufgeputzt mit Bändern, die billig sind, aber hübsch genug für sechs Pence aussehen, stand im Zimmer und deckte den Tisch. Belinda Cratchit, ihre zweite Tochter, half ihr, während Mr. Peter Cratchit mit der Gabel in eine Schüssel voll Kartoffeln stach und die Spitzen seines ungeheuren Hemdkragens (Bobs Privateigentum, seinem Sohn und Erben zu Ehren des Festes geliehen) in den Mund kriegte, voller Stolz, so schön angezogen zu sein und voll Sehnsucht, sein weißes Hemd in den fashionablen Parks zur Schau zu tragen. Jetzt kamen die zwei kleinern Cratchits, ein Mädchen und ein Knabe, hereingesprungen und schrieen, sie hätten an des Bäckers Thür die Gans gerochen und gewußt, daß es ihre eigene sei; und in freudigen Träumen von Salbei und Zwiebeln tanzten sie um den Tisch und erhoben Master Peter Cratchit bis in den Himmel, während er (nicht stolz, obgleich der Hemdkragen ihn fast erstickte) das Feuer blies, bis die Kartoffeln aufwallend an den Topfdeckel klopften, daß man sie herauslassen und schälen möge.

»Wo bleibt nur der Vater?« sagte Mrs. Cratchit. »Und dein Bruder Tiny Tim; und Martha kam vorige Weihnachten eine halbe Stunde früher.«

»Hier ist Martha, Mutter,« sagte ein Mädchen, zur Thür hereintretend.

»Hier ist Martha, Mutter,« riefen die beiden kleinen Cratchits. »Hurra, das ist eine Gans, Martha.«

»Gott grüße dich, liebes Kind! wie spät du kommst!« sagte Mrs. Cratchit, sie ein dutzendmal küssend und mit zuthulichem Eifer ihr Shawl und Hut abnehmend.

»Wir hatten gestern Abend viel zurecht zu machen,« antwortete das Mädchen, »und mußten heute alles fertig machen, Mutter.«

»Nun, es schadet nichts, da du doch da bist,« sagte Mrs. Cratchit. »Setze dich an das Feuer, liebes Kind, und wärme dich.«

»Nein, nein, der Vater kommt,« riefen die beiden kleinen Cratchits, die überall zu gleicher Zeit waren. »Versteck' dich, Martha, versteck' dich!«

Martha versteckte sich und jetzt trat Bob herein, der Vater. Wenigstens drei Fuß, ungerechnet der Fransen, hing der Shawl auf seine Brust herab und die abgetragnen Kleider waren geflickt und gebürstet, um ihnen ein Ansehen zu geben. Tiny Tim saß auf seiner Schulter. Der arme Tiny Tim! er trug eine kleine Krücke und seine Glieder wurden von eisernen Schienen gestützt.

»Nun, wo ist unsere Martha?« rief Bob Cratchit, im Zimmer herumschauend.

»Sie kommt nicht,« sagte Mrs. Cratchit.

»Sie kommt nicht?« sagte Bob mit einer plötzlichen Abnahme seiner fröhlichen Laune; denn er war den ganzen Weg von der Kirche Tims Pferd gewesen und im vollen Laufe nach Hause gerannt. »Sie kommt nicht zum Weihnachtsabend?«

Martha wollte ihm keinen Schmerz verursachen, selbst nicht aus Scherz, und so trat sie hinter der Thür hervor und schlang die Arme um seinen Hals, während die beiden kleinen Cratchits sich Tiny Tims bemächtigten und ihn nach dem Waschhause trugen, damit er den Pudding im Kessel singen höre.

»Und wie hat sich der kleine Tim aufgeführt?« frug Mrs. Cratchit, als sie Bob wegen seiner Leichtgläubigkeit geneckt und Bob seine Tochter nach Herzenslust geküßt hatte.

»Wie ein Goldkind,« sagte Bob, »und noch besser. Ich weiß nicht, wie es zugeht, aber er wird jetzt so träumerisch vom Alleinsitzen, und sinnt sich die seltsamsten Dinge aus. Heute wie wir nach Haus gingen, sagte er, er hoffe, die Leute sähen ihn in der Kirche, denn er sei ein Krüppel, und es wäre vielleicht gut für sie, sich am Christtag an den zu erinnern, der Lahme gehend und Blinde sehend machte.«

Bobs Stimme zitterte, als er dies sagte und zitterte noch mehr, als er hinzufügte, daß Tiny Tim stärker und gesunder werden würde.

Man hörte jetzt seine kleine Krücke auf dem Fußboden und ehe weiter ein Wort gesprochen worden, war Tim wieder da und wurde von seinem Bruder und seiner Schwester nach seinem Stuhl neben dem Feuer geführt. Während jetzt Bob, seine Rockaufschläge in die Höhe schlagend – als wenn es möglich wäre, sie noch mehr abzutragen – in einer Bowle aus Cognac und Citronen eine heiße Mischung zubereitete, und sie umrührte und wieder an das Feuer setzte, damit sie sich warm halten möge, gingen Master Peter und die zwei sich überall befindenden kleinen Cratchits, um die Gans zu holen, mit der sie bald in feierlichem Zuge zurückkehrten.

Jetzt entstand ein solcher Lärm, als ob eine Gans der seltenste aller

Vögel wäre, ein gefiedertes Wunder, gegen das ein schwarzer Schwan etwas ganz Gewöhnliches wäre, und wirklich war sie es auch in diesem Hause. Mrs. Cratchit ließ die Bratenbrühe aufwallen; Master Peter schmorte die Kartoffeln mit unglaublichem Eifer; Miß Belinda machte die Aepfelsauce süß; Martha stäubte die gewärmten Teller ab; Bob trug Tiny Tim neben sich in eine behagliche Ecke am Tisch; die beiden kleinen Cratchits stellten die Stühle zurecht, wobei sie sich nicht vergaßen, und nahmen ihren Posten ein, den Löffel in den Mund steckend, damit sie nicht nach Gans schrieen, ehe die Reihe an sie kam. Endlich wurde das Gericht aufgetragen und das Tischgebet gesprochen. Darauf folgte eine atemlose Pause, als Mrs. Cratchit, das Vorschneidemesser langsam von der Spitze bis zum Heft betrachtend, sich zurecht machte, es der Gans in die Brust zu stoßen; aber wie sie es that, und wie der lang erwartete Strom des Gefüllsels sich ergoß, ertönte ein freudiges Murmeln um den ganzen Tisch, und selbst Tiny Tim, durch die beiden kleinen Cratchits in Feuer gebracht, schlug mit dem Heft seines Messers auf den Tisch und rief ein schwaches Hurra.

Nie hatte es so eine Gans gegeben. Bob sagte, er glaube nicht, daß jemals eine solche Gans gebraten worden wäre. Ihre Zartheit und ihr Fett, ihre Größe und ihre Billigkeit waren der Gegenstand allgemeiner Bewunderung. Mit Hilfe der Aepfelsauce und der geschmorten Kartoffeln, gab sie ein hinreichendes Mahl für die ganze Familie; und wie Mrs. Cratchit einen einzigen kleinen Knochen noch auf der Schüssel liegen sah, sagte sie mit großer Freude, sie hätten doch nicht alles aufgegessen! Aber jeder von ihnen hatte genug und die kleinen Cratchits waren bis an die Augenbrauen mit Salbei und Zwiebeln eingesalbt. Jetzt wurden die Teller von Miß Belinda gewechselt und Mrs. Cratchit verließ das Zimmer allein – denn sie war zu unruhig, Zeugen dulden zu können – um den Pudding herauszunehmen und hereinzubringen.

Wenn er nicht ausgebacken wäre! Wenn er beim Herausnehmen in Stücke zerfiele! Wenn jemand über die Mauer des Hinterhauses geklettert wäre und ihn gestohlen hätte, während sie sich an der Gans erquickten – ein Gedanke, bei dem die beiden kleinen Cratchits bleich vor Schrecken wurden! Alles mögliche Schreckliche dachte man sich.

Hallo eine Wolke Rauch! der Pudding war aus dem Kessel genommen. Ein Geruch, wie an einem Waschtag! das war die Serviette. Ein Geruch wie in einem Speisehause, mit einem Pastetenbäcker auf der einen und einer Wäscherin auf der andern Seite! Das war der Pudding. In einer halben Minute trat Mrs. Cratchit herein, aufgeregt, aber stolz lächelnd und vor sich den Pudding, hart und fest wie eine gefleckte Kanonenkugel, in einem Viertelquart Rum flammend und in der Mitte mit der festlichen Stecheiche geschmückt.

O, ein wunderbarer Pudding! Bob Cratchit sagte mit ruhiger und sicherer Stimme, er halte das für das größte Kochkunststück, welches Mrs. Cratchit seit ihrer Heirat verrichtet habe. Mrs. Cratchit sagte, jetzt da die Last von ihrem Herzen sei, wolle sie nur gestehen, daß sie wegen der Menge des Mehls gar sehr in Angst gewesen sei. Jeder hatte darüber etwas zu sagen, aber keiner sagte oder dachte, es sei doch ein kleiner Pudding für eine so große Familie. Das wäre offenbare Ketzerei gewesen. Jeder Cratchit würde sich geschämt haben, so etwas nur zu denken.

Endlich waren sie mit dem Essen fertig, der Tisch war abgedeckt, der Herd gekehrt und das Feuer aufgeschürt. Das Gemisch in der Bowle wurde gekostet und für fertig erklärt, Aepfel und Apfelsinen auf den Tisch gesetzt und ein paar Hände voll Kastanien auf das Feuer geschüttet. Dann setzte sich die ganze Familie Cratchit um den Kamin in einem Kreise, wie es Bob Cratchit nannte, obgleich es eigentlich nur ein Halbkreis war; Bob in der Mitte und neben ihm der Gläservorrat der Familie; zwei Paßgläser und ein Milchkännchen ohne Henkel.

Diese Gefäße aber hielten das heiße Gemisch aus der Bowle so gut, als wenn es goldene Pokale gewesen wären, und Bob schenkte es mit strahlenden Blicken ein, während die Kastanien auf dem Feuer spuckten und platzten. Dann schlug Bob den Toast vor: »Uns allen eine fröhliche Weihnacht, meine Lieben! Gott segne uns!«

Die ganze Familie wiederholte den Toast.

»Gott segne uns alle und jeden!« sagte Tiny Tim, der letzte von allen.

Er saß dicht neben seinem Vater auf seinem kleinen Stuhle. Bob hielt seine kleine welke Hand in der seinigen, als wenn er das Kind liebe und wünsche, es bei sich zu behalten und fürchte, es möchte ihm bald genommen werden.

»Geist,« sagte Scrooge mit einer Teilnahme, wie er sie noch nie gefühlt hatte, »sag' mir, wird Tiny Tim leben bleiben?«

»Ich sehe einen leeren Stuhl,« antwortete der Geist, »in der Kaminecke und eine Krücke ohne einen Besitzer sorgfältig aufbewahrt. Wenn die Zukunft diese Schatten nicht ändert, wird das Kind sterben.«

»Nein, nein,« sagte Scrooge. »Ach nein, guter Geist, sage, daß er leben bleiben wird.«

»Wenn die Zukunft diese Schatten nicht verändert, wird kein

anderer meines Geschlechtes,« antwortete der Geist, »das Kind noch hier finden. Was thut es auch? Wenn es sterben muß, ist es besser, es thue es gleich und vermindere die überflüssige Bevölkerung.«

Scrooge senkte das Haupt, seine eigenen Worte von dem Geiste zu hören, und fühlte sich von Reue und Schmerz überwältigt.

»Mensch,« sagte der Geist, »wenn du ein menschliches Herz hast und kein steinernes, so hüte dich, so heuchlerisch zu reden, bis du weißt, was und wo dieser Ueberfluß ist. Willst du entscheiden, welche Menschen leben, welche Menschen sterben sollen? Vielleicht bist du in den Augen des Himmels unwürdiger und unfähiger zu leben, als Millionen, gleich dieses armen Mannes Kind. O Gott, das Gewürme auf dem Blatt über die zu vielen Lebenden unter seinen hungrigen Brüdern im Staube reden zu hören!«

Scrooge nahm des Geistes Vorwurf demütig hin und schlug die Augen nieder, aber er blickte schnell wieder in die Höhe, wie er seinen Namen nennen hörte.

»Es lebe Mr. Scrooge!« sagte Bob, »Mr. Scrooge, der Schöpfer dieses Festes!«

»Der Schöpfer dieses Festes, wahrhaftig!« rief Mrs. Cratchit mit glühendem Gesicht. »Ich wollte, ich hätte ihn hier. Ich wollte ihm ein Stück von meiner Meinung zu kosten geben, und ich hoffe, sie würde ihm schmecken.«

»Liebe Frau,« sagte Bob, »die Kinder! – es ist Weihnachten.«

»Freilich muß es Weihnachten sein,« sagte sie, »wenn man die Gesundheit eines so niederträchtigen, geizigen, fühllosen Menschen, wie Scrooge ist, trinken kann. Und du weißt es, Robert, daß er es ist, niemand weiß es besser als du!«

»Liebe Frau,« antwortete Bob mild, »es ist Weihnachten.«

»Ich will seine Gesundheit trinken, dir und dem Feste zu gefallen,« sagte Mrs. Cratchit, »nicht seinetwegen. Möge er lange leben! Ein fröhliches Weihnachten und ein glückliches neues Jahr! – Er wird sehr fröhlich und sehr glücklich sein, das glaub' ich.« Die Kinder tranken die Gesundheit nach ihr. Es war das erste, was sie an diesem Abend ohne Herzlichkeit und Wärme vernahmen. Tiny Tim trank sie zuletzt, aber er gab keinen Pfifferling darum. Scrooge war der Popanz der Familie. Die Erwähnung seines Namens warf über alle einen düstern Schatten, der volle fünf Minuten zum Verschwinden brauchte.

Wie er weg war, waren sie zehnmal lustiger als vorher, schon weil sie Scrooge, den Schrecklichen, los waren. Bob Cratchit erzählte, wie er eine Stelle für Mr. Peter in Aussicht habe, welche diesem ganzer fünf und einen halben Schilling wöchentlich einbringen werde. Die beiden kleinen Cratchits lachten fürchterlich bei dem Gedanken, Petern als Geschäftsmann zu sehen; und Peter selbst blickte gedankenvoll zwischen seinen Halskragen hervor in das Feuer, als denke er nach, in welchen Aktien er wohl seine Ersparnisse anlegen würde, wenn er in Besitz dieser unglaublichen Summe käme. Martha, welche bei einer Putzmacherin Gehilfin war, erzählte ihnen, was für Arbeit sie jetzt mache und wie viel Stunden sie in der guten Zeit arbeiten müsse und wie sie morgen früh auszuschlafen gedenke; denn morgen war für sie ein Feiertag. Auch erzählte sie, wie sie vor einigen Tagen eine Gräfin und einen Lord gesehen und daß der Lord fast so groß wie Peter gewesen sei, bei welchen Worten Peter seinen Hemdkragen so hoch in die Höhe zupfte, daß sein Kopf dazwischen verschwand. Während dieser ganzen Zeit gingen die Kastanien und der Punsch ringsum und dazwischen sang Tiny Tim mit seiner klagenden Stimme ein Lied von einem Kind, was sich im Schnee verlaufen, und sang es recht hübsch.

In alle dem war nichts Besonderes. Es waren keine hübschen Gesichter in der Familie; sie waren nicht schön angezogen; ihre Schuhe waren nichts weniger als wasserdicht; ihre Kleider waren ärmlich; und Peter mochte wohl das Innere eines Pfandleiherladens kennen. Aber sie waren glücklich, voller Dank für ihre bescheidenen Freuden, einig untereinander und zufrieden; und als ihre Gestalten verblichen und in dem scheidenden Lichte der Fackel des Geistes noch glücklicher aussahen, verweilte Scrooges Auge immer noch auf ihnen und vor allem auf Tiny Tim.

Es war jetzt dunkel geworden und es fiel ein starker Schnee; und wie Scrooge und der Geist durch die Straßen gingen, war der Glanz der lodernden Feuer in Küchen, Putzstuben und aller Art Gemächern wundervoll über alle Maßen. Hier zeigte die flackernde Flamme die Vorbereitungen zu einem traulichen Mahl, die heißen Teller, wie sie sich vor dem Feuer durch und durch wärmten und die dunkelroten Gardinen, bereit, Kälte und Nacht auszuschließen. Dort liefen alle Kinder des Hauses hinaus auf die beschneite Straße, ihren verheirateten Schwestern, Brüdern, Vettern, Basen, Onkeln und Tanten entgegen, um sie zuerst zu begrüßen. Hier zeigten sich an den Fenstern Schatten versammelter Gäste; und dort eine Gruppe hübscher Mädchen in Pelzkragen und Pelzstiefeln, alle zugleich redend und mit leichten Schritten in eines Nachbars Haus eilend. Wehe dem Junggesellen, der sie dort ganz glühend eintreten sah und die kleinen Hexen wußten das recht gut!

Wenn man nach der Zahl der Leute hätte urteilen wollen, die zu freundschaftlichen Besuchen eilten, hätte man glauben können, es sei niemand da, sie zu bewillkommnen. Aber anstatt dessen erwartete jedes Haus Gäste und in jedem Kamine loderte die Flamme. Wie sich der Geist freute! wie er seine breite Brust entblößte und seine volle Hand aufthat und dahinschwebte, freigebig seine heitere und harmlose Lust über alles in seinem Bereiche ausschüttend! Selbst der Laternenmann, welcher durch die dunklen Straßen rannte, um ihre trüben Nebel mit Flecken Licht zu erhellen und der bereits angeputzt war, um den Abend irgendwo zuzubringen, lachte laut auf, wie der Geist vorüberschwebte.

Und jetzt, ohne daß der Geist vorher etwas gesagt hätte, standen sie auf einer kahlen, öden Haide, wo ungeheure Felsblöcke umhergestreut waren, als wäre hier eine Begräbnißstätte von Riesen; und Wasser breitete sich aus, wo es nur Lust hatte – oder würde es gethan haben, wenn es der Frost nicht gefangen hielt; und nichts wuchs dort, als Moos und Gestrüpp und hartes, spitziges Gras. Tief im Westen hatte die untergehende Sonne einen Streifen glühenden Rotes gelassen, der einen Augenblick auf die öde Steppe niederschaute, wie ein zürnendes Auge und immer tiefer und tiefer sank, bis er sich im Dunkel der tiefsten Nacht verlor.

»Was ist das für ein Ort?« frug Scrooge.

»Ein Ort, wo Bergleute in den Tiefen der Erde arbeiten,« antwortete der Geist. »Aber sie kennen mich. Sieh!«

Ein Licht glänzte aus dem Fenster einer Hütte und sie schwebten schnell darauf zu. Hier fanden sie eine fröhliche Gesellschaft um ein wärmendes Feuer sitzen. Ein alter, alter Mann und eine greise Frau mit ihren Kindern und Enkeln und Urenkeln, alle in festlichen Kleidern. Der Alte sang mit einer Stimme, die nur selten das Heulen des Windes auf der Einöde übertönte, ein Weihnachtslied; es war schon ein sehr altes Lied gewesen, als er noch ein Knabe war; und von Zeit zu Zeit fielen sie alle im Chore ein. Und stets wie ihre Stimmen ertönten, wurde der Alte lebendig und laut; und immer, wie sie aufhörten, sank seine Kraft wieder.

Der Geist verweilte hier nicht, sondern befahl Scrooge, sich an sein Gewand zu halten. Sie schwebten über die Oede, aber wohin? doch nicht aufs Meer? Aufs Meer! Zu seinem Schrecken sah Scrooge hinter sich das Land verschwinden; und sein Ohr wurde betäubt von dem Donner der Wogen, wie sie unter den grausenden Höhlen, welche sie genagt hatten, heulten und brüllten und wüteten und mit wildem Grimm die Erde zu unterwühlen trachteten.

Auf einer einsamen, halb im Wasser versunkenen Klippe, wohl eine Meile vom Lande, stand ein einsamer Leuchtturm. Das ganze öde Jahr hindurch schäumten und tosten um ihn die Wogen. Große Haufen von Seegras umgaben seinen Fuß und Sturmvögel – geboren vom Winde, konnte man glauben, wie Seegras von den Wellen – hoben sich und senkten sich um seine Spitze, wie die wogenden Wellen unten, über die sie segelten.

Aber selbst hier hatten die zwei Turmwächter ein Feuer angezündet, welches durch das Guckloch in der dicken, steinernen Mauer einen hellglänzenden Streifen auf die nächtliche See hinauswarf. Die harten Hände sich über den Tisch hinreichend, an dem sie saßen, wünschten sie sich eine fröhliche Weihnacht und stießen mit den Groggläsern darauf an; und einer der beiden, der Aeltere noch dazu, mit einem Gesicht von Sturm und Wetter gebräunt und gefurcht, wie das Gallionbild eines alten Schiffes, stimmte ein kräftiges Lied an, das wie ein Sturmwind schallte.

Wieder schwebte der Geist über die dunkelwogende See dahin, immer weiter und weiter, bis sie, fern von jeder Küste, wie der Geist zu Scrooge sagte, auf einem Schiffe niedersanken. Sie standen neben dem Steuermann an dem Rade, dem Ausgucker vorn, neben den Offizieren, welche die Wacht hatten. Wie dunkle, gespenstische Gestalten standen diese auf ihrem Posten, aber jeder von ihnen summte ein Weihnachtslied, oder hatte einen Weihnachtsgedanken, oder sprach leise zu seinen Kameraden von einem früheren Weihnachtsabend und heimatlichen Hoffnungen, die sich daran knüpften. Und jeder einzelne an Bord, wachend oder schlafend, gut oder schlecht, hatte an diesem Tage ein herzlicheres Wort für seine Kameraden gehabt, als an jedem andern Tag des Jahres, und wenigstens einigermaßen ihn gefeiert; und hatte an die gedacht, die sich jetzt seiner in der Ferne erinnerten und hatte gewußt, daß sie jetzt seiner freundlich gedachten.

Eine große Ueberraschung war es für Scrooge, während er dem Stöhnen des Windes lauschte und nachdachte, wie schauerlich es doch sei, durch die öde Nacht über einen unbekannten Abgrund, der Geheimnisse barg, so tief wie der Tod, zu schiffen; eine große Ueberraschung war es für Scrooge, sagte ich, plötzlich ein herzliches Lachen zu vernehmen.

Noch größer war Scrooges Ueberraschung, als er darin das Lachen seines eigenen Neffen erkannte und sich in einem hellen, behaglich warmen Zimmer wiederfand, während der Geist an seiner Seite stand und mit beifälligem, mildem Lächeln auf diesen selbigen Neffen herabblickte.

»Haha!« lachte Scrooges Neffe. »Hahaha!«

Wenn durch einen sehr unwahrscheinlichen Zufall jemand einen Menschen kennt, der sich glücklicher fühlt, zu lachen, als Scrooges Neffe, so kann ich nur sagen, ich möchte ihn auch kennen. Stellt mich ihm vor und ich werde seine Freundschaft kultivieren.

Es ist doch eine gerechte und schöne Anordnung, daß, wie Krankheit und Kummer ansteckend sind, auch in der ganzen weiten Welt nichts so unwiderstehlich ansteckend ist, wie Lachen und Fröhlichkeit.

Wie Scrooges Neffe lachte und sich den Bauch hielt und mit dem Kopfe wackelte und die allermerkwürdigsten Gesichter schnitt, lachte Scrooges Nichte (durch Heirat) so herzlich wie er. Und die versammelten Freunde, nicht faul, fielen in den Lachchor ein.

»Haha! Haha! Haha!«

»Er sagte, Weihnachten wäre dummes Zeug, so wahr ich lebe,« rief Scrooges Neffe. »Er glaubt es auch.«

»Die Schande ist um so größer für ihn, Fritz,« sagte Scrooges Nichte entrüstet. Gott segne die Frauen! Sie thun nie etwas halb. Sie sind immer in vollem Ernste.

Sie war hübsch, sehr hübsch. Sie hatte ein liebliches, schelmisches Gesicht; einen frischen kleinen Mund, der zum Küssen geschaffen schien – wie er es ohne Zweifel auch war; alle Arten lieber kleiner Grübchen um das Kinn, welche ineinander flossen, wenn sie lachte; und das sonnenhellste Paar Augen, welches je erblickt wurde. Ja, sie war reizend, liebenswürdig, hinreißend.

»Es ist ein komischer alter Kerl,« sagte Scrooges Neffe, »das ist wahr; und nicht so angenehm, wie er sein könnte, doch seine Fehler bestrafen sich selbst und ich habe ihn nicht zu tadeln.«

»Er muß sehr reich sein, Fritz,« meinte Scrooges Nichte. »Wenigstens sagst du es immer.«

»Was geht das uns an, Liebe!« sagte Scrooges Neffe. »Sein Reichtum nützt ihm nichts. Er thut nichts Gutes damit. Er macht sich nicht einmal selbst das Leben damit angenehm. Er hat nicht das Vergnügen, zu denken – hahaha – daß er uns am Ende damit eine Freude machen wird.«

»Ich habe keine Geduld mit ihm,« bemerkte Scrooges Nichte. Die Schwester von Scrooges Nichte und all die anderen Damen waren derselben Meinung.

»O, ich habe Geduld,« sagte Scrooges Neffe. »Mir thut er leid; ich könnte nicht bös auf ihn werden, selbst wenn ich's versuchte. Wer leidet unter seiner bösen Laune? Er selber, weiter niemand. Jetzt hat er sich in den Kopf gesetzt, uns nicht leiden zu können und will nicht unsere Einladung zum Mittagsessen annehmen. Was ist die Folge davon? Er verliert nicht viel an unserm Essen.«

»Nun, ich meine, er verliert ein sehr gutes Essen,« unterbrach ihn Scrooges Nichte. Die anderen sagten dasselbe und man konnte ihnen die Kompetenz nicht bestreiten, weil sie eben zu essen aufgehört hatten und jetzt bei dem Dessert bei Lampenlicht um den Kamin saßen.

»Nun, es freut mich, das zu hören,« sagte Scrooges Neffe, »weil ich kein großes Vertrauen in diese jungen Hausfrauen habe. Was sagen Sie dazu, Topper?«

Ganz klärlich war's, Topper hatte ein Auge auf eine der Schwestern von Scrooges Nichte geworfen, denn er antwortete, ein Hagestolz sei ein unglücklicher, heimatloser Mensch, der kein Recht habe, eine Meinung über diesen Gegenstand auszusprechen; bei welchen Worten die Schwester von Scrooges Nichte – die Dicke mit dem Spitzenkragen, nicht die mit der Rose im Haar – rot wurde.

»Weiter, weiter, Fritz!« sagte Scrooges Nichte, in die Hände klatschend. »Er bringt nie zu Ende, was er angefangen hat! Er ist ein so närrischer Kerl.«

Scrooges Neffe schwelgte in einem andern Gelächter, und es war unmöglich, sich von der Ansteckung fern zu halten, obgleich die dicke Schwester es sogar mit quatre voleurs versuchte: sein Beispiel wurde einstimmig nachgeahmt.

»Ich wollte nur sagen,« sagte Scrooges Neffe, »daß die Folge seines Mißfallens an uns und seiner Weigerung, mit uns fröhlich zu sein, die ist, daß er einige angenehme Augenblicke verliert, welche ihm nicht schaden würden. Gewiß verliert er angenehmere Unterhaltung, als ihm seine eigenen Gedanken in seinem dumpfigen alten Comptoir oder in seiner Wohnung geben. Ich denke ihm jedes Jahr die Gelegenheit dazu zu geben, ob es ihm nun gefällt oder nicht, denn er dauert mich. Er mag auf Weihnachten schimpfen, bis er stirbt, aber er muß doch endlich besser davon denken, wenn er mich jedes Jahr in guter Laune zu ihm kommen sieht, mit den Worten: Onkel Scrooge, wie befinden Sie sich? Wenn es ihm nur den Gedanken eingibt, seinem armen Diener fünfzig Pfund zu hinterlassen, so ist das doch wenigstens etwas; und ich glaube, ich packte ihn gestern.«

Es war jetzt an ihnen die Reihe zu lachen, bei dem Gedanken, daß er Scrooge gepackt hätte. Aber da er durch und durch gutmütig war und sich nicht sehr darum kümmerte, über was sie lachten, wenn sie nur überhaupt lachten, so fiel er in ihre Fröhlichkeit ein und ließ die Flasche munter herum gehen.

Nach dem Thee war Musik. Denn sie waren eine musikalische Familie und wußten, was sie thaten, wenn sie einen Glee oder Catch sangen, darauf könnt ihr euch verlassen, vorzüglich Topper, der den Baß brummen konnte nach Noten, ohne daß die großen Adern auf der Stirn anschwollen, oder sein Gesicht rot wurde. Scrooges Nichte spielte die Harfe recht gut; und spielte unter anderen Stücken auch ein kleines Liedchen (ein bloßes Nichts, ihr hättet es in zwei Minuten pfeifen gelernt), welches das Kind, von dem Scrooge aus der Schule geholt worden war, wie ihn der Geist der vergangenen Weihnachten gezeigt hatte, oft gesungen hatte. Als Scrooge dieses Liedchen hörte, trat alles, was ihm der Geist gezeigt hatte, wieder vor seine Seele; er wurde weicher und weicher und dachte, wenn er es vor Jahren oft hätte hören können, so hätte er die gemütlichen Seiten des Lebens genießen können, ohne erst zu des Totengräbers Spaten, der Jakob Marley begraben, seine Zuflucht nehmen zu müssen.

Aber sie widmeten nicht den ganzen Abend der Musik. Nach einer Weile fingen sie Pfänderspiele an, denn es ist gut zuweilen Kind zu sein und vorzüglich zu Weihnachten, als der Gründer dieses Festes selbst ein Kind war. Doch halt, erst spielten sie noch Blindekuh. Und ich glaube ebensowenig, daß Topper wirklich blind war, als ich glaube, er hätte Augen in seinen Stiefeln gehabt. Ich vermute, es war zwischen ihm und Scrooges Neffen abgekartet und der Geist der heurigen Weihnacht wußte es. Die Art, wie er die dicke Schwester in dem Spitzenkragen verfolgte, war eine Beleidigung der menschlichen Leichtgläubigkeit. Wo sie ging, ging er auch, die Feuereisen umstoßend, über Stühle stolpernd, an das Piano anrennend, sich in den Gardinen verwirrend. Immer wußte er, wo die dicke Schwester war. Wenn jemand gegen ihn gefallen wäre, wie einige thaten, oder sich vor ihn hingestellt hätte, würde er gethan haben, als bemühe er sich, ihn zu ergreifen, wäre aber augenblicklich umgekehrt, der dicken Schwester nach. Sie rief oft, das sei nicht ehrlich und wirklich war es das auch nicht. Aber endlich hatte er sie gefunden und trotz ihres Sträubens sperrte er sie in eine Ecke, wo keine Flucht möglich war; und da wurde seine Aufführung ganz abscheulich. Denn sein Vorgeben, er kenne sie nicht: er müsse ihren Kopfputz anfassen und, um sie zu erkennen, einen gewissen Ring auf ihrem Finger und eine gewisse Kette um ihren Hals befühlen, war ganz, ganz abscheulich! Und gewiß sagte sie ihm auch ihre Meinung darüber, denn als ein anderer Blinder an der Reihe war, waren sie hinter den Gardinen sehr vertraut miteinander.

Scrooges Nichte nahm nicht mit an dem Blindekuhspiele teil, sondern saß gemütlich in einer traulichen Ecke in einem Lehnstuhle mit einem Fußbänkchen, und der Geist und Scrooge standen dicht hinter ihr. Aber Pfänder spielte sie mit und liebte ihre Liebe mit allen Buchstaben des Alphabets zur Bewunderung. Auch in dem Spiele: Wie, wenn und wo, war sie sehr stark und stellte zur geheimen Freude von Scrooges Neffen ihre Schwestern gar sehr in Schatten, obgleich sie auch ganz gescheite Mädchen waren, wie uns Topper hätte sagen können. Es mochten ungefähr zwanzig Personen da sein, junge und alte, aber sie spielten alle und auch Scrooge spielte mit; denn in seiner Teilnahme an dem Geschehen ganz vergessend, daß ihnen seine Stimme nicht hörbar war, sagte er oft seine Antwort auf die Fragen ganz laut und riet auch oft ganz richtig.

Dem Geiste gefiel es sehr, ihn in dieser Laune zu sehen und er blickte ihn so freundlich an, daß Scrooge wie ein Knabe ihn bat, noch warten zu dürfen, bis die Gäste fortgingen. Aber der Geist sagte, dies könne nicht geschehen!

»Es fängt ein neues Spiel an,« sagte Scrooge. »Nur eine einzige halbe Stunde, Geist.«

Es war ein Spiel, was man Ja und Nein nennt, wo Scrooges Neffe sich etwas zu denken hatte und die anderen erraten mußten: was; auf ihre Fragen brauchte er bloß mit Ja oder Nein zu antworten. Die schnell aufeinander folgenden Fragen, die ihm vorgelegt wurden, stellten heraus, daß er sich ein Tier dachte, ein lebendiges Tier, ein häßliches Tier, ein wildes Tier, ein Tier, das zuweilen brummte und zuweilen sprach und in London sich aufhielt und in den Straßen herumlief und nicht für Geld gezeigt und nicht herumgeführt würde und nicht in einer Menagerie sei und nicht geschlachtet werde, und weder ein Pferd, noch ein Esel, noch eine Kuh, noch ein Ochs, noch ein Tiger, noch ein Hund, noch ein Schwein, noch eine Katze, noch ein Bär sei. Bei jeder neuen Frage, die ihm gestellt wurde, brach Scrooges Neffe von neuem in ein Gelächter aus und konnte gar nicht wieder heraus kommen, so daß er vom Sofa aufstehen und mit den Füßen stampfen mußte. Endlich rief die dicke Schwester mit einem ebenso unauslöschlichen Gelächter: »Ich habe es, ich weiß es, Fritz, ich weiß es.«

»Was ist es?« rief Fritz.

»Es ist Onkel Scrooge.«

Und der war es auch. Bewunderung war das allgemeine Gefühl, obgleich einige meinten, die Frage: ist es ein Bär? hätte müssen mit Ja beantwortet werden, denn eine verneinende Antwort sei schon hinreichend gewesen, ihre Gedanken von Scrooge abzubringen, selbst wenn sie auf dem Wege zu ihm gewesen wären.

»Nun, er hat uns Freude genug gemacht,« sagte Fritz, »und so wäre es undankbar, nicht seine Gesundheit zu trinken. Hier ist ein Glas Glühwein dazu bereit. Es lebe Onkel Scrooge!«

»Es lebe Onkel Scrooge!« riefen sie alle.

»Eine fröhliche Weihnacht und ein glückliches Neujahr dem Alten, wie er immer sein möge!« sagte Scrooges Neffe. »Er wollte den Wunsch nicht von mir annehmen, aber er soll ihn doch haben.«

Onkel Scrooge war unmerklich so fröhlich und leichtherzig geworden, daß er der von seiner Gegenwart nichts wissenden Gesellschaft ihren Toast erwidert und ihr mit einer unhörbaren Rede gedankt haben würde, wenn der Geist ihm Zeit gelassen hätte. Aber alles verschwand in dem Hauche von dem letzten Worte des Neffen und er und der Geist waren wieder unterwegs. Sie gingen weit und sahen viel und besuchten manchen Herd, aber immer spendeten sie Glück. Der Geist stand neben Kranken, und sie wurden heiter und hoffend; neben Wandernden in fernen Ländern und sie träumten von der Heimat; neben solchen, die mit dem Leben rangen, und sie harrten geduldig aus; neben Armen, und sie waren reich. Im Armenhause und im Lazarette, im Kerker und in jedem Zufluchtsorte des Jammers, wo der Mensch in seiner kurzen ärmlichen Herrschaft dem Geiste die Thür verschlossen hatte, spendete er seinen Segen und lehrte Scrooge seine Weise.

Es war eine lange Nacht, wenn es nur eine Nacht war; aber Scrooge zweifelte daran, denn die Weihnachtsfeiertage schienen in die Zeit, die sie miteinander zubrachten, zusammengedrängt zu sein. Es war auch sonderbar, daß während Scrooge äußerlich ganz unverändert blieb, der Geist offenbar älter wurde. Scrooge hatte diese Veränderung bemerkt, aber sprach nie davon, bis sie von einer Kinderweihnachtsgesellschaft weggingen, wo er bemerkte, daß des Geistes Haar grau geworden war.

»Ist das Leben der Geister so kurz?« fragte Scrooge.

»Mein Leben auf dieser Erde ist sehr kurz,« sagte der Geist, »es endet noch diese Nacht.«

»Diese Nacht noch!« rief Scrooge.

»Heute um Mitternacht. Horch, die Zeit nahet.«

Die Glocke schlug drei Viertel auf Zwölf.

»Vergieb mir, wenn ich nicht recht thue, zu fragen,« sagte jetzt Scrooge, scharf auf des Geistes Gewand blickend, »aber ich sehe etwas Seltsames, was nicht zu dir gehört, unter deinem Mantel hervorblicken. Ist es ein Fuß oder eine Klaue?«

»Nach dem wenigen Fleisch, was darauf ist, könnte es wohl eine Klaue sein,« gab der Geist traurig zur Antwort.

»Sieh' hier.«

Aus den weiten Falten seines Gewandes hervor erschienen jetzt zwei Kinder: elend, abgemagert, häßlich und jammererregend. Sie knieten vor ihm nieder und hielten sich fest an den Saum seines Gewandes.

»O, Mensch, sieh' hier. Sieh' hier, sieh' hier!« rief der Geist.

Es war ein Knabe und ein Mädchen. Gelb, elend, zerlumpt und mit wildem, tückischem Blick; aber doch demütig. Wo die Schönheit der Jugend ihre Züge hätte füllen und mit ihren frischesten Farben kleiden sollen, hatte eine runzlige, abgelebte Hand, gleich der des Alters, sie berührt und versehrt. Wo Engel hätten thronen können, lauerten Teufel mit grimmigem, drohendem Blick. Keine Veränderung, keine Entwürdigung der Menschheit in allen Geheimnissen der Schöpfung hat so schreckliche und grauenerregende Ungeheuer aufzuweisen.

Scrooge fuhr entsetzt zurück. Da sie ihm der Geist auf diese Weise gezeigt hatte, versuchte er zu sagen, es wären schöne Kinder, aber die Worte erstickten sich selbst, um nicht teilzuhaben an einer so ungeheuren Lüge.

»Geist, sind das deine Kinder?« Scrooge konnte weiter nichts sagen.

»Es sind des Menschen Kinder,« sagte der Geist, auf sie herabschauend. »Und sie hängen sich an mich, vor mir ihre Väter anklagend. Dieses Mädchen ist die Unwissenheit. Dieser Knabe ist der Mangel. Nimm sie beide wohl in acht, aber vor allem diesen Knaben, denn auf seiner Stirn seh' ich geschrieben, was Verhängnis ist, wenn die Schrift nicht verlöscht wird. Leugnet es,« rief der Geist, seine Hand nach der Stadt ausstreckend. »Verleumdet die, welche es euch sagen! Gebt es zu um eurer Parteizwecke willen und macht es noch schlimmer! Und erwartet das Ende!«

»Haben sie keine Stütze, keinen Zufluchtsort?« rief Scrooge.

»Giebt es keine Gefängnisse?« sagte der Geist, das letzte Mal seine eigenen Worte gegen ihn gebrauchend. »Giebt es keine Armenhäuser?«

Die Glocke schlug Zwölf.

Scrooge sah sich nach dem Geiste um, aber er war verschwunden.

Wie der letzte Schlag verklungen war, erinnerte er sich an die Vorhersagung des alten Jakob Marley und die Augen erhebend, sah er ein grauenerregendes, tief verhülltes Gespenst auf sich zukommen, wie ein Nebel auf den Boden hinrollt.

---

1. Schillinge.

DER LETZTE DER DREI GEISTER.

Die Erscheinung kam langsam, feierlich und schweigend auf ihn zu. Als sie näher gekommen war, fiel Scrooge auf die Kniee nieder, denn selbst die Luft, durch die sich der Geist bewegte, schien geheimnisvolles Grauen zu verbreiten.

Die Erscheinung war in einen schwarzen, weiten Mantel verhüllt, der nichts von ihr sichtbar ließ, als eine ausgestreckte Hand. Wenn diese nicht gewesen wäre, würde es schwer gewesen sein, die Gestalt von der Nacht zu trennen, welche sie umgab.

Als sie neben ihm stand, fühlte er, daß sie groß und stattlich war und daß ihre geheimnisvolle Gegenwart ihn mit einem feierlichen Grauen erfüllte. Er wußte weiter nichts, denn der Geist sprach und bewegte sich nicht.

»Ich stehe vor dem Geiste der zukünftigen Weihnachten?« fragte Scrooge.

Der Geist antwortete nicht, sondern wies mit der Hand auf die Erde.

»Du willst mir die Schatten der Dinge zeigen, welche nicht geschehen sind, aber geschehen werden,« fuhr Scrooge fort. »Willst du das, Geist?«

Der obere Teil der Verhüllung legte sich auf einen Augenblick in Falten, als ob der Geist sein Haupt neigte; dies war die einzige Antwort, welche Scrooge erhielt.

Obgleich so ziemlich an gespenstische Gesellschaft gewöhnt, fürchtete sich Scrooge vor der stummen Erscheinung doch so sehr, daß seine Kniee wankten und er kaum noch stehen konnte, als er sich bereit machte, ihr zu folgen. Der Geist stand für einen Augenblick still, als bemerkte er seine Furcht und wollte ihm Zeit geben, sich zu erholen.

Aber Scrooge befand sich dadurch noch schlechter. Ein vages, unbestimmtes Grausen durchbebte ihn bei dem Gedanken, hinter diesem schwarzen Schleier hefteten sich gespenstische Augen fest auf ihn, während er, obgleich er seine Augen aufs äußerste anstrengte, doch nichts sehen konnte als eine gespenstische Hand und eine große, schwarze Faltenmasse.

»Geist der Zukunft,« rief er, »ich fürchte dich mehr als die Geister, die ich schon gesehen habe. Aber da ich weiß, daß es dein Zweck ist, mir Gutes zu thun, und da ich hoffe zu leben, um ein anderer Mensch zu werden, als ich früher war, bin ich bereit, dich zu begleiten und thue es mit einem dankerfüllten Herzen. Willst du nicht zu mir sprechen?«

Die Gestalt gab ihm keine Antwort. Die Hand wies gerade in die Ferne vor ihn.

»Führe mich,« sagte Scrooge. »Führe mich, die Nacht schwindet schnell und die Zeit ist kostbar für mich. Führe mich, Geist.«

Die Erscheinung bewegte sich von ihm weg, wie sie auf ihn zugekommen war. Scrooge folgte dem Schatten ihres Gewandes, welcher, schien es ihm, ihn erhob und von dannen trug.

Kaum war es, als ob sie in die City träten; denn die City schien mehr rings um sie in die Höhe zu wachsen und sie zu umstellen. Aber sie waren doch im Herzen derselben, auf der Börse unter den Kaufleuten, welche hin und her eilten, mit dem Gelde in ihren Taschen klimperten, in Gruppen miteinander sprachen, nach der Uhr blickten und gedankenvoll mit den großen, goldenen Siegeln daran spielten, wie Scrooge es oft gesehen hatte.

Der Geist blieb bei einer Gruppe Kaufleute stehen. Scrooge sah, daß die Hand der Erscheinung darauf hinwies, und so näherte er sich ihnen, um ihr Gespräch zu belauschen.

»Nein,« sagte ein großer, dicker Mann mit einem ungeheuern Unterkinn, »ich weiß nicht viel davon zu sagen. Ich weiß nur, daß er tot ist.«

»Wann starb er?« frug ein anderer.

»Vorige Nacht, glaub' ich.«

»Nun, wie geht das zu?« fragte ein Dritter, eine große Prise aus einer sehr großen Dose nehmend. »Ich glaubte, er würde nie sterben.«

»Weiß Gott, wie es zugeht,« sagte der Erste gähnend.

»Was hat er mit seinem Gelde angefangen?« fragte ein Herr mit einem roten Gesicht und einem Auswuchs an der Nasenspitze, welcher wackelte, wie der Lappen eines Truthahns.

»Ich habe nichts davon gehört,« sagte der Mann mit dem großen Unterkinn, abermals gähnend. »Hat es wahrscheinlich seiner Gilde hinterlassen. Mir hat er's nicht vermacht. Das weiß ich.«

Dieser anmutige Scherz wurde mit einem allgemeinen Gelächter aufgenommen.

»Es wird wohl ein sehr billiges Begräbnis werden,« fuhr derselbe Sprecher fort; »denn so wahr ich lebe, ich kenne niemand, der mitgehen sollte. Wenn wir nun zusammenträten und freiwillig mitgingen?«

»Ich thue mit, wenn für ein Lunch gesorgt wird,« bemerkte der Herr mit dem Auswuchse an der Nasenspitze. »Aber ich muß traktirt werden, wenn ich dabei sein soll.«

Ein neues Gelächter.

»Nun da bin ich doch wohl der Uneigennützigste von euch,« sagte der erste Sprecher, »denn ich trage nie schwarze Handschuhe und esse nie Lunch. Aber ich gehe mit, wenn sich noch andere finden. Wenn ich mir's recht überlege, war ich am Ende sein vertrautester Freund; denn wir blieben stehen und sprachen miteinander, wenn wir uns auf der Straße trafen. Guten Morgen, guten Morgen!«

Sprecher und Zuhörer gingen fort und mischten sich unter andere Gruppen. Scrooge kannte die Leute und sah den Geist mit einem fragenden Blicke an.

Die Erscheinung schwebte weiter auf die Straße.

Ihre Hand wies auf zwei sich begegnende Personen.

Scrooge hörte wieder zu, in der Hoffnung, hier die Erklärung zu finden.

Auch diese Leute kannte er recht gut. Es waren Kaufleute, sehr reich und von großem Ansehen. Er hatte sich immer bestrebt, sich in ihrer Achtung zu erhalten, das heißt in Geschäftssachen, bloß in Geschäftssachen.

»Wie geht's?« sagte der eine.

»Wie geht's Ihnen?« sagte der andere.

»Gut,« sagte der Erste. »Der alte Geizhals ist endlich tot, wissen Sie es?«

»Ich hörte es,« erwiderte der Zweite. »'s ist kalt, nicht?«

»Wie sich's zu Weihnachten paßt. Sie sind wohl kein Schlittschuhläufer?«

»Nein, nein. Habe an andere Sachen zu denken. Guten Morgen!«
Kein Wort weiter. So trafen sie sich, so schieden sie.

Scrooge war erst zu staunen geneigt, daß der Geist auf anscheinend so unbedeutende Gespräche ein Gewicht zu legen schien; aber sein Gefühl sagte ihm, daß sie eine verborgene Bedeutung haben müßten und er dachte nach, was wohl diese sein möge. Sie konnten sich nicht auf den Tod Jakobs, seines alten Compagnons, beziehen, denn der gehörte der Vergangenheit an, und sein Führer war der Geist der Zukunft. Auch konnte er sich niemand von den ihn näher Angehenden denken, auf den er sie hätte beziehen können. Aber in der Gewißheit, daß, auf wen sie sich auch beziehen möchten, doch für ihn eine wichtige Lehre darin liege, beschloß er, jedes Wort, das er hörte und jede Scene, die er sah, treu in seinem Herzen aufzubewahren, und vorzüglich seinen Schatten zu beobachten, wenn er erschien. Denn er erwartete von dem Benehmen seines zukünftigen Selbst die vermißte Aufklärung und die Lösung der Rätsel, die ihm jetzt so schwierig schien.

Schon auf der Börse schaute er sich nach seinem Selbst um; aber ein anderer stand in seiner gewohnten Ecke und obgleich die Uhr auf die Stunde wies, wo er gewöhnlich dort war, sah er sich doch auch nicht unter den Scharen, welche durch den Eingang sich herein drängten. Das überraschte ihn jedoch wenig, denn er hatte schon lange daran gedacht, sein Geschäft aufzugeben und glaubte und hoffte, in diesen Erscheinungen die künftige Verwirklichung seines Planes zu sehen.

Reglos und schwarz stand neben ihm das Gespenst mit seiner ausgestreckten Hand. Als er wieder von seiner nachdenklichen Stellung aufblickte, glaubte er nach der Richtung der Hand, daß die unsichtbaren Augen sich starr auf ihn hefteten. Bei dem Gedanken überlief ihn ein kalter Schauer.

Sie verließen die geschäftige Umgebung und gingen in einen abgelegenen Teil der Stadt, wo Scrooge nie vorher gewesen war, dessen Lage und schlechten Ruf er aber kannte. Die Straßen waren schmutzig und eng und krumm; die Läden und Häuser ärmlich; die Menschen halbnackt, betrunken, barfuß, häßlich. Gäßchen und Thorwege, wie ebensoviele Kloaken, strömten abscheuerregende Gerüche und Schmutz und Menschen in die Straßen; und das ganze Viertel schien erfüllt von Verbrechen, von Schmutz und von Elend.

In einem der tiefsten Winkel dieses Zufluchtsortes der Sünde und der Schmach war ein niedriger, dunkler Laden unter einem Wetterdache, wo Eisen, Lampen, Flaschen, Knochen und schmierige Abfälle aller Art verkauft wurden. Auf dem Fußboden drinnen lag ein Haufen verrosteter Schlüssel, Nägel, Ketten, Thürangeln, Feilen, Wagen, Gewichte und altes Eisen aller Art. Geheimnisse, nach deren Enträtselung wenige verlangen würden, wurden erzeugt und verborgen in Bergen widriger Lumpen, Massen verdorbenen Fettes und ganzen Beinhäusern von Knochen.

Mitten unter den Waren, mit denen er handelte, saß neben einem aus alten Ziegeln zusammengesetzten Ofen ein grauhaariger, fast siebzigjähriger Schelm, der sich vor der Kälte draußen durch einen bauschigen Vorhang von allerlei Lumpen, auf eine Leine gehängt, geschützt hatte und seine Pfeife im Vollgenusse des Behagens rauchte.

Scrooge und die Erscheinung traten neben diesen Mann, gerade wie eine Frau mit einem schweren Bündel in den Laden schlich. Aber sie war kaum eingetreten, als eine zweite Frau, auch mit einem Bündel, ihr nachkam; und auf diese folgte dicht ein Mann in altem, abgetragenem schwarzen Anzuge, der nicht weniger von ihrem Anblick erschrocken war, als sie vor einander erschrocken waren. Nach einigen Augenblicken sprachlosen Staunens, an dem der Alte mit der Pfeife teilgenommen hatte, brachen sie alle drei in ein lautes Gelächter aus.

»Sage jemand, die Leichenwäscherin würde die Erste sein,« sagte die zuerst Eingetretene. »Sage jemand, die Wärterin würde die Zweite sein; und nenne jemand des Leichenbesorgers Gehilfen den Dritten. Schau', alter Joe, wie sich das fügt! ob wir uns nicht alle drei hier getroffen haben, ohne daß wir's wollten.«

»Ihr hättet euch an keinem besseren Orte treffen können,« sagte der alte Joe, die Pfeife aus dem Munde nehmend. »Kommt in das Staatszimmer. Ihr habt schon seit lange das Bürgerrecht dort, das wißt ihr; und die anderen zwei sind auch keine Fremden. Wartet, bis ich die Ladenthür zugemacht habe. O, wie sie knarrt! ich glaube, es giebt kein so rostiges Stück Eisen in dem ganzen Laden, als die Thürangeln; und ich weiß, es giebt keine so alten Knochen hier, wie meine. Haha, wir passen alle zu unserm Geschäft. Kommt ins Staatszimmer.«

Das Staatszimmer war der Raum hinter dem Lumpenvorhange. Der Alte scharrte das Feuer mit einem alten Rouleaustabe zusammen, schob den Docht seiner rauchigen Lampe, denn es war Abend, mit dem Stiele seiner Pfeife in die Höhe und steckte diese wieder in den Mund.

Während er so beschäftigt war, warf die zuerst eingetretene Frau ihr Bündel auf den Boden und setzte sich mit kokettierender Frechheit auf einen Stuhl, dann legte sie die Hände auf die Kniee und sah die beiden andern mit kühnem Trotz an.

»Nun, was ist da für ein Unterschied, Mrs. Dilber? Jeder hat das Recht, für sich zu sorgen. Er that es immer.«

»Das ist wahr,« sagte die Wärterin. »Keiner that es mehr.«

»Nun, warum guckt ihr euch da einander an, als fürchtetet ihr euch? Wer ist der Klügere? Wir wollen doch nicht einander die Augen aushacken, denk' ich!«

»Nein, gewiß nicht,« sagten Mrs. Dilber und der Mann zusammen. »Wir wollen es nicht hoffen.«

»Nun gut denn,« rief die Frau, »das ist genug. Wem schadet's, wenn wir so ein paar Sachen mitnehmen, wie die hier? Einer Leiche gewiß nicht!«

»Nein, gewiß nicht,« sagte Mrs. Dilber lachend.

»Wenn er sie, wie ein alter Geizhals, noch nach dem Tode behalten wollte,« fuhr die Frau fort, »warum war er während seines Lebens nicht besser? Wenn er's gewesen wäre, würde jemand um ihn gewesen sein, als er starb, statt daß er allein seinen letzten Atem fahren lassen mußte.«

»Es ist das wahrste Wort, was je gesprochen worden,« sagte Mrs. Dilber.

»Es ist ein Gottesgericht.«

»Ich wollte, es wäre ein bißchen schwerer ausgefallen,« sagte die Frau; »und es wär's auch, verlaßt euch drauf, wenn ich mehr hätte kriegen können. Mache das Bündel auf, Joe, und sag' mir, was es wert ist. Sprich gerade heraus. Ich fürchte mich nicht, die Erste zu sein, noch es ihnen sehen zu lassen. Wir wußten gut genug, daß wir für uns sorgten, ehe wir uns hier trafen. Das ist keine Sünde. Mach' das Bündel auf, Joe.«

Aber die Galanterie ihrer Freunde wollte das nicht erlauben; und der Mann in dem abgetragenen schwarzen Rock brachte seine Beute zuerst. Es war nicht viel daran. Ein oder zwei Siegel, ein silberner Bleistift, ein paar Hemdknöpfe und eine Brosche von geringem Werte, war alles. Sie wurden von dem alten Joe untersucht und abgeschätzt, worauf er die Summe, welche er für jedes bezahlen wollte, an die Wand schrieb und zusammenrechnete, wie er fand, daß nichts mehr kam.

»Das ist Eure Rechnung,« sagte Joe, »und ich gebe keinen Sixpence mehr und wenn ich in Stücke gehauen werden sollte. Wer kommt jetzt?«

Mrs. Dilber war die Nächste. Sie hatte Bett- und Handtücher, einige Kleidungsstücke, zwei altmodische silberne Theelöffel, eine Zuckerzange und einige Paar Stiefel. Ihre Rechnung wurde auf dieselbe Weise an die Wand geschrieben.

»Damen gebe ich immer zu viel. 's ist meine Schwäche und ich richte mich damit zu Grunde,« sagte der alte Joe. »Das ist Eure Rechnung. Wenn Ihr einen Pfennig mehr haben wolltet und ließet es darauf ankommen, so thäte es mir leid, so freigebig gewesen zu sein und ich zöge eine halbe Krone ab.«

»Und nun mach' mein Bündel auf, Joe,« sagte die Erste.

Joe kniete nieder, um bequemer das Bündel öffnen zu können, und nachdem er eine große Menge Knoten aufgemacht hatte, zog er eine große und schwere Rolle eines dunklen Zeugs heraus.

»Was ist das?« sagte Joe. »Bettgardinen.«

»Ach,« rief das Weib lachend und sich vorbeugend, »Bettgardinen!«

»Ihr wollt doch nicht sagen, Ihr hättet sie 'runter genommen, wie er dort lag?« sagte Joe.

»I, freilich,« sagte das Weib. »Warum nicht?«

»Ihr seid geboren, Euer Glück zu machen, und Ihr werdet's auch.«

»Ich werde doch wahrhaftig meine Hand nicht ruhig einstecken, wenn ich sie nur auszustrecken brauche, um was zu kriegen, um so eines Mannes willen, wie der war. Wahrhaftig nicht, Joe,« antwortete das Weib ruhig. »Laßt kein Oel auf die Bettdecken fallen.«

»Seine Bettdecke?« fragte Joe.

»Von wem soll sie denn sonst sein?« antwortete das Weib. »Er wird auch ohne dies nicht frieren, das behaupte ich.«

»Er starb doch nicht etwa an etwas Ansteckendem?« sagte der alte Joe, seine Beschäftigung unterbrechend und sie anblickend.

»Das braucht Ihr nicht zu befürchten,« antwortete die Frau. »Ich hatte ihn nicht so lieb, daß ich dann bei ihm geblieben wäre um solcher Sachen willen. Ha, Ihr könnt durch das Hemd gucken, bis Euch Eure Augen weh thun; Ihr findet kein Loch drin und keine dünne Stelle. Es ist das beste, was er hatte, und fein ist's auch. Sie hätten's verdorben, wenn ich nicht gewesen wäre.«

»Was nennt Ihr, es verderben?« fragte der alte Joe.

»Nun, ihm das Hemd in das Grab anziehen, was sonst?« erwiderte die Frau lachend.

»Es war jemand Narr genug, es ihm anzuziehen, aber ich zog's ihm wieder aus. Wenn Kattun zu so etwas nicht gut genug ist, weiß ich nicht, zu was er sonst gut wäre. Es steht einer Leiche ebenso gut. Er kann nicht häßlicher aussehen, als er in dem aussah.«

Scrooge hörte das Gespräch mit Grausen an. Wie sie da um ihren Raub herum in dem kärglichen Licht der Lampe des Alten saßen, betrachtete er sie mit einem Ekel und einem Abscheu, der nicht größer hätte sein können, wenn es scheußliche Dämonen gewesen wären, die um die Leiche selbst feilschten.

»Ha, ha!« lachte dieselbe Frau, als der alte Joe, einen alten flanellenen Geldbeutel herauslangend, jedem den Preis des Raubes auf den Fußboden hinzählte. »Das ist das Ende von der Geschichte, seht ihr! Er scheuchte jeden von sich, so lange er lebte, um uns zu nützen, da er tot ist! Ha, ha, ha!«

»Geist,« sagte Scrooge, vom Fuß bis zum Scheitel zitternd. »Ich verstehe dich. Das Los dieses Unglücklichen könnte das meinige sein. Mein Leben geht jetzt auf dieses Ziel zu. Gnädiger Himmel, was ist das?«

Er fuhr entsetzt zurück, denn die Scene hatte sich geändert und er stand dicht vor einem Bett, einem einsamen, unverhangnen Bett, wo unter einer groben Decke etwas Verhülltes lag, was, obgleich es stumm war, sich doch in grausenerregender Sprache nannte.

Das Zimmer war sehr finster, zu finster, um etwas genau erkennen zu können, obgleich Scrooge, einem geheimen Gefühle gehorchend, sich umschaute, voll Begier, zu wissen, was für ein Zimmer es sei. Ein bleiches Licht, welches von draußen kam, fiel gerade auf das Bett; und auf diesem, geplündert und beraubt, unbewacht und unbeweint, lag die Leiche dieses Mannes.

Scrooge blickte die Erscheinung an. Ihre reglose Hand wies auf das Haupt des Leichnams. Die Decke war so sorglos zurecht gelegt, daß das geringste Verschieben, die leiseste Berührung von Scrooges Finger das Antlitz enthüllt hätte. Er dachte daran, fühlte, wie leicht es geschehen könnte, und sehnte sich, es zu thun; aber er hatte nicht mehr Macht, die Hülle wegzuziehen, als den Geist an seiner Seite zu entlassen.

O, kalter, starrer, schrecklicher Tod, hier richte deinen Altar auf und umgieb ihn mit den Schrecken, die dir zu Gebote stehen: denn dies ist dein Reich! Aber dem geliebten und verehrten Haupt kannst du kein Haar krümmen, von ihm kannst du keinen Zug widerlich machen. Nicht weil die Hand schwer ist und herabsinkt, wenn man sie fallen läßt, nicht, weil das Herz und der Puls schweigen; sondern weil die Hand offen war und barmherzig, weil das Herz offen war und warm und gut und der Puls ein menschlicher. Töte, Schatten, töte! Und sieh, wie seine guten Thaten aus der Todeswunde hervorströmen, um in der Welt unsterbliches Leben zu sehen.

Keine Stimme flüsterte diese Worte in Scrooges Ohren, aber doch hörte er sie, wie er auf das Bett blickte. Er dachte, wenn dieser Mann jetzt wieder erweckt werden könnte, was würde wohl sein erster Gedanke sein? Geiz, Hartherzigkeit, habgierige Sorge. Ein schönes Ziel haben sie ihm bereitet!

Er lag in dem dunklen leeren Hause und kein Mann, oder Weib, oder Kind war da, um zu sagen, er war gütig gegen mich in dem und in jenem, und dieses einen gütigen Wortes gedenkend, will ich seiner warten. Eine Katze kratzte an der Thür und die Ratten nagten und raschelten unter dem Kamin. Was sie in dem Gemach des Todes wollten und warum sie so unruhig waren, wagte Scrooge nicht auszudenken.

»Geist,« sagte er, »dies ist ein schrecklicher Ort. Wenn ich ihn verlasse, werde ich nicht seine Lehre vergessen, glaube mir. Laß uns gehen.«

Immer noch wies der Geist mit reglosem Finger auf das Haupt der Leiche.

»Ich verstehe dich,« antwortete Scrooge, »und ich thäte es, wenn ich könnte. Aber ich habe die Kraft nicht dazu, Geist. Ich habe die Kraft nicht dazu.«

Wieder schien der Geist ihn anzublicken.

»Wenn irgend jemand in der Stadt ist, der bei dieses Mannes Tod etwas fühlt,« sagte Scrooge erschüttert, »so zeige mir ihn, Geist, ich flehe dich darum an.«

Die Erscheinung breitete ihren dunklen Mantel einen Augenblick vor ihm aus wie einen Fittich; und wie sie ihn wieder wegzog, sah er ein taghelles Zimmer, in dem sich eine Mutter mit ihren Kindern befand.

Sie hoffte auf jemandes Kommen in angstvoller Erwartung; denn sie ging im Zimmer auf und ab: erschrak bei jedem Geräusch; sah zum Fenster hinaus; blickte nach der Uhr; versuchte vergebens zu arbeiten; und konnte kaum die Stimmen der spielenden Kinder ertragen.

Endlich hörte sie das langersehnte Klopfen an der Hausthür und traf, als sie hinaussehen wollte, ihren Gatten. Sein Gesicht war bekümmert und niedergeschlagen, obgleich er noch jung war. Es zeigte sich jetzt ein merkwürdiger Ausdruck in demselben, eine Art ernster Freude, deren er sich schämte und die er sich zu unterdrücken bemühte.

Er setzte sich zum Essen nieder, das man ihm am Feuer aufgehoben hatte; und als sie ihn erst nach langem Schweigen frug, was er für Nachrichten bringe, schien er um die Antwort verlegen zu sein.

»Sind sie gut,« sagte sie, »oder schlecht?«

»Schlecht,« antwortete er.

»Wir sind ganz zu Grunde gerichtet?«

»Nein, noch ist Hoffnung vorhanden, Karoline.«

»Wenn er sich erweichen läßt,« rief sie erstaunt, »dann ist noch welche da! Ueberall ist noch Hoffnung, wenn ein solches Wunder geschehen ist.«

»Für ihn ist es zu spät, sich zu erbarmen,« sagte der Gatte. »Er ist tot!«

Wenn ihr Gesicht Wahrheit sprach, so war sie ein mildes und geduldiges Wesen; aber sie war dankbar dafür in ihrem Herzen und sagte es mit gefalteten Händen. Sie bat im nächsten Augenblick Gott, daß er ihr verzeihen möge und bereute es; aber das erste war die Stimme ihres Herzens gewesen.

»Was mir die halbbetrunkene Frau gestern Abend sagte, als ich ihn sprechen und um eine Woche Aufschub bitten wollte; und was ich nur für eine bloße Entschuldigung hielt, um mich abzuweisen, zeigt sich jetzt als die reine Wahrheit. Er war nicht nur sehr krank, er lag schon im Sterben.«

»Auf wen wird unsere Schuld übergehen?«

»Ich weiß es nicht. Aber vor dieser Zeit noch werden wir das Geld haben; und selbst, wenn dies nicht wäre, wäre es ein großes Mißgeschick in seinem Erben einen so unbarmherzigen Gläubiger zu finden. Wir können heute Nacht mit leichterem Herzen schlafen, Karoline.«

Ja, sie mochten es verhehlen, wie sie wollten, ihre Herzen waren leichter. Die Gesichter der Kinder, welche sich still um sie drängten, um zu hören, was sie so wenig verstanden, erhellten sich und alle wurden glücklicher durch dieses Mannes Tod. Das einzige von diesem Ereignis erregte Gefühl, welches ihm der Geist zeigen konnte, war eins der Freude.

»Laß mich ein zärtliches, mit dem Tode verbundenes Gefühl sehen,« sagte Scrooge, »oder dies dunkle Zimmer, welches wir eben verlassen haben, wird mir immer vor Augen bleiben.«

Der Geist führte ihn durch mehrere Straßen, durch die er oft gegangen war; und wie sie vorüber schwebten, hoffte Scrooge sich hier und da zu erblicken, aber nirgends war er zu sehen. Sie traten in Bob Cratchits Haus, dieselbe Wohnung, die sie schon früher besucht hatten, und fanden die Mutter und die Kinder um das Feuer sitzen.

Alles war ruhig, alles war still, sehr still. Die lärmenden kleinen Cratchits saßen stumm, wie steinerne Bilder, in einer Ecke und sahen auf Peter, der ein Buch vor sich hatte. Die Mutter und die Töchter nähten. Aber gewiß waren sie auch still, sehr still.

»Und er nahm ein Kind und stellte es in ihre Mitte.«

Wo hatte Scrooge diese Worte gehört? Der Knabe mußte sie gelesen haben, als er und der Geist über die Schwelle traten. Warum fuhr er nicht fort?

Die Mutter legte ihre Arbeit auf den Tisch und fuhr mit der Hand nach dem Auge.

»Die Farbe blendet mich,« sagte sie.

Die Farbe? ach, der arme Tiny Tim!

»Sie sind jetzt wieder besser,« sagte Cratchits Frau. »Die Farbe blendet sie bei Licht und ich möchte den Vater, wenn er heimkommt, nicht sehen lassen, daß ich schwache Augen habe. Es muß bald seine Zeit sein.«

»Fast schon vorüber,« erwiderte Peter, das Buch schließend. »Aber ich glaube, er geht jetzt ein wenig langsamer als gewöhnlich, Mutter.«

Sie waren wieder sehr still. Endlich sagte sie mit einer ruhigen, heitern Stimme, die nur ein einziges Mal zitterte: »Ich weiß, daß er mit – ich weiß, daß er mit Tiny Tim auf der Schulter sehr schnell ging.«

»Und ich auch,« rief Peter. »Oft.«

»Und ich auch,« riefen die andern.

»Aber er war sehr leicht zu tragen,« fing sie wieder an, fest auf ihre Arbeit sehend, »und der Vater liebte ihn so, daß es keine Beschwerde. Und da kommt der Vater.«

Sie eilte ihm entgegen und Bob mit dem Shawl – er hatte ihn nötig, der arme Kerl – trat herein. Sein Thee stand bereit und sie drängten sich alle herbei, wer ihm am meisten helfen könne. Dann kletterten die beiden kleinen Cratchits auf seine Kniee und jedes Kind legte eine kleine Wange an die seine, als wollten sie sagen: kümmere dich nicht so sehr, Vater.

Bob war sehr heiter und sprach sehr munter mit der ganzen Familie. Er besah die Arbeit auf dem Tische und lobte den Fleiß und den Eifer seiner Frau und Töchter. »Sie würden lange vor Sonntag fertig sein,« sagte er.

»Sonntag! Du warst also heute dort, Robert!« sagte seine Frau.

»Ja, meine Liebe,« antwortete Bob. »Ich wollte, du hättest hingehen können. Es würde dein Herz erfreut haben, zu sehen, wie grün die Stelle ist. Aber du wirst sie oft sehen. Ich versprach ihm, Sonntags hinzugehen. Mein liebes, liebes Kind!« weinte Bob. »Mein liebes Kind!«

Er brach auf einmal zusammen. Er konnte nicht dafür. Wenn er dafür gekonnt hätte, so wäre er und sein Kind wohl weiter voneinander getrennt gewesen.

Er verließ das Zimmer und ging die Treppe hinauf in ein Zimmer, welches hell erleuchtet und weihnachtsmäßig aufgeputzt war. Ein Stuhl stand dicht neben dem Kinde und man sah, daß vor kurzem jemand dagewesen war. Der arme Bob setzte sich nieder, und als er ein wenig nachgedacht und sich gefaßt hatte, küßte er das kleine, kalte Gesicht. Er war versöhnt mit dem Geschehenen und ging wieder hinunter ganz glücklich.

Sie setzten sich um das Feuer und unterhielten sich; die Mädchen und die Mutter arbeiteten fort. Bob erzählte ihnen von der außerordentlichen Freundlichkeit von Scrooges Neffen, den er kaum ein einziges Mal gesehen habe. Er habe ihn heute auf der Straße getroffen und wie er gesehen, daß er ein wenig niedergeschlagen aussähe, habe er ihn befragt, was ihn bekümmere. »Worauf,« sagte Bob, »denn er ist der leutseligste junge Herr, den ich nur kenne, ich es ihm sagte. Ich bedaure Sie herzlich, Mr. Cratchit, sagte er, und auch Ihre gute Frau. Uebrigens, wie er das wissen kann, möchte ich wissen.«

»Was soll er wissen, mein Lieber?«

»Nun, daß du eine gute Frau bist,« antwortete Bob.

»Jedermann weiß das,« sagte Peter.

»Sehr gut bemerkt, mein Junge,« rief Bob. »Ich hoffe, 's ist so. Herzlich bedaure ich, sagte er, Ihre gute Frau. Wenn ich Ihnen auf irgend eine Weise behilflich sein kann, sagte er, indem er mir seine Karte gab, das ist meine Wohnung. Kommen Sie nur zu mir. Nun,« rief Bob, »ist es nicht gerade um deswillen, daß er etwas für uns thun könnte, sondern mehr wegen seiner herzlichen Weise, daß ich mich darüber so freue. Es schien wirklich, als hätte er unsern Tiny Tim gekannt und fühlte mit uns.«

»Er ist gewiß eine gute Seele,« sagte Mrs. Cratchit.

»Du würdest das noch sicherer glauben, Liebe,« antwortete Bob, »wenn du ihn sähest und mit ihm sprächest.

Es sollte mich gar nicht wundern, wenn er Petern eine bessere Stelle verschaffte. Merkt euch meine Worte.«

»Nun höre nur, Peter,« sagte Mrs. Cratchit.

»Und dann,« rief eins der Mädchen, »wird sich Peter nach einer Frau umsehen.«

»Ach, sei still,« antwortete Peter lachend.

»Nun, das kann schon kommen,« sagte Bob, »aber dazu hat er noch Zeit im Ueberfluß. Aber wie und wenn wir uns auch voneinander trennen sollten, so bin ich doch überzeugt, daß keiner von uns den armen Tiny Tim, oder diese erste Trennung, welche wir erfuhren, vergessen wird.«

»Niemals, Vater,« riefen alle.

»Und ich weiß,« sagte Bob, »ich weiß, meine Lieben, wenn wir daran denken werden, wie geduldig und wie sanft er war, obgleich er nur ein kleines, kleines Kind war, werden wir nicht so leicht uns zanken und den guten Tiny Tim vergessen, wenn wir's thun.«

»Nein, niemals, Vater,« riefen sie alle.

»Ich bin sehr glücklich,« sagte Bob, »sehr glücklich.«

Mrs. Cratchit küßte ihn, seine Töchter küßten ihn, die beiden kleinen Cratchits küßten ihn und Peter und er drückten sich die Hand. Seele Tiny Tims, du warst ein Hauch von Gott.

»Geist,« sagte Scrooge, »ein Etwas sagt mir, daß wir bald scheiden werden. Ich weiß es, aber ich weiß nicht wie. Sage mir, wer es war, den wir auf dem Totenbett sahen.«

Der Geist der zukünftigen Weihnachten führte ihn wie früher – obgleich zu verschiedener Zeit, dünkte ihm, überhaupt schien in den verschiedenen letzten Gesichten keine Zeitfolge stattzufinden – an die Zusammenkunftsorte der Geschäftsleute, aber er sah sich nicht. Der Geist verweilte nirgends, sondern schwebte immer weiter, wie nach dem Ort zu, wo Scrooge die gewünschte Lösung des Rätsels finden würde, bis ihn dieser bat, einen Augenblick zu verweilen.

»Ja, dieser Hof,« sagte Scrooge, »durch den wir jetzt eilen, war einst mein Geschäft und war es lange Jahre. Ich sehe das Haus. Laß mich sehen, was ich in den kommenden Tagen sein werde.«

Der Geist stand still; die Hand wies wo anders hin.

»Das Haus ist dort,« rief Scrooge. »Warum weisest du wo anders hin?«

Der unerbittliche Finger nahm keine andere Richtung an.

Scrooge eilte nach dem Fenster seines Comptoirs und schaute hinein. Es war noch ein Comptoir, aber nicht das seinige. Die Möbel waren nicht dieselben und die Gestalt in dem Stuhl war nicht die seine. Die Erscheinung zeigte nach derselben Richtung, wie früher.

Er trat wieder zu ihr hin und nachsinnend, warum und wohin sie gingen, begleitete er sie, bis sie eine eiserne Gitterpforte erreichten. Er stand still, um sich vor dem Eintreten umzusehen.

Es war ein Kirchhof. Hier also lag der Unglückliche, dessen Namen er noch erfahren sollte, unter der Erde. Der Ort war seiner würdig. Rings von hohen Häusern umgeben; überwuchert von Unkraut, entsprossen dem Tod, nicht dem Leben der Vegetation; vollgepfropft von zu viel Leichen; gesättigt von übersättigtem Genuß.

Der Geist stand inmitten der Gräber still und wies auf eins derselben hinab. Scrooge näherte sich ihm zitternd. Die Erscheinung war noch ganz so wie früher, aber ihm war es immer, als sähe er eine neue Bedeutung in der düstern Gestalt.

»Ehe ich mich dem Stein nähere, den du mir zeigst,« sagte Scrooge, »beantworte mir eine Frage. Sind dies die Schatten der Dinge, welche sein werden, oder nur von denen, welche sein können?«

Immer noch wies der Geist auf das Grab hinab, vor dem sie standen.

»Die Wege des Menschen tragen ihr Ziel in sich,« sagte Scrooge. »Aber wenn er einen andern Weg einschlägt, ändert sich das Ziel. Sage, ist es so mit dem, was du mir zeigen wirst?«

Der Geist blieb so unbeweglich wie immer.

Scrooge näherte sich zitternd dem Grabe und wie er der Richtung des Fingers folgte, las er auf dem Stein seinen eigenen Namen.

»Ebenezer Scrooge.«

»Bin ich es, der auf jenem Bett lag?« rief er, auf die Kniee sinkend.

Der Finger wies von dem Grabe auf ihn und wieder zurück.

»Nein, Geist, o nein!«

Der Finger wies immer noch dorthin.

»Geist,« rief er, sich fest an sein Gewand klammernd, »ich bin nicht mehr der Mensch, der ich war. Ich will ein anderer Mensch werden, als ich vor diesen Tagen gewesen bin. Warum zeigst du mir dies, wenn alle Hoffnung vorüber ist?«

Zum erstenmal schien die Hand zu zittern.

»Guter Geist,« fuhr er fort, »dein eigenes Herz bittet für mich und bemitleidet mich. Sage mir, daß ich durch ein verändertes Leben die Schatten, welche du mir gezeigt hast, ändern kann!«

Die gütige Hand zitterte.

»Ich will Weihnachten in meinem Herzen ehren und versuchen es zu feiern. Ich will in der Vergangenheit, der Gegenwart und der Zukunft leben. Die Geister von allen dreien sollen in mir wirken. Ich will mein Herz nicht ihren Lehren verschließen. O, sage mir, daß ich die Schrift auf diesem Steine weglöschen kann.«

In seiner Angst ergriff er die gespenstische Hand. Sie versuchte, sich von ihm loszumachen, aber er war stark in seinem Flehen und hielt sie fest. Der Geist, noch stärker, stieß ihn zurück.

Wie er seine Hände zu einem letzten Flehen um Aenderung seines Schicksals in die Höhe hielt, sah er die Erscheinung sich verändern. Sie wurde kleiner und kleiner und kleiner und schwand zu einer Bettpfoste zusammen.

DAS ENDE.

Ja, und es war seine eigene Bettpfoste. Es war sein Bett und sein Zimmer. Und was das Glücklichste und Beste war, die Zukunft war sein zur Besserung.

»Ich will in der Vergangenheit, der Gegenwart und der Zukunft leben,« wiederholte Scrooge, als er aus dem Bett kletterte. »Die Geister von allen dreien sollen in mir wirken. O, Jakob Marley! der Himmel und die Weihnachtszeit seien dafür gepriesen! Ich sage es auf meinen Knieen, alter Jakob, auf meinen Knieen.«

Er war von seinen guten Vorsätzen so erregt und außer sich, daß seine bebende Stimme kaum auf seinen Ruf antworten wollte. Er hatte während seines Ringens mit dem Geiste bitterlich geweint und sein Gesicht war noch naß von den Thränen.

»Sie sind nicht herabgerissen,« rief Scrooge, eine der Bettgardinen an die Brust drückend, »sie sind nicht herabgerissen. Sie sind da, ich bin da, die Schatten der Dinge, welche kommen, können vertrieben werden. Ja, ich weiß es gewiß, ich weiß es.«

Während dieser ganzen Zeit beschäftigten sich seine Hände mit den Kleidungsstücken: er zog sie verkehrt an, zerriß sie, verlor sie und machte allerhand tolle Sprünge damit.

»Ich weiß nicht, was ich thue,« rief Scrooge in einem Atem weinend und lachend und mit seinen Strümpfen einen wahren Laokoon aus sich machend. »Ich bin leicht wie eine Feder, glücklich wie ein Engel, lustig wie ein Schulknabe, schwindlich wie ein Betrunkener. Fröhliche Weihnachten allen Menschen! Ein glückliches Neujahr der ganzen Welt! Hallo! hussa! hurra!«

Er war in das Wohnzimmer gesprungen und blieb jetzt dort ganz außer Atem stehen.

»Da ist die Schüssel, in der die Suppe war!« rief Scrooge, indem er um den Kamin herumsprang. »Da ist die Thür, durch welche Jakob Marleys Geist hereinkam, da ist die Ecke, wo der Geist der heurigen Weihnachten saß, da ist das Fenster, wo ich die herumirrenden Geister sah! Es ist alles recht, es ist alles wahr, es ist alles geschehen. Hahahaha!«

Wirklich für einen Mann, der so lange Jahre aus der Gewohnheit war, war es ein vortreffliches Lachen, ein herrliches Lachen. Der Vater einer langen, langen Reihe herrlicher Gelächter!

»Ich weiß nicht, den Wievieltesten wir heute haben,« rief Scrooge. »Ich weiß nicht, wie lange ich unter den Geistern gewesen bin. Ich weiß gar nichts. Ich bin wie ein neugebornes Kind. Es schadet nichts. Ist mir einerlei. Ich will lieber ein Kind sein. Hallo! hussa! hurra!«

Er wurde in seinen Freudenausrufungen von dem Geläute der Kirchenglocken unterbrochen, die ihm so munter zu klingen schienen, wie nie vorher. Bim baum, kling, klang, bim baum. Ach, herrlich, herrlich!

Er lief zum Fenster, öffnete es und steckte den Kopf hinaus. Kein Nebel; ein klarer, luftig heller, kalter Morgen, eine Kälte, die dem Blute einen Tanz vorpfiff; goldenes Sonnenlicht; ein himmlischer Himmel; liebliche, frische Luft, fröhliche Glocken. O, herrlich, herrlich!

»Was ist denn heute?« rief Scrooge einem Knaben in Sonntagskleidern zu, der unten stand.

»He?« fragte der Knabe mit der allermöglichsten Verwunderung.

»Was ist heute, mein Junge?« sagte Scrooge.

»Heute?« antwortete der Knabe. »Nun, Christtag.«

»'s ist Christtag,« sagte Scrooge zu sich selber. »Ich habe ihn nicht versäumt. Die Geister haben alles in einer Nacht gethan. Sie können alles, was sie wollen. Natürlich, natürlich. Heda, mein Junge!«

»Heda!« antwortete der Knabe.

»Weißt du des Geflügelhändlers Laden in der zweitnächsten Straße an der Ecke?« frug Scrooge.

»I, warum denn nicht,« antwortete der Junge.

»Ein gescheiter Junge,« sagte Scrooge. »Ein merkwürdiger Junge! Weißt du nicht, ob der Preistruthahn, der dort hing, verkauft ist? nicht der kleine Preistruthahn, der große.«

»Was, der so groß ist wie ich?« antwortete der Junge.

»Was für ein lieber Junge!« sagte Scrooge. »'s ist eine Freude, mit ihm zu sprechen. Ja, mein Prachtjunge.«

»Er hängt noch dort,« antwortete der Junge.

»Ist's wahr?« sagte Scrooge. »Nun, da geh' und kaufe ihn.«

»Hetsch!« rief der Junge aus.

»Nein, nein,« sagte Scrooge, »'s ist mein Ernst. Geh' hin und kaufe ihn und sage, sie sollen ihn hierher bringen, daß ich ihnen die Adresse geben kann, wohin sie ihn tragen sollen. Komm mit dem Träger wieder her und ich gebe dir einen Schilling. Komm in weniger als fünf Minuten zurück und du bekommst eine halbe Krone.«

Der Bursche verschwand wie ein Blitz.

»Ich will ihn Bob Cratchit schicken,« flüsterte Scrooge, sich die Hände reibend und fast vor Lachen platzend. »Er soll nicht wissen, wer ihn schickt. Er ist zweimal so groß als Tiny Tim. Joe Miller hat niemals einen Witz gemacht, wie den.«

Wie er die Adresse schrieb, zitterte seine Hand, aber er schrieb so gut es gehen wollte, und ging die Treppe hinab, um die Hausthür zu öffnen, den Truthahn erwartend. Wie er dastand fiel sein Auge auf den Thürklopfer.

»Ich werde ihn lieb haben, so lange ich lebe,« rief Scrooge ihn streichelnd. »Früher habe ich ihn kaum angesehen. Was für ein ehrliches Gesicht er hat! Es ist ein wunderbarer Thürklopfer! – Da ist der Truthahn. Hallo! hussa! Wie geht's? Fröhliche Weihnachten!«

Das war ein Truthahn; er hätte nicht mehr lebendig auf seinen Füßen stehen können. Sie wären – knicks – zerbrochen wie eine Stange Siegellack.

»Was, das ist ja fast unmöglich, den nach Camden-Town zu tragen,« sagte Scrooge. »Ihr müßt einen Wagen nehmen.«

Das Lachen, mit dem er dies sagte und das Lachen, mit dem er den Truthahn bezahlte, und das Lachen, mit dem er den Wagen bezahlte, und das Lachen, mit dem er dem Jungen ein Trinkgeld gab, wurden nur von dem Lachen übertroffen, mit dem er sich atemlos in seinen Stuhl niedersetzte und lachte, bis die Thränen an den Backen hinunter liefen.

Das Rasieren war keine Kleinigkeit, denn seine Hand zitterte immer noch sehr; und Rasieren verlangt große Aufmerksamkeit, selbst wenn man nicht gerade während dem tanzt. Aber wenn er sich die Nasenspitze weggeschnitten hätte, würde er ein Stückchen englisches Pflaster darauf geklebt haben und zufrieden gewesen sein.

Er zog seine besten Kleider an und trat endlich auf die Straße. Die Leute strömten jetzt gerade aus ihren Häusern, wie er es gesehen hatte, als er den Geist der heurigen Weihnacht begleitete; und mit auf dem Rücken zusammengeschlagenen Händen durch die Straßen gehend, blickte Scrooge jeden mit einem freundlichen Lächeln an. Er sah so unwiderstehlich freundlich aus, daß drei oder vier lustige Leute zu ihm sagten: »Guten Morgen, Sir, fröhliche Weihnachten!« und Scrooge sagte oft nachher, daß von allen lieblichen Klängen, die er je gehört, dieser seinem Ohr am lieblichsten geklungen hätte.

Er war nicht weit gegangen, als er denselben stattlichen Herrn auf sich zukommen sah, der am Tage vorher in sein Comptoir getreten war mit den Worten: »Scrooge und Marley, wenn ich nicht irre.« Es gab ihm einen Stich ins Herz, als er dachte, wie ihn wohl der alte Herr beim Vorübergehen ansehen würde; aber er wußte, welchen Weg er zu gehen hatte, und ging ihn.

»Lieber Herr,« sagte Scrooge, schneller gehend und des alten Herrn beide Hände ergreifend, »wie geht's Ihnen? Ich hoffe, Sie hatten gestern einen guten Tag. Es war sehr freundlich von Ihnen. Ich wünsche Ihnen fröhliche Weihnachten, Sir.«

»Mr. Scrooge?«

»Ja,« sagte Scrooge. »Das ist mein Name und ich fürchte, er klingt Ihnen nicht sehr angenehm. Erlauben Sie, daß ich Sie um Verzeihung bitte. Und wollen Sie die Güte haben« – hier flüsterte ihm Scrooge etwas in das Ohr.

»Himmel!« rief der Herr, als ob ihm der Atem ausgeblieben wäre. »Mein lieber Mr. Scrooge, ist das Ihr Ernst?«

»Wenn es Ihnen gefällig ist,« sagte Scrooge. »Keinen Penny weniger. Es sind viele Rückstände dabei, ich versichere es Ihnen. Wollen Sie die Güte haben?«

»Bester Herr,« sagte der andere, ihm die Hand schüttelnd, »ich weiß nicht, was ich zu einer solchen großartigen Freigebigkeit sagen soll.«

»Ich bitte, sagen Sie gar nichts dazu,« antwortete Scrooge. »Besuchen Sie mich. Wollen Sie mich besuchen?«

»Herzlich gern,« rief der alte Herr. Und man sah, es war ihm mit der Versicherung Ernst.

»Ich danke Ihnen,« sagte Scrooge. »Ich bin Ihnen sehr verbunden. Ich danke Ihnen tausendmal. Leben Sie recht wohl!«

Er ging in die Kirche, ging durch die Straßen, sah die Leute hin und her laufen, klopfte Kindern die Wange, frug Bettler, und sah hinab in die Küchen und hinauf zu den Fenstern der Häuser; und fand, daß alles das ihm Vergnügen machen könne. Er hatte sich nie geträumt, daß ein Spaziergang oder sonst etwas ihn so glücklich hätte machen können. Nachmittags lenkte er seine Schritte nach seines Neffen Wohnung.

Er ging wohl ein dutzendmal an der Thür vorüber, ehe er den Mut hatte, anzuklopfen. Endlich faßte er sich ein Herz und klopfte.

»Ist dein Herr zu Hause, meine Liebe?« sagte Scrooge zu dem Mädchen. »Ein hübsches Mädchen, wahrhaftig!«

»Ja, Sir.«

»Wo ist er, meine Liebe?« sagte Scrooge.

»Er ist in dem Speisezimmer, Sir, mit der Madame. Ich will Sie hinaufführen, wenn Sie erlauben.«

»Danke, danke. Er kennt mich,« sagte Scrooge, mit der Hand schon auf dem Thürdrücker. »Ich will hier hereintreten, meine Liebe.«

Er machte die Thür leise auf und steckte den Kopf hinein. Sie betrachteten den Speisetisch (der mit großem Aufwand von Pracht gedeckt war); denn solche junge Leute sind immer sehr unruhig über solche Punkte und sähen gern alles in Ordnung.

»Fritz!« sagte Scrooge.

Heiliger Himmel! wie seine Nichte erschrak! Scrooge hatte in dem Augenblicke vergessen, daß sie mit dem Fußbänkchen in der Ecke gesessen hatte, sonst hätte er es um keinen Preis gethan.

»Potztausend!« rief Fritz, »wer ist das!«

»Ich bin's, dein Onkel Scrooge. Ich komme zum Essen. Willst du mich hereinlassen, Fritz?«

Ihn hereinlassen! Es war nur gut, daß er ihm nicht den Arm abriß. Er war in fünf Minuten wie zu Hause. Nichts konnte herzlicher sein, als die Begrüßung seines Neffen. Und auch seine Nichte empfing ihn ganz so herzlich.

Auch Topper, wie er kam. Auch die dicke Schwester, wie sie kam. Und alle, wie sie nach der Reihe kamen. Wundervolle Gesellschaft, wundervolle Spiele, wundervolle Eintracht, wundervolle Glückseligkeit!

Aber am andern Morgen war er früh in seinem Comptoir. O, er war gar früh da. Wenn er nur dort hätte zuerst sein können und Bob Cratchit beim Zuspätkommen erwischen! Das war's, worauf sein Sinn stand! Und es gelang ihm wahrhaftig! Die Uhr schlug Neun. Kein Bob. Ein Viertel auf Zehn. Kein Bob. Er kam volle achtzehn und eine halbe Minute zu spät. Scrooge hatte seine Thür weit offen stehen lassen, damit er ihn in das Verließ kommen sähe.

Sein Hut war vom Kopfe, ehe er die Thür öffnete, auch der Shawl von seinem Halse. In einem Nu saß er auf seinem Stuhle und jagte mit der Feder übers Papier, als wollte er versuchen, neun Uhr einzuholen.

»Heda,« brummte Scrooge, so gut wie es ging, seine gewohnte Stimme nachmachend. »Was soll das heißen, daß Sie so spät kommen?«

»Es thut mir sehr leid, Sir,« sagte Bob. »Ich habe mich verspätigt.«

»Nun, Sie gestehn's,« wiederholte Scrooge. »Ich meine es auch. Hier herein, wenn's gefällig ist.«

»Es ist nur einmal im Jahre, Sir,« sagte Bob, aus dem Verließ hereintretend. »Es soll nicht wieder vorfallen. Ich war ein bißchen lustig gestern, Sir.«

»Nun, ich will Ihnen was sagen, Freundchen,« sagte Scrooge, »ich kann das nicht länger so mit ansehen. Und daher,« fuhr er fort, von seinem Stuhl springend und Bob einen solchen Stoß vor die Brust gebend, daß er wieder in das Verließ zurückstolperte, »und daher will ich Ihr Salär erhöhen!«

Bob zitterte und trat dem Lineal etwas näher. Er hatte einen augenblicklichen Gedanken, Scrooge eins damit auf den Kopf zu geben, ihn fest zu halten und die Leute im Hofe um Hilfe und eine Zwangsjacke anzurufen.

»Fröhliche Weihnachten, Bob!« sagte Scrooge, mit einem Ernst, der nicht mißverstanden werden konnte, indem er ihn auf die Achsel klopfte. »Fröhlichere Weihnachten, Bob, als ich Sie so manches Jahr habe feiern lassen. Ich will Ihr Salär erhöhen und mich bemühen, Ihrer Familie unter die Arme zu greifen. Wir wollen heut' Nachmittag bei einer Weihnachtsbowle dampfenden Punsches über Ihre Angelegenheiten sprechen, Bob! Schüren Sie das Feuer an und kaufen Sie eine andere Kohlenschaufel, ehe Sie wieder einen Punkt auf ein i machen, Bob Cratchit!«

Scrooge war besser als sein Wort. Er that alles und mehr noch, als er versprochen hatte; und für Tiny Tim, welcher nicht starb, wurde er ein zweiter Vater. Er wurde ein so guter Freund und so guter Mensch, wie nur die liebe alte City oder jede andere liebe alte Stadt oder Dorf in der lieben alten Welt je gesehen. Einige Leute lachten, ihn so verändert zu sehen, aber er ließ sie lachen und kümmerte sich wenig darum, denn er war klug genug, zu wissen, daß nichts Gutes in dieser Welt geschehen kann, worüber nicht von vornherein einige Leute lachen müssen; und da er wußte, daß derart Leute doch blind bleiben würden, dachte er bei sich, es ist besser, sie legen ihre Gesichter durch Lachen in

Falten, als daß sie's auf weniger anziehende Weise thun. Sein eigenes Herz lachte und damit war er zufrieden.

Er hatte keinen fernern Verkehr mit Geistern, sondern lebte von jetzt an nach dem Prinzip gänzlicher Enthaltsamkeit; und immer sagte man von ihm, er wisse Weihnachten recht zu feiern, wenn es überhaupt ein Mensch wisse. Möge dies auch in Wahrheit von uns allen gesagt werden können! Und so schließen wir mit Tiny Tims Worten: Gott segne uns alle und jeden!

Ende.

Copyright © 2021 by Alicia Editions
Cover Design : Canva.com
All rights reserved.